JN063819

空を見てますか…12♪

音の向こうに時代が見える

Ikebe Shinichiro
池辺晋一郎

新日本出版社

はじめに

週刊の「うたごえ新聞」に「空を見てますか」と題してエッセイを連載しはじめたのは一九九三年秋。本書は、その連載の第九四八回から第一〇八三回、すなわち二〇一五年一月二六日号から二〇一七年一二月二五日号までの三年分を収録している。

いきなり妙な話をするようだが、音楽に限らず芸術の関係者には「私、名刺を持たないので」と公言してはばからない人が少なくない。「芸術関係なので」などとエクスキュースを付加する人もいる。「ゲージツカ」などと斜めにかまえてほくそ笑む人もいるが、これは一種の照れだろう。いずれにせよ、意味不明である。僕は、名刺を持っているし、使う。いつだったか、この連載で僕は、芸術家だってあらゆる仕事の人と同じく社会の一員なのだから名刺を持つべきではないかと発言した（『空を見てますか… 2』二〇〇ページ）。たしかに、名刺に「作曲家」と明記するのはためらわれる。といって何も書かないのは、相手に対して失礼だ。仕方ない。勤勉ではないものの勤めている音楽大学の教授とか、日本作曲家協議会など所属する組織の役職名を記したりして、ごまかしてきた。

　明記をためらうのは、◯◯株式会社総務部長とか□□高等学校教諭などというケースと異なり、作曲家であるかどうかは相手が決めるものだからだ。あるいは、自称するのは勝手だが、作曲家と相手が認めるかどうかはわからないという世界だからだ。これは、芸術全般に敷衍《ふえん》できることだろう。

　とはいえ、僕が作曲という仕事で生きてきたこと、そして今も生きていることは間違いのないことなのだから、と名刺に「作曲家」と記すことができたのは、実は近年。つまり実際上作曲の仕事をしてきて数十年経ってからではなかったかと思う。ついに開き直った、と換言してもいい。だが、僕は今思い出している。三〇年くらい経つだろうか、イギリスの劇作家アーノルド・ウェスカーが来日し、松本だったか（記憶不鮮明）で催されたシンポジウムのことを。僕はウェスカー作品に親しんでいたので、これに参加した。我々の芸術は今どうあるべきか、というようなウェスカーの発言に、東京の某劇団の、血気盛んな演出家Sが怒った。「自分がやっていることを芸術芸術と言うな。思い上がりだ！」みたいなことで吠えたてた。何を怒っているんだ……ウェスカーは不思議そうな顔だった。そりゃそうだろう。アートと言っているに過ぎないのだ、彼は。そしてアートという言葉には、特段の重みもない。ふつうに、自然に、アートなのだ。通訳がそれを「芸術」と訳したとたん、それがSの怒りの発端になった。日本語の「芸術」はどこか特別なもの、特有のニュアンスなのである。

というエピソードを延長していくと、名刺に作曲家と明記しにくかった心理的事情を、少しはわかってもらえるかと思う。つまり僕は「実は作曲を生業《なりわい》としているんですけれど、そう言ってよろしいでしょうか」という、何ともやや卑屈な感じで七十数年生きてきたということになる。その僕がこのようなエッセイまで書く――そんな不遜《ふそん》な……。つぶやき、個人的メモあるいは日誌だと思ってほしい。それが一二巻にまで達してしまった――そんな不遜な……。ただただ、驚きである。

連載中は「うたごえ新聞」編集長・三輪純永さんに、そして今回の上梓《じょうし》に関してはこれまで同様、新日本出版社・角田真己氏に、たくさんお世話になった。ここに、感謝を特記しておきたい。

二〇二〇年一一月

著者

目次

流行語

大晦日《おおみそか》の某新聞朝刊の「一年を振り返る対談」を、二年続けてやった。一昨年（二〇一三年）は小田島雄志さんと。昨年（二〇一四年）＝つい先日は、林真理子さんと。テーマゆえに、この対談では「流行語大賞」が話題になるのは当然。だが、僕はこれに極めて弱いのだ。一昨年の「今でしょ！」と「倍返し」については、全く知らなかった。「じぇじぇじぇ」と「お・も・て・な・し」は何とか知っていて対応できたが……。

昨年は、まず「ありのままに」「ダメよダメダメ」。何のことかさっぱりわからない。「スタップ細胞」と「集団的自衛権」はよく知っているものの、いったい流行語という範《はん》疇《ちゅう》に入るものかどうか、疑念を抱いた。

ふだん、テレビにかじりついておれないので、こういうことに疎くなってしまう。それだけでなく「流行」に飛びつく性癖が元来ないのである。だいぶ前に誰かが言っていた――突発的大話題の小説などは、半年経って依然興味があれば、そこで初めて読んでみる、と。

僕も実はこれに近い。もちろん例外もある。昨秋のノーベル文学賞パトリック・モディアノは、受賞後さっそく読んでみた。もっとも、モディアノの名は前から知っていて、読みたかった。受賞をきっかけに邦訳書が店頭に並んだので買った、というわけ。

巷間《こうかん》に流行語というものが生まれるのは理解できるし、言葉は太古からその都度新生し、変遷してきたはず。

万葉集に出てくる「筑波嶺」は「ツクバネ」ではなく「ツクファネ」だったという。昔はFの発音があったわけだ。

「階段」は「カイダン」だが、「怪談」は「クヮイダン」、「寒気」は「カンキ」で「歓喜」は「クヮンキ」、「県下」は「ケンカ」で「喧嘩」は「ケンクヮ」。Qの発音だ。

昔は「クィ」も「クェ」もあったが、これらを「キ」「ケ」に統合したのは、本居宣長（一七三〇～一八〇一年）で、「字音仮字用格《じおんかなづかい》」（一七七六年）という書でこれを主張した。

「紫陽花」は「アヂサヰ・あぢさゐ」、「紅」は「クレナヰ・くれなゐ」、「田舎」は「ヰナカ・ゐなか」、鳥居は「トリヰ・とりゐ」……。「イ」と「ヰ」の発音も、違ったらしい。どう違ったのかは知らないが……。

パ行、ファ行は自然淘《とう》汰《た》され、やや近いカ行やバ行に移っていった。前記ツクファネはこの例。中国語の「海（ハイ）」が日本で「カイ」になったのもこの例。琉球・奄美方言の「パナ（花）」「ピトゥ（人）」は、古い日本語発音が残っている例である。

「万葉集」や「古事記」「源氏物語」を昔の発音で朗読するサークルなど、あるのかな……。寡聞にして知らないが、どなたかご存じなら教えてください。その朗読、聞いてみたい。

変遷は、まず流行から始まるのかもしれない。であれば、流行語に関心がないなんて――ダメよダメダメ。「ありのまま」に受け入れなければいけないのかも。

（二〇一五年一月二六日号）

表現の自由とテロ

年明けまもない一月七日昼前（現地時間）、パリの中心部で起きたイスラム過激派による新聞社襲撃事件。「シャルリー・エブド」紙は、「ムハンマド風刺漫画」などを掲載しつづけていて、これまでにも火炎瓶を投げ込まれて全焼に至るなど、テロ被害を受けてきた。仏政府が、同社に風刺漫画の自粛を要請したほどである。今回は、二人のテロリストが編集会議中を襲い、編集長、記者、風刺漫画家、警官など一二人を射殺。逃走中に立てこもった犯人たちと、おそらく連携プレーだろうがパリ郊外のスーパーを襲った別犯人は、さらに殺人を繰り返した。が、犯人たちは潜入した特殊部隊により射殺された。

この事件に対し「表現の自由」と「テロ反対」を叫ぶ大規模なデモが行われたのも周知の通り。オランド仏大統領はじめヨーロッパ各国首脳も、このデモに参加した。

テロリズムの「テロ」は、フランス語のテルール（terreur　恐怖）から来ている。さらにその語源はラテン語。辞書の定義は「強制の手段として恐怖もしくは暴力を用いる考えかた、また行動」。一七八九年のフランス革命のあと、反革命派一万六〇〇〇人を殺害したジャコバン派による恐怖政治が「テロ」という用語使用の最初といわれる。とはいえ、恐怖政治は古来からあったはず。ただし「恐怖」という観念はなかっただろうが……。

「表現の自由」は、いうまでもなく大切なことだ。それを打ち壊そうとするテロリズムは決して許されない。だが……。

だが、「表現の自由」は何をやってもいい、何を書き、言ってもいいということではないのではなかろうか。僕は神道信者ではないが、しかし日本独特の神道文化を馬鹿にするような表現があったら、不快に感じるだろう。もし、イエス・キリストを冒瀆《ぼうとく》するような記述が、たとえばイスラムのどこかの国でなされれば、フランス人は怒るのではないだろうか。「表現の自由」を尊重するにしても、そこにはおのずから礼節というものがあってしかるべきと思うのである。

繰り返すが、テロを容認するわけではない。テロを許してはならない。二〇〇一年のあの「９・11」を忘れてはいけない。

日本でも繰り返されてきた。記憶に新しいところでは「地下鉄サリン事件」（一九九五年）だ。

自分と異なる思想、異なる宗教、異なる文化に対し、異なるから許せないのではなく、異なるからこそ、それを正視するゆとりが必要だと思うのである。

ちがうから、それを揶揄《やゆ》する。揶揄されて怒る――地球上が完全に同じ色に塗りつぶされなければ、対立と争いは消えないだろう。しかし、どこを見回しても同じ色だったら、この星は何とも淋しく、つまらないところになるだろう……。

テロ撲滅のために武装し、どんなに闘っても、解決には至るまい。「ちがい」を互いに許し、面白がる世界を、僕は夢見る。

（二〇一五年二月二日号）

俳号

俳人の黛まどかさんと対談をするので、そういえば、と俳号に興味が湧いた。彼女の本名は「円」だ。黛円――音読みすれば「タイエン」あるいは「ダイエン」だな……。訓読みでは「まるい」だ。「まどか」は「意味読み」なのである。何度か僕も仕事をした「演劇集団・円」という劇団は「エン」。「劇団マドカ」と呼ばれることがある、と関係者が言っていたな……。

まどかさんのお父上も俳人だ。黛執。こちらは音読みで「シュウ」だ。もっとも訓読みは成立しにくい。「執る（トル）」では名前にならないだろう。意味読みでも「とらえる」「とらわれる」だから、これもならないですね。

僕は、俳句はやらない。だが、不思議に俳句の近くを生きてきた。恩師で、私的には仲人でもある故・池内《いけのうち》友次郎先生は、高濱虚子の次男で、ご自身も句集を上梓《じょうし》されるほどだった。池内家から高濱家へ養子に行ったのが虚子で、その息子が池内家へ戻ったのだそうだ。むかしは、そういうことがよくあったらしい。

虚子の本名は「清」。つまり本名をもじって俳号にしたわけだ。同じような例として、かつて新興俳句運動に参加し、治安維持法により検挙・投獄された秋元不死男の本名は「不二雄」だ。ちなみに検挙されたころの俳号は「東京三」で、この字順を入れ替えれば「京三東（きょうさんとう）」である。さらにちなみにその妹は、演劇界に数々の名作を残した劇作家・秋元松代さん。僕もその作品に音楽を書いたことがあり、生前いっしょにお酒を飲んだこともある。

松尾芭蕉の本名は、幼名＝金作、長じて忠右衛門宗房。はじめこの宗房をそのまま俳号として用いたが、やがて「桃青」に、そして「芭蕉」になる。これも当初は「はせを」と読んだらしい。正岡子規は、幼名＝処之助《ところのすけ》、長じて常規《つねのり》。別に常軌を逸していたわけではないだろう。子規になったのはその後である。

中村草田男の本名は「清一郎」。ごく普通だが、俳号になるとぐっと趣きが出てきますな。

河東碧梧桐《かわひがしへきごとう》、種田山頭火、尾崎放哉なども、意味の深さを感じる俳号だ。月、雪、雲、火、花、鬼などを含む俳号が多いと見た。いっぽう、本名そのままという例も――金子兜《とう》太《た》、西川徹郎など。異端と呼ばれる旭川在住の西川徹郎について、僕はつい先日小論を書いた。その論には、僕の好きな野村朱鱗洞、詩人で画家の村山槐多も登場させた。

作曲界の大先輩＝故・松村禎三さんは「旱夫《ひでりお》」という俳号を持っていた。ベートーヴェンの名作オペラ「フィデリオ」のもじり、女優の吉行和子さんは「窓烏」。マドカラスすなわち窓ガラス。面白いなぁ……。

まどかさんは、大震災の直後に、被災した東北を訪れている。被災者の句を集めた本も上梓している（『被災地からの一句』バジリコ刊）。そしてご自身の句――満開の桜に明日を疑はず。勇気の出る、いい句だ。

（二〇一五年二月九日号）

日本国憲法とテロ

刻々と情勢が変わるので、週刊のこのような枠には適さず、何とも話しにくいというものがある。「イスラム国」による二人の日本人の拘束に関する話は、まさにこの類だ。黒覆面の男が、オレンジ色の服を着た後藤健二さんと湯川遥菜さんを従えて解放の交換条件をしゃべっている映像が流れてから、一週間が過ぎた。この間に、湯川さんは殺害されたらしい。重大な事態に「らしい」などと言いたくないが、情報が極めて少ないのだ。あの映像から数日後だったろうか、交換条件が急変した。身代金として二億ドルだったのが、ヨルダンに収監中の「イスラム国」テロ容疑者との交換という条件に変わった。しかもここには、「イスラム国」に拘束されているヨルダンのパイロットも関わってきた。事態は複雑だ。

この稿を書いている時点で、ヨルダンのパイロットはどうなったのか、そして後藤さんの身柄は今後どうなるのか、全く不透明である。しかし、そもそもなぜこんな事態になったのだろう。日本人がなぜ、テロの標的にならねばならなかったのか……。

以下、全くの私見。しかも国際政治に関してド素人の思いであるが……。

ネット他で、短時間に多量の情報が世界を飛びまわる現代である。日本の現政権が、平和と非軍備を標榜《ひょうぼう》している現行憲法を変えようと目論《もくろ》んでいることは、世界が知っているはずだ。そして軍備・武装化するとしたら、安全保障条約のもとでアメリカに歩調を合わせるであろうことも、周知されているだろう。「集団的自衛権」行使ということになれば、その場合の集団がどの国との連携になるかも、当然知られているはず。

であれば、「イスラム国」への空爆を繰り返しているアメリカへの敵意は、すなわち日本へも向けられるということだ。しかも現下の状況では、人命の大切さよりテロに屈服しないことを重要視するアメリカと、何とか後藤さんを助けたい一念の日本とで、思いがややずれている感がある。この「ずれ」が大きくなれば、関係の亀裂へ発展するだろう。さらに、日本と友好関係にあるヨルダンとも、同様の事態が発生するかも――「イスラム国」の狙いはこういったことにもあるのではないか。ひっかかってはならないのだ！
後藤健二さんのお母さんが言った「平和憲法を持つ日本は、こんなことにならないはずではなかったのか」という叫びは、平和を愛する多くの日本人の声でもある。

僕は、八〇年代の数年間エジプトで、そのあとレバノンで仕事をした人間である。中東の空気を吸ってきた。カイロで、毎日何度も流れるコーランを聞いてきた。東京にただ一つしかない「東京ジャーミー」（モスク）は、我が家の近所だ。イスラムの教えが、戦い、人を殺すことではないことを熟知している。真の恒久平和を訴え、憲法のたしかな力で世界を牽引《けんいん》する姿勢を堅持すれば、いつの日かその精神は世界中を覆う、と僕は信じている。

（二〇一五年二月一六日）

奥平康弘さん

この一月三〇日夕方のことである。出かけようとしていたら、電話が鳴った。T新聞T記者だ。一月二五日の「調布憲法ひろば」（後述）の折に、僕にインタビューをした記者である。「奥平康弘さんが亡くなられました」——え、まさか……。愕然《がくぜん》とした。

奥平さんは憲法学者である。一九二九年生まれ（八五歳だった）。東京大学名誉教授。大江健三郎、加藤周一さんたちとともに、二〇〇四年の「九条の会」呼びかけ人。前記「調布憲法ひろば」の際に、教育研究者でやはり東大名誉教授の堀尾輝久さん、そして僕とステージで鼎談《ていだん》をした。その日、控室に入ってこられた奥平さんは「熱があり、食欲がない」とおっしゃり、昼食用の弁当の蓋を開けなかった。心なしか声に力がないようにも思えたが、鼎談では憲法について明確に、力強く語られ、「第一級の学者はすごい！」と感じたのであった。
その日帰宅されて少し仕事をされ、翌朝に息を引き取られたらしい。あの日の鼎談はかなりきつかったのではないか……。忸怩《じくじ》たる思いに駆られた。

それにしても……。憲法学者という仕事はすごい、と思う。法律に関わるすべての仕事に、畏敬の念を抱いてしまう。とはいえ、僕にはそういう知人が少なくないのだ。親しくしている隣家も、高校時代の友人にも、弁護士は何人もいる。検事に知り合いはいなかったが、昨年（二〇一四年）金沢のバーで一人できた。裁判官には、いる。高校時代の親しい友＝金築《かねつき》誠志。たしか当時の司法試験合格最年少記録をつくった男である。東京高裁のトップだった時に、僕に講演を頼んできた。「判事さん相手に何の話をすればいいんだ？」と問うと、音楽好きが多いから作曲家として思うことをしゃべってくれればいい、と彼。事実、当日僕の世話係をしてくれた若い判事は、親が、僕も知るプロ・オーケストラ・メンバーで、驚いたのだった。またある日、高裁の部屋で机を並べているのが君の小学校の同級生だから、三人で飲もうと言ってきた。水戸時代の小学校で六年間いっしょだった仙波厚君も高裁判事なのだった。小学校の友と高校の友がともに判事……びっくり。この金築は、現在最高裁判事である。

六法全書を覚える、ということだけで、僕には想像を超える話だ。しかも法律はしばしば変わる。すごいですよね……。しかし憲法は変わらない。変えてはならない。

ではあるが、変えようとする人たちがいることも事実。理論でそれに対峙《たいじ》していくのは、大変な能力だ。昨秋仙台で、僕の願いが叶《かな》い、樋口陽一さんにお会いできた。その樋口さんはじめ渋谷秀樹、井上ひさし、大塚英志各氏などの憲法に関する著書を僕はたくさん読んでいるが、細目はともかく、憲法を「論じる」姿勢に、いずれも感服させられる。奥平さんはその筆頭におられた。教えていただきたいことが、まだまだあった。亡くなられる直前にお話しできたことは僕の脳裡《のうり》から決して消えない。本当に残念である。

（二〇一五年二月二三日号）

道路横断

道路に、自動車のみでなく、バイクがあふれている。イナゴの大群さながらだ。信号はあってなきがごとし。でも横断しなければならない。命がけ、と臆する同行者もいたが、これにはコツがある。迫ってくる車やバイクの運転者と目を合わせ、「通るぞ！」という意志を明確にし、しかるのちに注意深く、ゆっくりと歩く。慣れれば、何ていうこともない。

これは、つい先日滞在したベトナムの首都ハノイでの話。余談――ハノイのスペリングはHanoiだ。漢字は使わず、アルファベットの国だが、本来は「河内」である。ついでだがベトナムは「越南」。

で、ベトナム戦争終了後、「ドイモイ（刷新の意）」と呼ばれる経済政策により復興発展を続けてきたベトナムだが、昭和の日本を思い出すようなこんな光景に、僕はまさしくアジアを感じた。活気に満ちた、生きたアジアだ。

僕はしかし、かつて似たような体験をしている。三〜四〇年前の北京や台北も、こんなふうだった。僕の知るはじめは自転車の大群だったが、しばらくしてそれがバイクに、そして車に変わった。その結果、北京などは今や大気汚染（ＰＭ２・５）の苦難に直面しているのである。やはり八〇年代、僕はエジプトの仕事をしていたが、あのころのカイロも同様だった。道の横断には、細心の注意を払ったものだ。しかし、ある時期まではどこだってそうだったのではないか。

それが今や、車も人も基本的にきちんと信号を守る。さほど広い道路でなくても、だ。それが日本。安全度はきわめて高い。

こういうことに関して日本のシステムはすごいと思う。道路交通法は、あらゆる場合を想定してつくられている。駅のプラットフォームでは、すべての注意事項がアナウンスされる。「電車が入ってきます。黄色い線の内側まで下がってお待ちください」「降りるかたが終わってからお乗りください」「押しあわずに順序よくお乗りください」

乗っていても聞こえてくる。「揺れますのでご注意ください」「開くドアにお気をつけください」「前のかたにつづいてお降りください」

こんな国、ある？　こんなに細かな注意が堂々と、おおやけに……。しかしこれらが真に他人を思う心、親切心からであれば、まぁいい。優しい国、微笑みの国だ。

ところが、何かあった時に、「だから注意したではないですか」「注意を告知した以上、こちらに責任はありません」という背景だとしたら、嫌だな……。

それだけではない。個の意識が減じる結果についても、考えてみなくてはならないだろう。ハノイで、難しい道の横断をしながら、もしバイクと接触でもしたらそれは僕の責任だ、と僕は感じていた。日本での注意告知は過剰だし、責任転嫁は言いすぎかもしれないが、やや過保護であることは確かではないか。皆さん、どう思います？

（二〇一五年三月二日号）

連載予告です

部屋を整理していたら、一〇年前にT新聞に連載したエッセイが出てきた。僕は、自稿が載った新聞や雑誌などのファイリングにきわめて怠慢どころか放ったらかしだが、一応保存はしているので、時折このような「発見」に至る。これは作曲の手稿についても同じで、長らく演奏されなかった曲の譜面上の質問が演奏者から寄せられたりすると、もう大変。

八〇年代にエジプトで仕事していたころ、かの地の「カイロ交響楽団」の若い打楽器奏者から作曲を依頼された。とても熱心で、ホテルの僕の部屋まで来て、演奏のデモンストレイションををする。それが、タンブリンなのだ。タンブリンとピアノのための作品……。オーケストラを書く時にこの楽器が含まれることはあるが、そのための曲という発想は、ない。困った。次にエジプトへ行くと、このヤッシャ・モウワド君は「書いたか?」と問う。その次に行っても、問う。

ますます困って、仕事が終わり、エジプトもこれで最後という時、一カ月くらいの滞在中に書く約束をしてしまった。「タンブリンとピアノのための三つの小品」という曲を書き上げ、彼に渡した。この辺りの経緯も面白いのだが、それは略して、とにかくとても喜んでくれた。で、それから二〇年くらい経って、この話を知っている親しい日本の打楽器奏者が、この曲を演奏したいから譜面がほしいと言うのである。はて、どこにあるだろう……。

捨ててはいない。仕事場の段ボール箱のどれかに入っているはず。探す、というか発掘するのはおおごと。新しく書いちゃうか……。捏造《ねつぞう》だな……。ところが何と、見つかったのである。しかし青焼きコピーで、消えかかっている。原譜はカイロの彼に渡しちゃったんだ……。いつも仕事をしている写譜屋のスタッフに、「復元できる?」と尋ねた。何とかやってみましょう——これで、解決! 復元した譜面で、その時はもちろん、その後も何人かの打楽器奏者により演奏されている。とはいえ、このプロセスで「発掘」「捏造」

「復元」と（だいぶ前に話題になった）考古学の世界かと紛《まが》う話になってしまった。※

これでおわかりと思うが、そんな性分の僕が自分の古いエッセイを見つけたわけ。それは「わが街、わが友」という連載。全一〇話で、新宿を四回、四谷、東北沢、日比谷、上野、水戸、札幌を一回ずつ書いている。幼時を過ごした街、学生時代に彷徨《ほうこう》した街、長じて通った街、第二の故郷に近くなっている街……。読み返してみたら、自分で言うのも何ですが、面白かった。

この欄で「わが友」はすでに話したから、「わが街」に絞ろうか……。松山、金沢、長崎、魚津などを加えてもいい。親しい町は他にもたくさんある。そのままの転載にはT新聞の許諾が必要だし、それではつまらない。アイディアだけ借りて、かつて話し足りなかったことなどを書きたくなってきた。

もともと、そして今も、地理好き人間だ。飛び石的な連載を試みてみようか……。

（二〇一五年三月九日号）

※　この曲は二〇二〇年九月にようやく出版（全音楽譜）。それに際し、「スフィンクスの誘惑」というタイトルをつけた。

文民統制

どうも、さほど重要視されていないみたいだが、気になる報道が二つ続いた。

まず二月二一日の報道。防衛省の内部総局では、これまで背広組すなわち「文官」が制服自衛官より優位とされてきた。いわゆる「文官統制」である。この規定を廃止することになった。

もう一つは二月二四日。政府が目下検討を進めていること――自衛隊による活動中の隊員自身に危険が迫った場合に限り、最低限の武器使用が認められてきた。これを外国軍隊の後方支援などにおける広範な武器使用へと拡大する方針。また後方支援の実施に際し「周辺事態」という枠があったが、これを取り払い、地理的制約がないようにする。

愕然《がくぜん》とした。これらは、きわめて危険な方向を指し示している。平和を維持すると宣言して、世界に向けて示している美しい布に綻《ほころ》びが入ってしまった。現状では小さな綻びかもしれない。だが、いつの日か大きな穴が開き、布はボロボロになるかもしれない。そういえばこのボロボロは、あの時のあの綻びからだ……という思いを抱く日が来る可能性を恐れてしまうのである。

「文官統制」は「文民統制」のもとで成立する概念だろう。というより文民も文官も、用語として大差はない。文民統制は英語で「シビリアン・コントロール」。すなわち、市民統制と解釈しても差し支えないわけだ。

ところで、文民でない人について、言葉の上での位置づけは次のとおりである。

①旧陸海軍職業軍人の経歴を持ち、かつ軍国主義思想に深く染まっていると考えられる者。②自衛官の職にある者。

ここで、現行憲法第六六条第二項を見てみよう――内閣総理大臣その他の国務大臣は、文民でなければならない。

旧大日本帝国憲法では、統帥権《とうすいけん》（軍隊を統《す》べ率いること）は軍令機関の専権だった。軍隊は天皇から直接統帥を受けるのであって、政府の指示に従う必要はない、とされた。軍国主義はここから跋扈《ばっこ》しはじめたのだ。これを繰り返さないために――あの過ちを繰り返さないために、憲法ははっきりと「枷《かせ》」を明記している。ところが、防衛省内部で自衛官が背広組（文官）と並ぶ――増長し、ずるずると変化して、文官を見下ろすようにならないと、誰が断言できる？

もう一つの報道だが、この武器使用は明らかに「集団的自衛権行使」から派生したものだ。たとえば――アメリカのＩＳ爆撃に際し、日本の自衛隊が後方支援する。それが、気がつくと自衛官自身もＩＳを爆撃していた、ということになりかねない。ということはＩＳから日本が直接攻撃されることもあり得るということだ。

小さな綻びが、次々に生まれている。小さいから、危機感を感じにくい。大騒ぎになりにくい。それこそが現政権の思惑である。

摘み取らなければ。それは「今」なのだ。

（二〇一五年三月一六日号）

四年目の春

東日本大震災から、まる四年が経過した。震災そのもののすさまじさはいうまでもないが、そこに津波が加わって、未曽有の被害となった。さらに原発事故が重なり、深刻さがより深くなったことは周知のとおり。

二号炉建屋屋上から、汚染された雨水が排水路を通じて外洋へ流出していたことが、このほど発表された。しかし、問題の排水路での放射能濃度の上昇について国への報告は昨一月だった。三月には国の指示が出た――一年かけて排水路を掃除すること。

ところが、掃除しても線量は下がらなかった。外洋に直接出さずに港湾内に排水路を付け替えるべきという指示は、昨年（二〇一四年）末ごろである。しかし、すぐにやらなければならないとは考えなかった、と担当者が述懐する。

信じられない！

それだけではない。排水路の汚染がとまらないプロセスで、担当者は「雨水だから仕方がないと思った」のだそうだ。風評被害は、このような杜撰《ずさん》さから始まるのだ。

あの時の緊迫度や必死さが、四年経って緩んできているとしか思えない。災害への備えが口で言うほど簡単ではないのは、このような事実からも判明する。やはり、人間は「忘れる」動物なのだ。これを押しとどめ、緊張感を維持するにはどうしたらいいのだろう。

とはいえ、現場――岩手や宮城で懸命に復興に勤《いそ》しむ人たち、長年住み慣れた福島の土地を事実上追われ、帰還も思うようにいかない人たち、そして農業や漁業関係者の人たち……。緩みなんてとんでもない話だ。毎日が、今もなお命がけなのである。


重松清『希望の地図――３・11から始まる物語』（幻冬舎文庫）を読んだ。東京の中学一年生・光司が、父親の大学時代の友人でフリーライター＝田村章（実は重松氏の別名だ）とともに東北の被災地を巡る物語である。しかし、おそらくは重松氏が一つ一つ足で得ていったノン・フィクションだろう。

宮城県山元町のＦＭ「りんごラジオ」、震災翌日の壁新聞から復刊が始まった「石巻日日新聞」、震災から六日後に一部とはいえ運行を再開した三陸鉄道北リアス線、今ホテルにできることは何かを考え、避難者の保護にあたった「浄土ヶ浜パークホテル」、原発事故後「計画的避難区域」に指定され、ほとんどの住民がいなくなった福島県飯舘村の特別養護老人ホームの苦悩……。

映画音楽作曲家八人（僕を含む）が震災復興を願って作品を寄せた「魂の歌」（ＣＤ：ソニー）に、重く美しい文章を書いてくれたのが重松さんだ。津波に痛めつけられたふるさとの川に、それでも鮭が遡上《そじよう》してきた話、瓦礫《がれき》の中に咲いた桜の話……あの震災と「その後」への重松さんの思いは、今なお緊迫しつづけている。ＣＤに収められた役所広司さんによるその朗読を聞くと、それがよくわかる。

四年目の春――その歳月が、緊張感を緩ませるものであってはいけないと、強く思う。

（二〇一五年三月二三日号）

六〇年

今年（二〇一五年）が「うたごえ新聞」創刊六〇年であることは周知と思うが、何と今号が、ピタリ六〇年目である由。めでたい！「継続は力なり」を具現してきたその価値は、きわめて高い。

ところで、この連載の第一回目は一九九三年一一月八日号だ。当時僕はアメリカのある財団の招きでニューヨークに住んでいて、そこへ連載執筆依頼の連絡が入った。アパートの六階の部屋からファックスで原稿を送り始める。かの地で暮らしていると日々感じてしまうこと――「自己責任について」が初回のタイトルだ（『空を見てますか…1』新日本出版社刊）。ま、何か月かなら書けるだろう、という感じだった。それが……足かけ二三年！

この年月には驚くほかないが、しかし自分でさらにびっくりするのは、何を書いたらいいだろう……ということがただの一度もなかったこと。その理由は明らかだ。まさに「空を見ていれば感じること、思うこと」を、ごく自然体で綴ることだけを考えてきたからだと思う。生きていれば、思うこと、言いたいことが誰だってあるじゃないですか。それをそのまま話せばいい……。大変だと感じたことは全くなかった。締切は毎週月曜だが、僕は勝手にその二日前の土曜を締切と決めてきた。ワケは簡単。月曜は、週に一度の大学出講日だった（二〇一四年三月で定年になったので、今はちがう）。また、土〜日はたいてい地方の仕事が入る。だから、その前、すなわち金曜に送稿、ということも少なくなかった。

この「締切の設定変え」は、実は長い間の作曲の仕事で身についたものだ。テレビの連続ドラマなどの音楽を担当していると、毎週作曲・録音がつづく。だがそのスケジュールに合わせていると支障をきたす。当然、他の仕事もあるから。そこで、作曲の段取りは自分で決めちゃう。ある場合は打ち合わせのあとただちに作曲し、録音日まで、ただ待つ。ある場合はギリギリまで他の仕事。作曲は録音前夜。猛烈な勢いで、やる。

木曜日はこの連載の「ゲラ校正」。パソコンを持ち歩かない僕のために、編集部はファックスで送ってくれる。コンサートホールにいたり、何かの会議をしていたり……。どこへでも送ってもらう。乗り換えのためにいたフランクフルト空港で呼び出しのアナウンス。空港のオフィスで校正をした、ということもあった。

瀬戸内海の水が完全に入れ替わるのが六〇年、と子ども時代に聞いた。ホントかね。どうやって調べるの？　今、関門海峡を流れ出た海水の中に六〇年前の一滴が含まれていたんです！

なんて……。

「十干十二支」ってありますね（天干地支《じっかんじゅうにし》　てんかんちしとも）。「甲《こう》乙《おつ》丙《へい》丁《てい》戊《ぼ》己《き》庚《こう》辛《しん》壬《じん》癸《き》」と、ご存じ「子《ね》丑《うし》寅《とら》卯《う》辰《たつ》巳《み》午《うま》未《ひつじ》申《さる》酉《とり》戌《いぬ》亥《い》」。これらを組み合わせれば、一回りが六〇年＝還暦、という仕組みだ。今年＝二〇一五年は「乙未」の年。「きのとひつじ」と読む。六〇年は大きな区切りなのだ。「うた新」のさらなる継続を、僕は信じている。

（二〇一五年四月六日号）

見てるのは位牌？

目の不自由な若い女性が、白い杖《つえ》をつきながら電車に乗ってきた。車内は混んでいるので彼女は立っている。僕は座っていたが、彼女の所まで数メートル離れている。どうしよう……。

僕以外の座っている乗客は、皆スマホか携帯電話の（おそらくは）メールを見ていて、目が不自由で立っている彼女に全く気がつかない。と、僕のほかにもメール読みでない人がいた。初老の男性。「どうぞ」と声をかけて立ち上がり、彼女に席を譲った。僕もほっとした。

付記。そこは（僕の席も）シルバーシート（最近はプライオリティーシート＝優先席と呼ぶのかな）である。で、目を上げない人たちは全員若者だ。七一歳の僕ですら、優先席に座るのは瞬時考えます。席を必要とする人のために僕がここに座ってはいけないのでは、と。自分では歳をとったと思っていないのだ。ある日どこかで読んで思わず笑った川柳を紹介します。婦人服売り場の試着室を出て店員に尋ねる声——おばさんみたい？　というおばさん。

携帯電話でメールができるようになって、人々の動作が変わった。その初めのころ、駅のベンチに座っている何人かを見て、とっさに僕が何を想ったか……。あれ？　どうして揃って位牌《いはい》を眺めているんだろう……。これ、ホントの話です。

画面のディスプレイだけを読んでいる人にとって、周囲は無関係だ。世界には自分だけしかいない。スマホ等だけではない。音楽を聴くのもインディビジュアル（個人的）な世界。オーディオマニアなんていう言葉は死語とまではいわないが、稀少価値を有する存在になった。稀少ということは、今でもいることはいるわけ。親しい友人に、二人、いる。音楽を聴くためだけの部屋、大枚（すなわち給料の大半）をつぎ込んだアンプやスピーカー。モーツァルトを聴く時とマーラーの時ではアンプもスピーカーも変える、とか……。こういう人は友人に聴かせたいから、友を招《よ》ぶ。装置の自慢をし、一緒に聴き、音楽談議に花を咲かせ、しかるのち、酒。音楽を聴くことが交流へ、社交へ、つながるのである。ヘッドフォンやイヤフォンで聴く人に、この醍醐味《だいごみ》はわからないだろう。というより、そんな交流を必要と思わないのだろう。

携帯電話が巷間《こうかん》にあふれるより前、当時すでに「携帯」と呼んだものの、まだかなり大きな電話がタクシー内にあった時代がある。夜半に、同業の後輩二人（ともにイニシアルはN）がタクシーに電話があるのではしゃぎ、「飲もう！」とかけてきたことがあって、参った。やがて個人用携帯電話が登場したが、僕が持ったのは何年か経ってから。しかも初め二年ほどは送信にしか使わなかった。

今は違う。受信はもちろん、メール他いろいろ使っています。だから僕だって「位牌眺め」になりかねないのだが、少なくとも僕は上を――たとえば空を――眺めていようと、いつも思っている。

（二〇一五年四月一三日号）

航空機事故

ドイツのジャーマン・ウィングスの墜落事故に世界中が驚いた。副操縦士がコックピットにただ一人こもり、外からのノックにも管制塔の呼びかけにも応じず、航空機を故意に墜落させた……。想像を絶する話だ。

副操縦士＝アンドレアス・ルビッツは極度のうつ病。それを会社へ通告していなかったなど、詳細が次第に明らかになってきている。

しかし、パイロットの「故意」が引き起こした墜落事故は、これまでにもあった。僕たちがまず思い出すのは、一九八二年二月九日羽田空港に着陸寸前だったＪＡＬ機が、突然エンジン逆噴射と機首下降をおこない、海に墜落した事故。機長Ｋの「心身症」や、副操縦士の「機長、やめてください！」は一種の流行語となった。死者二四人。東京・赤坂のホテルニュージャパン火災の翌日だったことも、記憶に新しい。

ほかにもある。一九七九年八月、解雇を言い渡された二三歳の整備士がコロンビア・ボゴタ空港の格納庫から軍用機を盗んで住宅地に墜落させた。死者四人。一九九九年一〇月には、エジプト航空のボーイング767がニューヨークを離陸後、大西洋に墜落。機長が席を立った隙に副操縦士が故意に墜落させた。セクハラを注意されたことへの腹いせだったという。死者二一七人。二〇一三年一一月LAMモザンビーク航空では、副操縦士が席を立った際に操縦士が故意に国立公園に墜落させた。死者三三人。

記憶に新しいところ。昨二〇一四年三月、マレーシア航空がインド洋上で行方不明になった。未だに残骸《ざんがい》すら見つかっていない。この事故も、「パイロットの故意の行動が原因では？」といわれているという。


ところで、疑問を持つのはLCC（格安航空会社）ということ。これは、いったい何だ？

一九七七年、イギリスのレイカー航空が大西洋を格安で飛ぶ「スカイトレイン」を発足させたのが始まりだという。現在日本の空にも、スカイマーク、エアドゥ、スターフライヤー、ソラシドエア、ピーチアヴィエーションなど何社も飛んでいる。大手ＪＡＬやＡＮＡだって「特割り」「早割り」など大幅に安い航空券を発売している。格安会社を別に設立するワケは何なんだろう……。

インドの国内便で何度もの着陸繰り返しのあげく、出発地へ戻ったという経験がある。ペルシャ湾上空だったか、機体が雷に打たれて激震という経験もある。ダッカのＪＡＬハイジャックを危うく逃れたこともある。今回のジャーマン・ウィングスはＬＣＣだったが、それが事故につながったと、僕は考えたくない。

航空機事故は、他のあらゆる交通関係の事故同様、起こり得るのだ。ただ、そのパーセンテージは、突出して少ない。であればこそ、整備の具合や乗務員の能力が問われる。小回りの効くＬＣＣが大手と違うのなら、逆に緻密《ちみつ》な整備や乗務体制が可能、ということなのでは？「格安」より人命が大事なのは自明。大手だろうがＬＣＣだろうが、責任は同等である。

（二〇一五年四月二〇日号）

封鎖の中で

ひのまどか『戦火のシンフォニー』（新潮社刊）という本についてお話ししたい。ひのさんは、僕も選考委員の一人である「新日鐵住金音楽賞特別賞」の昨年（二〇一四年）暮れの会議で受賞者に選ばれた。ひのさんには、過去にも多くの音楽関係の著書があるが、受賞はこの『戦火のシンフォニー』ゆえだ。

レニングラード（現サンクト・ペテルブルク）が、ナチスによって封鎖される。一九四一年八月三〇日だった。鉄道による疎開も、市への食料輸送も止まった。しかし、鉄道も道路もすぐにソ連軍が奪回すると、誰もが信じ切っていた。市へのナチの突入が目前に迫る状況で、ソ連共産党書記長スターリンはレニングラード方面軍司令官ジューコフ大将を通じて、命令を下す——敵の手に何ひとつ渡さない。万が一ドイツ軍の突入があれば、すべてを破壊する。

この年の一二月三一日が、レニングラード・ラジオ・シンフォニーの最後のコンサートだった。楽員にも戦死者が幾人もおり、市ではこの月だけで五万三〇〇〇人の死者を数えた。

翌四二年三月三〇日、市の委員会はラジオ局に指令を出す――音楽番組を日に四〜六回放送すること。それもレコードや録音のみでなく、音楽家たちのアンサンブルを参加させよ。

復活したオーケストラのリハーサルは局のスタジオで何とか行われた。気温は零下一五度。食べ物は塩漬けのキャベツやジャガイモが少しと何かの煮こごりぐらい。それでも栄養失調の体力回復のためには貴重だった。痩《や》せこけて身体がふた回りも小さくなった人、髪にシラミを付けている人……。歩く体力のない人は橇《そり》で運ばれてきた。スタジオのある三階まで上がれず、階段で力尽きる人もいた。楽員たちを前に、指揮者エリアスベルクは言った。

「町が我々の音楽を待っている。飢えを忘れ、夢中で音楽をやらねばならない」。

そんな日々——砲弾が飛び、爆弾が落ちてくるレニングラードで、ショスタコーヴィチは「交響曲第七番」を書き上げる。一九四二年三月二九日にこの曲が初演されたのはモスクワだったが、八月九日にはラジオシンフォニーがレニングラード初演を行う。レニングラード陥落は間近だとナチスが喧伝《けんでん》している中、満席の観衆の前で。音楽は必要だったのだ。

封鎖が解けたのは一九四四年一月二七日。八八一日に及んだ封鎖が、終わった。

一九九一年四月、レニングラードでの音楽祭に出席していた僕は、かの地の作曲家の友の誘いで、ショスタコーヴィチが「第七番」を書いた家の記念碑の除幕式に立ち会った。その時僕は、この曲の作曲の背景や経緯について無知だったが、顧みて今、深い感慨を抱く。

想像を絶する状況下で死と向き合う人々に、音楽は忘れ得ぬ感動と勇気を与えた。ひのさんは、この壮絶な事実を伝えるためにゼロからロシア語を学び、取材と精査をおこなったのである。大切なことを伝えるためになされる努力の尊さに、頭が下がる。

（二〇一五年四月二七日号）

うろたえの顚末

毎年三月に都心の病院で人間ドックに入る。終了と同時に翌年の予約をするので、もはや習慣となり、すでに四半世紀をこえた。

ドックの二週間後に結果一覧が送られてくる。再診察を、とか精密検査を、という指示も時にはそりゃ、ある。それに従ったこともあるが、概して気にしない。ある値が高いために定例の検査を受けている日常ゆえ、ドックを特別視していないせいでもあるが、基本的に健康、という理由の方が大きい。

ところが……。

ところが、今年（二〇一五年）は違った。何と、医師から携帯電話に連絡が来た。それも、ドック後、わずか四日め！　ある雑誌が僕の特集を企画している関係で、親友の作家・池澤夏樹と対談をしているさなかだった。彼が札幌在住ゆえ、場所は札幌の拙宅。編集者には札幌までご足労願った。

「メディカルCTの結果、肺に小さな影がある。再診察を受けるように」。メディカルCTはオプション検査であり、今回が初めてだった。だからこそ――つまり「初めて」ということが、医師の言葉の説得力を倍加させている。実は、長い間「肺の影」を隠し持っていたのかもしれない……。

専門医による再診の曜日と時間は限定されている。帰京し、NHKの仕事の時刻を変更してもらった。僕としては珍しいことだ。

それまでの数日間……。さすがに、ややうろたえた。幼時に数々の病気をして、就学が一年遅れた僕だが、その後はきわめて健康。病にも貯蓄というものがあるのなら、幼時にかなり貯めたことになる。だが、その貯蓄もそろそろ底をつくか、あるいはこの低金利時代に運用不能に陥ったか……。であれば、いよいよ身辺整理をしなければいけないかな……。

「第九のジンクス」も、脳裡《のうり》をかすめた。ベートーヴェン以後あまたの作曲家が、交響曲を九番で終えている。で、僕は一昨年秋「九番」を発表した。現在某オーケストラの委嘱で「一〇番」を作曲中だが完成には程遠い。「第九ジンクス」は僕にもふりかかってきたか、やはり……。

で、再診。「最近、咳のひどい風邪をひきましたか？」と医師。その通り！　二月だったか。かなり咳がひどかった。「その後遺症か、肺に炎症のような影が。放置して肺炎になるといけない。抗生物質でこれを消しましょう」。

主要なのは腫瘍ではなかったということ。癌《がん》でもなかった。胸をなでおろしましたね。……なんて言っていてはいけない。古稀《こき》を過ぎて一年半。子ども時代、学校の先生によく叱られました——老化を走るな！　え、違う？　廊下でしたっけ？

しかし、走らなくても確実に辿《たど》っているはずの「老化」。森村誠一、黒井千次、仲代達矢氏などによる「老い」についてのエッセイを読んだことがある。人生において、これは大きなテーマなのだ。今回の僕の小事件も、大切な教訓としなければならないだろう。

（二〇一五年五月四・一一日号）

バネ指

昨年（二〇一四年）一二月下旬だったと思う。朝起きたら、左手薬指の第二関節が「くの字状」に曲がっているではないか。何だこりゃ？

しかし、伸ばそうとすれば、できる。ただし何というか、「カクン！」と引っ掛かる。痛みはない。初めての体験で、ただ不思議。何、これ……？

年が明けても、治らない。仕事で会ったピアニスト、斎木ユリさんが教えてくれた。「それ、バネ指よ。私もなったことがある」。

その時、どうやって治したかを聞きそびれた。そのあとも何人かに「それ、バネ指」と教わったが、治しかたは不明。両手を組んでマッサージしてみる。ま、そのうち治るだろう。そういえばシューマンはピアニスト志望だったが、指を壊してあきらめ、作曲家になった。あれは、右の薬指だったな……。

ところが、二月を過ぎ、三月になってもいっこうに治りそうもない。ピアノを弾くには支障がなかった。ただ、指揮をしていて、たとえばクレッシェンドで左手を振り上げていくときに、ふと見ると曲がっている。これは奇妙だった。それどころか、指の自力では伸びなくなってきた。右手を添えて伸ばすしかない。しかもその時、痛い。いつのまにか痛みを伴うようになっていた。これはいかんな……。

ネットで調べてみる。「バネ指」で画面を表示。ところが治療法は？　と見ると、医者の宣伝ばかりで肝心のことがわからない。

ようやく診察を受けたのは四月も一〇日近くたった時だ。都心T病院の整形外科で、手の専門医に診てもらった。この医師が「バネ指」と宣告するまで五秒もかからなかったろう。

件《くだん》の指の付け根に注射。「痛いですよ」と五回くらい言って、プスッ！（たしかに痛かった）「四～五日で効果が出てくる。一カ月くらい効果が持続する。その間に治ります」。

バネ指は、正しくは弾発指というのであるらしい。指は腱《けん》によって曲げ伸ばしをするが、その腱＝屈筋腱には、腱の浮き上がりを押さえる靭帯性腱鞘《じんたいせいけんしょう》という、いわばトンネルがある。その屈筋腱と靭帯性腱鞘の間で炎症が起こると、指の付け根に痛み、腫れ、熱感が生じる。腱鞘炎である。これが進行するとバネ現象が生じる。それが「バネ指」だそうな。

更年期の女性に多いとか……。じゃ、なぜ僕が？　それに前記のような兆しは全くなく、原因不明。ある朝起きたらなっていて、痛みはそのあとだ。で、ことごとく説明に合致しない。すべて不可解。

わからないことだらけだが、とにかく、注射から三週間経って、少しずつよくなっている。自力で曲げ伸ばしできる。まだ「カクン！」はあるが、弱くなったし、痛みは消えた。これでダメなら切開手術だそうだが、そうなったらそれでよし、と開き直っています。

今回、「うろたえの顛末《てんまつ》・その２」というタイトルも考えた。ま、あちこち壊れがちになる年齢域に来たということだ。メンテナンスを心がけることにしよう。

（二〇一五年五月一八日）

危ない！

安倍政権の閣僚や与党議員の発言に、危険な空気を感じる。

二〇一三年七月、麻生副総理兼財務相。「ワイマール憲法を無効にしたナチスの手法に学べ」。

二〇一三年八月、駐フランス大使の小松一郎が内閣法制局長官に就任という異例の人事が行われた。この地位を、集団的自衛権行使を認める人物へとすげ替えたわけ（小松は翌一四年に健康上の理由で退任し、その後六月に死去。その後は内閣法制局次長の横畠裕介が長官に昇格という慣例的人事に戻ったが……）。

この三月一九日、参議院予算委員会での自民党・三原じゅん子議員。「日本が建国以来大切にしてきた八紘一宇の理念のもとに、日本が世界を牽引《けんいん》すべき」。

そして三月三〇日、安倍首相。自衛隊と他国軍の共同訓練について、「わが軍の透明性を上げていくことに大きな成果をあげている」。

以上の日付を、一九四〇（昭和一五）年ごろに書き換えても、全くおかしくないと思いませんか。すなわち、軍国主義が大手を振っていたあの時代にあったであろう発言と同類といって過言でないのだ。

日本は、「日独防共協定」を一九三六年にドイツと、翌三七年にはイタリアも加わって「日独伊防共協定」を結ぶ。「遅れてきた帝国主義国」「領土拡大（植民地獲得）」の協定といわれた。その後の大戦間におけるこの三国の暴走については、周知のとおり。そして戦後。

ファシスト政権の清算に関して、イタリアは積極的だった。一九四六年六月に、国民投票で共和制へと移行する。ついでだが、二〇一一年六月には原発再開について国民投票を実施。投票率は五四・七九パーセントだったが、何と九四・〇五パーセントが反対。原発再開はストップした。戦後のイタリア憲法にはこんな部分がある——「イタリアは他人民の自由に対する攻撃の手段としての戦争及び国際紛争を解決する手段としての戦争を放棄する」。

アフガニスタンやイラクに派兵したのは軍備や交戦権を否定しているわけではないからだが、この憲法、日本に近いではないか。

戦後ドイツは、ナチの犯罪について、一九七〇年に当時の首相ウィリー・ブラントがワルシャワのユダヤ人慰霊塔の前でひざまずいて謝罪した。現首相メルケルも、〇六年イスラエルでユダヤ人犠牲者に謝罪。〇九年にはポーランドでブラントと同様にひざまずいた。自らのホームページに「第二次大戦の犯罪について、ドイツには永遠の責任がある」と書いている。

いっぽう、戦時の近隣国の「慰安婦」問題について質《ただ》され、「私は答えない。官房長官が答える」と言ってダンマリを決め込んだのは安倍首相。前記ブラントやメルケルと、A級戦犯を祀《まつ》る靖国神社へ参拝する安倍首相との差はあまりにも大きい。謝罪を自虐的と考える人に、過去の清算はできない。問題を糊塗《こと》し、先送りするのみだ。

危ない。放置できない危うさだ。日本国民の叡知《えいち》はこれを許さないと、僕は信じたい。

（二〇一五年五月二五日号）

長田弘さん

福島県平田村へ行った。初めての所である。

昨年（二〇一四年）秋だったか、福島県出身の詩人である長田弘さんから「自分が作詞する校歌の作曲をしてほしい」と連絡があった。長田さんの詩集は僕の書棚に何冊も並んでおり、どれも愛読している。一昨年の僕の古稀《こき》の誕生日（九月一五日）に、下野竜也指揮東京交響楽団により初演された拙作「交響曲第九番」は、歌を伴う九楽章だが、その作品に僕は長田さんの詩九篇を使わせてもらった。歌ったのはソプラノ：幸田浩子、バリトン：宮本益光。すでにスコアも出版され（全音）、ＣＤも出ている（カメラータ）。この一月には僕の指揮、中部フィルハーモニー交響楽団により、岐阜で再演された。来年三月には大野和士指揮東京都交響楽団が演奏することになっている。歌は一貫して同じ二人。

平田村行きの準備をしていたら、みすず書房から『長田弘全詩集』が届いた。「最初の詩集から五〇年、一八冊の詩集、四七一篇の詩を収める完成版」とある。優しい、普通の言葉で綴られた六五六ページの浩瀚《こうかん》な一冊だ。

僕はすぐに、長田さんにお礼のメールを送った。「全詩集は、正確には《今のところ全詩集》ですよね」と。これが五月七日。そのあと一〇日に、M新聞社の旧知のS記者から電話――長田弘さんが亡くなられました。追悼文を書いてほしい。

その時の僕の驚愕《きようがく》！　五月三日に逝去され、すでに近親者のみによる葬儀も終わっているという。僕のお礼のメールを、長田さんは読めなかったわけだ……。そんな……。

そして一三日、僕は平田村へ向かったのである。東北新幹線・郡山駅で降り、迎えの車で小一時間。美しい緑におおわれ、三角形の頂を持つ蓬田岳《よもぎただけ》（標高九五二メートル）がそびえ、約一五万本の芝桜が咲き乱れる「ジュピアランドひらた」や、谷川に心地よい水音を響かせる「山鶏《やまどり》の滝」がすばらしい景観をつくる。村のあちこちに天に向かってまっすぐ伸びるアカマツの群生。三つの学校が統合されて来春生まれる「ひらた清風中学校」は造成中だ。現在、山を切り崩している。ちょうど田植えどきの水田が広がって、まさしくここは「里山」である。

長田さんは、昨年一〇月末にこの村を訪れたそうだ。その同じ場所を、七か月あとに僕が歩いているんだ……。長田さんが見た秋と、今僕の前に広がる初夏では違いもあるだろうが、二人の体験を膨らませて四季にすることが僕に託された――そう思ったのであった。

「死んだ人があとに遺していくのはその人の生きられなかった時間であり、その死者の生きられなかった時間を、ここに在る自分がこうしていま生きているのだ」(長田弘)。

この春、長田さんが送ってくれた校歌歌詞は、各節九行で三番まである。この歌詞が、長田さんの遺作ではないかと村の関係者は言う。僕が今思うのは、前記の長田さんの言葉のとおり。明らかな使命を感じている。

(二〇一五年六月一日号)

バター

バターが品不足らしい。二〇一一年のデータだが、日本では年間六・三万トンのバターを生産していた。アメリカは八二万トン。ＥＵ圏は二〇六万トン。一番多いのはインドで、四三三万トン。「牛を神様として崇《あが》め、食べないインドでなぜ？」と思うかもしれないが、バターは牛を殺さなくても得られる。牛乳もしかり、というわけ。

バターは、メソポタミアの古代文明時代からあったらしい。ま、偶然できてしまうものではある。牛乳を皮袋に入れて木に吊るし、棒か何かで叩き、かつ揺らせば、できる。インドの古代叙事詩マハーバーラタや聖書にも登場している。しかし、ヨーロッパでは長くオリーブオイルが主流で、バターは野蛮人の食品とされていたという。フランスでようやく一般化したのは九世紀ごろらしい。

日本では、徳川吉宗が試作した記録がある。僕は、九五年のNHK大河ドラマ「八代将軍吉宗」の音楽を担当したが、バターづくりのシーンはなかったな……。それ以降だろうが、江戸時代にはわずかだが生産されていたと聞く。「白牛酪」とか、オランダ語がなまって「ぼうとろ」と呼ばれていた。今でも、神奈川県相模原市の津久井湖辺りの名物に「ぼうとろ餅」というのがある。

バターは、乳の中の脂肪分を凝固させて作る。一〇〇グラムのバターのためには四・八リットルの乳が必要だという。ビタミンAはじめ豊富な栄養を有する。発酵するものと無発酵のものの二種があり、さらに有塩と無塩に分かれるといわれていた。ところが、そもそも乳の中に微量の塩が含まれていることから、「無塩」という表示は使えなくなり、現在は「食塩不使用」というのだそうだ。「乳」と言ってきたが、実際はほとんどが「牛の乳」であることは周知のとおり。

生産過剰になった日本では二〇〇七年から生産調整に入った。そのため今度は逆に生産不足に陥ったのである。これは日本だけでなく、北欧諸国でも同様だという。

バターの脂肪分が多いのでマーガリンへ傾いた時代があった。植物性油脂によるものがマーガリンと思われているが、動物性油脂を使うものもある。以前は鯨の脂によるものもあったという。国際的な祝宴などでもバターを多用するフランス料理から、健康的なイタリア料理へ移行しつつあると聞いた。正確には、油脂含有率八〇パーセント以上がマーガリンで、それ未満はファットスプレッドという由。

我が家では、ずっとバターである。理由？　おいしいから。

それにしても、バター不足について対処を考えると大臣が言っていたが、バターのみならず米などに関しても、国の判断のスパンが短く、まもなく逆の現象が起きるということは、ちと情けない。ＴＰＰも問題になっている昨今、国民の暮らしを守る国の政策は重要だ。

欧米には「大砲かバターか」という言葉がある。軍事か暮らしか、ということだ。バターには重い意味があるのである。

（二〇一五年六月一五日号）

地球温暖化

アラスカという所を意識することなど、ここしばらく、とんとなかった。畏敬する植村直己さんの著書を読む時くらいである。だが、かつて（八〇年代だったか）は、日本とヨーロッパを往復する際、航空機はアラスカのアンカレジで途中給油をするのが一般的だった。僕も何度も体験した。一時間ほどの間の、空港ビル内での立ち食い蕎麦が、楽しみだった。あのころ以降、アラスカは意識の外にある。

それが、このところアラスカが気になる。購読している報道雑誌の記事ゆえだ。

——この三月、アラスカの犬ぞりレース「アイディタロッド」のスタート地点が、例年のアンカレジから北へ約五八〇キロメートルのフェアバンクスへ移された。しかし、コースに含まれるチェナ川が十分に凍らず、スタート地点を再度別な場所に移動させなければならなかった。アンカレジの近くキーナイ沖合の海では、本来南米のガラパゴス諸島あたりに棲息するカツオが捕獲された。調査によれば、アラスカの川や氷河から、ミシシッピ川を上回る大量の水が海に流れ込んでいる。今年（二〇一五年）アラスカでつづいているのは雪ではなく、大雨だ。

これは、年ごとの気候の変動ではない。アラスカでは永久凍土がじわじわと減少している。永久凍土がなくなれば「レジームシフト」（気候の急変動）が起きる。害虫のキクイムシが北上しているのも、その顕れだ。アラスカでは毎年山火事に襲われるが、そのシーズンが年々早まっているのも、温暖化が背景である。

今年日本でも、多くの人が「猛暑の五月」に驚いた。このまま行ったら八月はどんなことになってしまうか、と心配した方も少なくないだろう。ま、身体が暑さに慣れていくのだろうとは思うが、それにしても暑かった。

温暖化が進めば、旱魃《かんばつ》や洪水が起きる。熱波や暴風雨そして海面上昇も起きる。早い話が、地球が壊れていく。生命の存続が脅かされることになる。

この七月にエチオピアのアディスアベバで「第三回開発資金国際会議」が開催される。

温暖化とどう関わるのかと思うだろうが、この会議のテーマは「持続的発展」で、すなわち環境という見地から、健全かつ社会のあらゆる層が享受できる経済成長を支えるシステムをつくっていこう、ということだそうだ。

秋にはパリで「第二一回国連気候変動枠組み条約締結国会議」がある。世界各国が、気候変動にブレーキをかけるための合意をすることが目標だ。

エネルギー源をCO_2（二酸化炭素）排出の少ないものへと変えていく必要がある。風力、太陽光、地熱等々……。同時にCO_2の回収、貯蓄を大規模におこなうことも重要。しかし世界の金融システムは、厖大《ぼうだい》な資金を油田開発などにつぎ込みつづけ、他方CO_2の回収、貯蓄には投資してこなかった。

紛争や戦争どころではない！　世界中の知恵を集めなければならない時なのだ！

（二〇一五年六月二二日号）

団子虫

家を一歩出たら、団子虫が一匹、のんびりと道路を這っていた。お、何て久しぶりだろう……。思わず僕はしゃがみこみ、手を伸ばしてそいつに触れた。と、たちまちそいつはまん丸の球状になって、動かなくなった。

子どものころを思い出していたのだ、僕は。


虫が大好き。小遣い銭で買った昆虫図鑑は宝物だった。蝶も蛾もトンボも、そしてテントウムシモドキとかナナフシモドキなどというややマニアックな昆虫まで、いやぁ、詳しかったな……。なかんずく甲虫には精通していた。カブトムシやクワガタはもとより、オオスジコガネ、ヒメコガネ、ビロードコガネ、アオドウコガネ、サクラコガネ……。

図鑑で知っていただけではない。夏の夜は、さまざまな甲虫が家に飛び込んできた。即座に僕は、それらの種類や名前を口にした。捕まえて、観察する。そうそう、甲虫の一種だが、玉虫も飛んできたな……。羽が美しく光っている。法隆寺の「玉虫厨子《たまむしのずし》」にあこがれて、玉虫の電気スタンドを作ったのは夏休みの宿題の工作だ。

厨子は、経巻や仏像などを安置する棚型の仏具で、両開きの扉が特徴。玉虫厨子は飛鳥時代（七世紀）の工芸品で、法隆寺に納められている。玉虫の羽根が使われており、もちろん国宝である。

夏休みに何日もかけて、玉虫の羽根を石膏にいっぱい貼りつけた。玉虫集めに苦労はなかった。毎晩いくらでも飛来してくるのだったから。

おっと団子虫の話だった。

丸まった団子虫は、言うならば「専守防衛」だ。しかし、丸くなった奴をもし僕がさらにいたずらしようとしたり、こじ開けたりすれば、おとなしい団子虫だって反撃に出るかもしれない。毒液を吹きかけてくるとか、鋭い針をつき出すとか……。いや、知りません。子ども時代の僕に尋ねればわかるのだが、今の僕は虫に全く明るくないから。

この毒液や針は「個別的自衛権」である。虫にだってそれくらいの権利はある。種の保存のために欠かせない本能ともいえる。

だが、団子虫のそばで蛇にいじめられている一匹のハンミョウ（斑猫。山道などに棲息する甲虫の一種）がいたとする。彼は懸命に抵抗している。団子虫がその抵抗に加勢したとしよう。これは「集団的自衛権」の行使だ。この時、蛇が団子虫をも標的にするであろうことは、火を見るよりも明らかではないか。団子虫は、自ら危険に飛び込んだのである。

僕が何を言いたいか、わかりますね？　現下の日本政府は、この危険に飛び込もうとしているのだ。世界の恒久平和を目指すどころか、戦いの星の一翼を担おうとしている。たまたま目撃した虫の死から発想して名作短編小説「城の崎にて」を書いた（一九一七年）のは志賀直哉だが、僕の連想は卑俗。久しぶりの団子虫との邂逅《かいこう》から、話が勝手に飛躍してしまった。

（二〇一五年七月六日号）

勇気を届ける創作

加藤旭君は一五歳。神奈川県に住む高校一年生だ。幼いころから作曲が好きで、これまでに約五〇〇曲を書いた。小学校の時、クラスで歌う合唱曲をつくった。六歳と九歳の時には、作品が東京交響楽団「こども定期演奏会」のテーマ曲に選ばれた。九歳の時の曲は「おもちゃの兵隊」という潑剌《はつらつ》かつかわいい曲だ。その際の指揮者、大友直人さんから「会ってやってくれませんか」と電話をもらい、僕が旭君に会ったのは、彼が小学生のころ。僕が仕事をしている横浜の音楽ホールの事務室へ、お母さんと一緒に――いや、たくさんの自作楽譜と一緒に、来たのだった。

ピアノ曲「兄だいのおしゃべり」「そうげんのどうぶつたち」、五重奏曲「きえた虹」、六重奏曲「白いくも」、八重奏曲「ワルツ」……楽しい曲がたくさん。完成度という観点では、もちろんまだ幼い。しかし、だからこその「のびのび感」があふれている。

作曲の勉強には、和声学、対位法、楽式論や管弦楽法などシチメンドウな科目がいろいろあるが、重要なのは「創作欲」だ。前記諸理論に関しほとんど完璧だが「作曲」はできないという人を、これまで僕は何人も知っている。「理論の勉強なんてアトでいいから、今はつくりたいだけつくっていて。つくったら、見せてね」と、その時僕は旭君に言った。


僕が、旭君を自分の少年期に重ねたのは当然といえば当然だ。僕も、理論なんて何も知らずに、猛烈な勢いで作曲していた。ピアノ曲だけで数十曲、歌曲も同じくらい。加えて吹奏楽曲や弦楽四重奏曲のスコアまで。ある日、祖父だったか祖母だったかが、僕に告げずにそれらを専門家に見せてしまった。きちんと勉強しなさいと言われ、その日に専門的学習及び東京藝大受験が決まったのである。思えばそれは、高校一年から二年になる春休み。今の旭君と同じ年齢ではないか。

今年（二〇一五年）はじめ、お母さんから手紙が届いた。何と旭君は、一昨年秋に脳腫《しゅ》瘍《よう》が見つかって腫瘍摘出手術を受け、その後も数回の手術がつづいた。目が見えなくなった。今年に入って放射線治療が開始され、一人では立てなくなった。命の危険も伴っている。旭のピアノ曲をオーケストラに編曲してくれないか、とお母さんは僕に依頼してきたが、僕の仕事は日々猛烈に忙しく、何とかしたいがどうにも思うに任せない。どうしたらいいだろう、と大友直人さんにも相談した。ある日大友さんから電話――ピアノ曲をＣＤ化できることになった！

旭君のピアノの恩師・三谷温《おん》さんが二七曲を弾き、録音された。「光のこうしん」というＣＤ。ヴァイオリンを弾く妹の息吹さん（一三歳）の発案だという。おおもとに、「自分の曲を何かに役立てたい」という旭君の願いがあった。病気の子どもに、家族に、このＣＤは勇気を届けるだろう。何もできなくて歯がゆいのだが、僕は旭君の創作になお期待を寄せている。

（二〇一五年七月一三日号）

戦没したオペラ

「白狐《びゃっこ》」というオペラを観てみたかった……。作曲者は、村野弘二《こうじ》という人だ。この名を、僕は知らなかった。知ったのは先日のM新聞の記事である。

村野さんは戦時中東京音楽学校の学生だった。現東京藝大、つまり僕の先輩だ。大中《おおなか》恩《めぐみ》さんや故・團伊玖磨さんと同期だった。在学中にオペラを書く。原作は、日本近代美術の父・岡倉天心が大阪・信太《しのだ》の葛の葉伝説をもとに書いたもの。そのタイトルが「白狐」だ。

このタイトルに僕は記憶があった。もうずいぶん前だが、僕も作曲依頼されたことがある。天心ゆかりの、茨城県の関係だったと思う。しかし、書いていない。おそらく、多忙さゆえに委嘱を受けられなかったのだろう。

その後、僕よりずっと若い世代の渡口純、平井秀明がオペラとして作曲したのは知っていた。だが、村野弘二は知らなかった……。

村野作品は未完である。一九四四年一〇月、学徒出陣し、翌年見習い士官として門司から出港。フィリピン、ルソン島北部で任務に就いた。食料欠乏。飢餓とマラリアで部隊の三分の一が死んだ。村野さんもマラリアにかかり、歩くこともままならなくなる。四五年八月二一日、自らの喉に銃を打ち込んで自決した。享年二二。何と……終戦を知らなかったのだ。

書きかけのオペラを、どんなにか完成させたかったことだろう。村野さんの「白狐」を、團伊玖磨さんや評論家の大田黒元雄さんは大絶賛していたという。手稿譜は所在不明だったが、このほど見つかった。主人公のキツネ「こるは」のアリア部分のレコードもあったそうだ。

戦争は文化や芸術をも踏みにじる。毛利恒之の小説『月光の夏』（一九九三年刊）はそれを描いたもの。特攻隊員である東京音楽学校の学生が、飛ぶために明日、知覧の基地へ行かなければならない。今生の別れにピアノを弾きたい、と鳥栖の国民学校を訪れ、ベートーヴェンのピアノソナタ「月光」を弾く。これは映画化された(九三年)。監督は神山征二郎。若村麻由美、渡辺美佐子、山本圭、仲代達矢、阿部百合子、先日逝去した滝田裕介など親しい俳優がたくさん出ていたし、僕は、しっかり観ている。

長野県上田にある窪島誠一郎さん主宰の「無言館」を想起する人もいるだろう。戦没した画学生の絵が集められている。観ていると、一作一作に、生きて思う存分描きたい絵を描いてほしかった、と思わず呼びかけてしまう。

蛇足。大澤壽人《ひさと》(一九〇六〜五三年)という作曲家のピアノ協奏曲第三番「神風」(一九三八年)という作品のスコアを持っている。特攻隊賛美のように聞こえるが、これは当時、東京—ロンドンを一〇〇時間を切って飛んだ飛行機「神風」を称《たた》えたもの。神風特攻隊は、まだない。無関係だ。

繰り返す。戦没した村野弘二のオペラ「白狐」、つくづく、観てみたかった……。

(二〇一五年七月二〇日号)

貝になりたい

かつて「私は貝になりたい」というテレビドラマがあった。一九五八年、KRT（ラジオ東京テレビ、現TBS）の制作で、その後も何度かテレビドラマあるいは映画としてつくられている。

戦時中、一介の理髪師である清水豊松という男が徴用され、戦地へ赴く。米軍の捕虜を銃剣で殺すよう命じられるが、できない。怪我をさせただけにとどめる。戦後、捕虜殺害の罪で彼は死刑を求刑される。死を前にして、彼は思う――もう二度と人間に生まれたくない。生まれ変わるなら、深い海の底の貝になりたい……。

元陸軍中尉・加藤哲太郎の手記「狂える戦犯死刑囚」の中の遺言部分をベースに、橋本忍が脚色したものである。ずいぶん前のものだが、中学生の僕は、見ている。豊松を演じたのは故フランキー堺。モノトーン（カラー化以前だ）の画面が脳裡《のうり》に焼きついている。

よく言われることだが、戦地での取材や難民支援に携わる人などに犠牲が出たことはあったものの、戦後七〇年、日本は一人の「戦死者」も出してこなかった。それはまさに私たちの憲法ゆえであり、これは間違いなく、世界に向けての私たちの強い誇りだ。

そして今、こうもいわれている——集団的自衛権行使により、日本が米軍などとともにどこかでの戦いに参加すれば、戦後初の戦死者が出ることになるかもしれない、と。

それはその通りだと僕も考える。しかし、戦死の可能性があるということは、日本人が他国の人間を殺すことにもなりかねないということではないか。目の前の敵兵に対峙《たいじ》する場合はもちろん、遠方めがけて撃ったり、爆発物を仕掛けたりする行為だって、本質的には同様だ。前記豊松は職業軍人ではなかったわけだが、人を殺さなければならない時の心理は、軍人だって同じだと思う。貝になりたいと考える自衛隊員をつくってしまうことを、許してはならない。

世界の平和を牽引《けんいん》するためのドアは、ずっと開かれているのに、それを閉めようとしているのが現下の日本政権なのだ。詩人・長田弘さんについて先日ふれたが（本書六一ページ）、その逝去後、ごく最近に『最後の詩集』という一冊が送られてきた（みすず書房刊）。詩のほかにエッセイも載っている。

「この世は戸の閉《し》められた世界ではない」と長田さんは言い、古代ローマの哲学者・エピクテートスの言葉を引用する――大事なことは何事でも突如として生ずるものではない。一個のいちじくでもそうだ。いちじくが欲しいのなら、時間が必要だ。まず花を咲かせるがいい。次に実を結ばせるがいい。それから熟させるがいい（中略）。君は人間の心の実を、そんなに短時間に、やすやすと所有したいのか。

国会の会期を延長してまでも安保法制の成立に躍起となっている現政権。未来の平和の形成という長いスパンを持てない政治。短慮、軽薄、危険！「貝になりたい」人をつくるな！

（二〇一五年七月二七日号）

紛争の中の演劇

唐突なことを言うようだが、僕は音楽家でありながら身体半分は演劇人だ、とこれは三〇代くらいから明言してきた。今は公益社団法人になって活動する国際演劇協会日本センターの会員になって、久しい。五〇〇本近く演劇のための音楽を書き、俳優はもちろん、照明や音響効果、舞台美術や演出に親しい友や仲間を持つ人間としては当然すぎるほどの帰結だ。

同センターでは、国際的な演劇年報も発行しているが、二〇〇九年から毎年作成してきたのが「紛争地域から生まれた演劇」シリーズ。戯曲（もちろん邦訳されて）を掲載する。これまでセルビア、クロアチア、ルーマニア、パレスチナ、トルコ、中国、カメルーン、オーストラリア、フランス、タイ、ドイツ／イスラエル、アフガニスタン、アルジェリアの作品を紹介してきた。そして今年度はイスラエルとパキスタンの戯曲だ。

イスラエルのニル・バルディィ作の戯曲は「燃えるスタアのバラッド」（訳：角田美知代）。長い間ユダヤ人が心に負ってきた苦しみを、音楽に乗せたキャバレーふうの展開に溶け込ませ、本質的な問題へとこちらの心理を誘導する。優れた戯曲だと思った。


しかし、もう一つのシャーヒド・ナディーム（パキスタン）作「ブルカヴァガンザ」（訳：村山和之）を、ここで特筆したい。ブルカの狂詩曲とでもいった意味。ブルカとは、イスラム教徒の女性が身を覆うためのヴェールの総称である。パキスタンのラホールで一九八三年に産声を上げた「アジョーカー劇場」なる劇団が上演したもの。初演は二〇〇七年。座付き作家シャーヒド・ナディームが書き、マディーハ・ガウハルが演出した。「アジョーカー」とは「今日の」という意味で、この劇団は自由と平和の実現をテーマに掲げ、伝統社会に巣くう悪臭や腐敗をえぐり出してはそれに娯楽作品の衣を着せて批判・風刺する路線をつづけてきた。当然ながら、政府非公認の組織。

「ブルカは私たちの政治学であり、信仰そのものであり、アイデンティティだ」と学者や大臣が発言する。「ブルカなしでは私たちは何ものでもない」と。ブルカ挺身隊やブルカ警察隊も登場。テロリスト集団ブルカイーダの首謀者ブルカ・ビン・バーティンなる人物も現れる（笑うね）。ブルカ人間に遭遇した時、先入観や偏見に囚われて、中の人間の本質へ思考が及ばない危険について、この演劇は警告する。演劇は警告の自由を持つのだ。

ブルカを貶《おとし》めたとして、政府はこの劇に上演禁止を通告した。だが同劇団は裁判で争いつつ、国内、隣国インド、アメリカで上演。昨年（二〇一四年）一二月、東京でもリーディング形式の上演がおこなわれた。圧力が絶えない中で、である。

しかし（この稿は、危険きわまりない安保法制案が衆院を通過してしまった日に書いているが）、きな臭い状況になった時、為政者が気に入らぬものに圧力をかけることは歴史が語っている。私たちの自由が拘束されることは、絶対にあってはならないことだ。

（二〇一五年八月三日号）

人類の歴史にさす竿

八月は、いつも戦争について考える。日本を戦争できる国へ変えようとしている現下の政治情勢では八月に限定できるわけでもないが、とはいえ先の戦争で広島・長崎に原爆が落とされ、ポツダム宣言を日本が受諾して終戦となった七〇年前を思う時、八月はやはり特別な月であると、僕は思う。

ところで、この七月二二日、シェイクスピア作「トロイラスとクレシダ」（制作：文学座・世田谷パブリックシアター・兵庫県立芸術文化センター、演出：鵜山仁）を観た。恋物語でもあるが、むしろ戦記。小アジア（現代のトルコ辺り）にあったトロイアとギリシャの戦いの末期を描いている。

「トロイの木馬」で知られる「トロイ戦争」は美しい妃・ヘレネーを巡る戦いで始まっ

た。一人の美女が戦争の原因になったという、あの時代ならではの話。神話上のものと考えられてきたが、一九世紀末にシュリーマンの発掘により、紀元前一二〇〇年ごろの実話だったことが判明した、とされる。

アリストパネス（紀元前四四六年ころ～三八五年ころ）に「女の平和」という戯曲があり、僕もかつて（七〇年代初期）、音楽を担当した。アテネとスパルタの戦争を終わらせるべく、女たちが「セックス・ストライキ」をする話。古代ギリシャの時代から、戦争は頻発していたのだ。

その後アレクサンドロス三世（通称アレクサンダー大王、在位紀元前三五六～三二三年）は、侵略戦争を繰り返した。ローマにはカエサル（通称シーザー、紀元前一〇〇～四四年）が現れる。侵略はなおつづいた。

東では夏・商・周の時代のあと始皇帝（即位BC二四六年）が現れ、秦・漢・三国の時代に移る。こちらも戦いつづきだった。

やがてヨーロッパは十字軍、モンゴルはチンギス・ハン……どこを見回しても戦争の日々。そして「大航海」の時代（一五世紀半ば～）。マルコ・ポーロ、ヴァスコ・ダ・ガマ、コロンブス、マゼラン……子どものころ僕も伝記などに親しんだ英雄たちだが、要するに植民地化のための侵略の尖兵ではないか。

大航海時代は、一七世紀半ばに終息する。なのに明治期に入った一九世紀半ばすぎ、欧米列強に伍することを目論《もくろ》んだ日本は、植民地化及び侵略の政策を展開する。富国強兵。日清戦争、日露戦争、朝鮮併合、台湾や南洋諸島の領有……。戦争しつづける国になった。

しかし、前記のとおり、古代から人間は侵略そして戦争を繰り返してきたのだ。近代に至ってもナポレオンやヒトラーを生んでしまった。その「戦争する人間たち」に連なってしまった愚に、ようやく気づいた日本。この七〇年、平和憲法のもとで歩んできた。

これは長い人類の歴史そのものに竿《さお》をさす高邁《こうまい》かつ貴重な営為だ。未来は、日本がさした竿に対し、歴史上最も崇高《すうこう》なものとして大きな評価を与えるだろう。僕たちはそれを、この上ない誇りと考える。世の中に――ましてこの国をつかさどる政治中枢に、そう考えない人がいるなんて、信じられない！

（二〇一五年八月一〇日号）

謝罪のむずかしさ

ジョー・オダネル（一九二二〜二〇〇七年）のことを覚えていますか？　『空を見てますか…　第一〇巻　忘れない、ということ』（新日本出版社刊、二〇一九年）の一一〇〜一一五ページに「トランクの中の写真」と題して、話している。ジョーは、原爆投下後のヒロシマ・ナガサキはじめ日本各地を撮影しつづけた。懸命に生きようとする人々、必死の日々のなかで毅然《きぜん》としている人々……。ジョーは、敵国だったはずの日本に対し、不思議な感情移入をするようになっていく。いっぽうで、被爆地で放射能を浴びたことによる後遺症の激しい痛みに悩まされ、五〇回もの手術を受ける。やがて、忘れるのではなく、自分に正直になろうと思い、封印していたすべての写真を公開した。大きな反響が湧く。「アメリカ人の良心」という評価もあった。

だが、家庭内でジョーは孤立したらしい。広島・長崎への原爆投下は、あの戦争を終わらせるための、アメリカの正しい判断だったとする世論に寄り添う家族は、ジョーを理解しなかったのである。

次はロバート・マクナマラ（一九一六～二〇〇九年）の話。ケネディとジョンソン大統領のもとで国防長官を務めた。すなわち、ベトナム戦争の米軍最高指揮官だった人物である。一九九七年に出した回顧録の中で、ベトナム戦争は誤りだったと発言した。これに、囂囂《ごうごう》たる非難が集まる。軍人の組織（正確に何と呼ぶのか不明だが）は、横面《よこつら》を張られたような気持ちだと言った。かつての自分たちの戦いが、実は間違った戦争だったのではたまらない……。

次は日本。一九九三年八月四日、当時の宮澤喜一内閣の官房長官・河野洋平は、いわゆる「従軍慰安婦」問題について「心身にわたり癒《いや》しがたい傷を負われたすべての方々にお詫びと反省の気持ち」を表明した。九五年八月一五日の「戦後五〇周年記念式典」で、当時の首相・村山富市は、先の大戦における日本の侵略と植民地支配を認め、公式に謝罪をした。

これらは日本政府の公的な見解であるはずだが、以後の歴代為政者が正しく継承していない。近隣諸国との摩擦がいまだに絶えない状況であることは、周知のとおり。

韓国民衆美術運動の中心的画家・洪成潭《ホンソンダム》さんの「靖国の迷妄」という展覧会を観た。アジアの歴史的課題として「ヤスクニズム」を提起している。この語は沖縄国際大学教員のダグラス・ラミスさんによる造語で、日本の保守派政治家の一部が抱いている「軍国主義時代のロマン」を揶揄《やゆ》するもの。「戦争犯罪者を賛美するヤスクニは、日本の軍国主義で傷ついたアジアの歴史の上に馬乗りになっている」と洪さんは語る。精緻《せいち》で色彩的なその作品が、強い説得力をもって迫ってきた。

ナチの犯罪について正式に謝罪したドイツが、国際社会で確固たる地位を築いていることに関して、すでにお話しした。おそらくは「ネオナチ」など右翼からの攻撃を退けての営為だったろう。謝罪することはやさしくない。だが、その困難を乗り越えてこそ、次の時代を明確に展望することができる。それができてこそ、真の政治家であるはずなのに……。

（二〇一五年八月一七日号）

反核運動三〇年余

名古屋での「グローバルピース・コンサート」（八月二日しらかわホール）で、音楽学者の藤井知昭さんと対談をした。このコンサートはそもそも「反核・日本の音楽家たち」の活動の一環として始まったという藤井さんの話で、僕の脳裡《のうり》には「あの頃」が急激によみがえった。

「パグウォッシュ会議」（『空を見てますか… 第一一巻 人の絆、音楽とともに』新日本出版社刊、二〇二〇年、三六七ページ）の際にも話したが、「反核・日本の音楽家たち」の発足は一九八二年。故・芥川也寸志さんの呼びかけで、まず七人が集った。芥川さんとジャズ評論の野口久光さん、歌手のディック・ミネさん、作曲家の石井真木さん、同じくいずみたくさん（ここまですべて故人）、同じく木下そんきさんと僕。初年度は、日比谷公会堂で、たしか三日連続の大規模な「反核コンサート」を催した。この動きは大阪、名古屋……と燎原《りようげん》の火のような広がりになった。しかし、大きな花火を打ち上げることにこだわらず「草の根」を大事にしたい、とこれは僕が主張したと記憶する。たとえばリサイタルを開く音楽家個々が、チラシやポスターに「反核」の小さなマークを入れる――それだけでもいいではないか。そのような活動の輪が次第に形成されていった。マークは、イラストレイターの和田誠さんがつくってくれた。

ある時、「反核」は「反核兵器」なのか、あるいは原発等も含むすべての「核」か、という論議が起こった。その頃にはこの運動の参加メンバーは全国で数千人になっていたと思う。その中のプロ・オーケストラの楽員などが「核兵器限定」を主張した。プロ・オケのスポンサーの中心が当該地の電力会社というところが少なくなかったためだ。「福島以後」の今だったらどうなるか、と当然考える。「すべての核を対象に」という意見が、今なら多数を占めるだろう。

さて、現下の「核兵器」だ。残念ながら世界の現状は変わっていない。この四～五月、ニューヨークの国連本部で、一九〇か国が参加してＮＰＴ（核拡散防止条約）再検討会議が開かれた。アメリカ、ロシア、イギリス、フランス、中国の核保有五か国と非保有国の溝は、結局埋まらなかった。

責任は核保有国にある。保有を恥じ、核廃絶という正しい道に近づこうという努力がはっきりと見えていれば、非保有国との歩み寄りも可能になるはず。その仲介役にもっとも適しているのは、唯一の核被爆国・日本だ。安倍首相もそう発言はしている。だが実働を伴わなければ何にもならない。平和に対する確固たるポリシーを保持し、「国際社会において名誉ある地位を占める国」（憲法前文より）でなければならない。非軍備を維持し、「戦争をしない国」でなければ、このような仲介にあたり世界の信頼を得ることはできない。

実は「反核・日本の音楽家たち」立ち上げのとき、三十年以上のちにもこれが必要とは考えていなかった。だが、実情は逆だ。運動をつづけるにも、意味を失わせるにも、日本の力が大きく関わるのである。

（二〇一五年八月二四日号）

立ち上がる若者たち

この八月二日、東京・渋谷で高校生グループ「T-ns SOWL（ティーンズソウル）」が、「戦争法案反対！　未来を守れ！」と叫んでデモ（三〇〇〇人とも五〇〇〇人とも）をおこなった。

ようやく若者が立ち上がったか、と感慨を抱く。来夏の参院選から選挙権が一八歳に引き下げられることを見据えれば、これはまさに待ち望んだ状況である。

大学生の動きについては、『空を見てますか…　11　人の絆、音楽とともに』の四〇〇ページ「学生の声」で、ＳＡＳＰＬ＝Students Against Secret Protection Law（特定秘密保護法に反対する学生有志の会）の話をした。ＳＥＡＬＤｓ＝Students Emergency Action for Liberal Democracy-s（自由と民主主義のための学生緊急行動）という動きもある。「うたごえ新聞」ですでに報道されたが、僕が先日沖縄で会った名桜大学三年生・玉城《たまき》愛さんも、ストップ辺野古新基地建設の行動をしている。

ところが、これら学生の動きに関して自民党衆議院議員（その後離党したが）武藤貴也氏が、自身のツイッターで、「だって戦争に行きたくないじゃんという極端な利己的・自分中心の考えだ。戦後の教育がそういう気持ちを持たせた」と批判。

あきれ果ててしまう……。戦争に行きたくないという思いがどうして利己的なのか。お国に忠誠を尽くし、奉公しろとでもいうのか。それこそ、戦前の軍国主義そのものではないか。しかも加えて、この武藤氏は過去にこんなことも言っているのだ——国民主権・基本的人権の尊重・平和主義、この三つが日本精神を破壊してきた、と。

現下の日本にこんな考えの政治家がいるなんて想像もしなかった。しかし『週刊金曜日』の報道によれば、広島県呉市のある小学校では、六年生が毎年四月一五日に、市内の鯛之宮神社で開催される「第六潜水艇殉難追悼式」に参列させられ、代表児童が作文を読んでいる由。一九一〇（明治四三）年に事故で沈んだこの潜水艇の乗組員一四名は我先に脱出などせず、全員が最後まで持ち場を離れずに修復に努めた。「軍国美談」として戦前は教科書にも載り、よく知られていたそうな。

だが、これは「英霊」を称える思想。靖国参拝と同列の話だ。昨今の軍国主義復活を思わせる発言について、本書五八ページの「危ない！」でふれたが、武藤議員や呉市の話に、さらなる危険度の深さを感じる。

いっぽう、これは新聞報道で知ったが、アメリカの歴史学者ジョン・ダワー氏がこう言っている——日本国民の二度と戦争をしないという思いが、戦後七〇年、憲法を守ってきた。この思いこそが世界に誇れる強力なソフトパワーだ。

その誇りを日本人自らが忘れ——というより捨て、滅私して国に殉ずる軍国思想を復活させようとしている人たちがいる。今、この「傾きかけ」をきちんと感じ取り、完全に傾くことを何が何でも防ぎきらなければ。そのことに、未来を担う若者たちが気づきはじめた！　次の時代へ向け、これは心強いことだ。

（二〇一五年九月七日号）

花火大会

　空を見てました。花火大会である。秋田県の大曲《おおまがり》での「第八九回全国花火競技大会」。その審査委員を委嘱された。

　ふつうの花火大会ではない。全国の花火師が集い、その技術と芸術性の如何《いかん》を競う。審査委員は一五人。文部科学省、経済産業省、大曲商工会議所の方々に、日本煙火協会という花火師の組織の専門家。そこに東大教授で工学博士（火薬や花火の研究者だ）の新井充さん、『凍《しば》れる瞳』『夢幻の山脈』『孫文の女』などの作品で知られる作家・西木正明さん、「萌の朱雀」「殯《もがり》の森」、そして今年（二〇一五年）「あん」を公開した映画監督・河瀬直美さんと僕が加わった。西木さんは地元出身で、この審査をつづけてこられているが、河瀬さんと僕は初めて。花火の審査なんて、皆目わからない。

事前に参考資料がいろいろ送られてきて、一応学習はしたものの、やや不安である。しかし花火師さんたちは専門外の芸術関係者の意見・感想を聞きたいと考えるものなのだと教えられ、それならばということになったわけ。蛇足だが、花火の公的名称を「煙火」ということに興味を持った。ここでは「エンカ」と読むが、これは「のろし」の意でもある。のろしは「狼煙」あるいは「烽火」と書くのがふつうだが、元来、花火は、遠方への合図として高く揚げられた煙だったのではないか……と想像した次第。

さて、競技は「昼花火の部」と「夜花火の部」があり、後者にはフィギュアスケートのショートプログラムとフリーのような区分けがあって、それぞれ採点される。昼花火というのは見たことがなかったが、実に面白い。花火そのものより、花火が閉じられたあと残った煙が、竜のように長く伸び、何本かのそれらが絡みあったり、色が変化したりする。まるで生き物だ。

夜花火は、まず「一〇号玉・芯入割物」「一〇号玉・自由玉」を打ち上げる。一〇号玉とはいわゆる「尺玉」だ。玉の直径二九・五センチ、重さ八・五キロ、打ち上げの高さ最長三三〇メートル、開いたときの直径三二〇メートル。破裂して球状に開くものを「割物」という。菊花状に尾を引く「菊物」と、尾を引かない「牡丹物」がある。自由玉は「光のまほろば」「新緑の花」などタイトルつき。次に「創造花火」になる。やはりタイトルがあり、音楽つきだ。優勝した静岡県の（株）イケブンの作品は「宇宙誕生！　ビッグバン現象と華麗なる星々」というもの。ファンタジー豊かな堂々たる演出だった。

花火は紀元前三世紀の古代中国での爆竹が起源とされる。今につながる花火も、六世紀の中国から。ヨーロッパへ伝わったのは一三世紀。日本では一四四七（文安四）年に最初の記録がある。ヘンデル「王宮の花火の音楽」（一七四九年）はじめ近代ではストラヴィンスキーの管弦楽曲、ドビュッシーのピアノ曲など花火から発想を得た音楽がいくつもある。今回、花火の深さを知った僕も、いずれ書くのかな……。大曲《おおまがり》だと大曲《たいきょく》になるから、大変かな……。

（二〇一五年九月一四日号）

法律、そして悪法

僕は現行の小中学校の教科書についてほとんど知らないが、古代ギリシャの哲学者ソクラテスが「悪法もまた法なり」と、毒杯を呷《あお》って死んだという話が、今も載っているのだろうか。紀元前三九九年、ソクラテスの考えはアテナイ（アテネ）市民に受け容れられず、告発され、死刑に処せられた。その時の法廷での弁論については、弟子のプラトンが書き残している（「ソクラテスの弁明」）。しかし前記の辞世の言葉は、どうも作り話のようだ。ソクラテスが言いたかったのは、「自分の哲学に従え」ということであり、欧米では「悪法も法なり。しかし法だからといって従うべきではない」という教育が一般的だという。悪法も法だから従えというのは、民を奴隷扱いする暴君の論理とさえいえるだろう。

法律の歴史は古い。よく知られているのは「ハムラビ法典」だ。紀元前一七二九～一六八六年（紀元前一七九二〜一七五〇年説もあり）に在位した古代バビロニアの王ハムラビが制定したといわれている。この法典で有名なのは、「目には目を、歯には歯を」という一節。

いっぽう、日本最古の成文法は、ご存じ「十七条憲法」。「皇太子、親《みずか》ら肇《はじ》めて憲法十七条を作りたまふ」と日本書紀にある。六〇四（推古天皇一二）年のことである。「和《やわら》ぎを以《もっ》て貴《とうと》しと為《な》し」で始まる。現代語訳にして「官吏たちは饗応や財物への欲望を棄て、訴訟を厳正に審査せよ」、あるいは「人がみな異なるのを怒らずに、それぞれの気持ちを大切にせよ」など、現代にそのまま通じる内容であることに驚く。

「疑わしきは罰せず」「法の不知はこれを許さず」など「法諺《ほうげん》」と呼ぶが、法律に関する格言の類は少なくない。いずれも、法律の必要性と価値を認識することから生まれているといっていいだろう。

さて、近現代国家における法律に最も大切なことは国民のコンセンサスだ、と僕は確信する。日本の現行法は、憲法・法令通則、行政法、裁判法、民事法、刑事法、社会法、産業法、知的財産法、環境法その他。一億三〇〇〇万人が特定の地域で共生するために、どれも必要で価値あるものであるはずだ。

この八月三〇日、一二万人が国会を取り囲んだ。為政者の耳に、安保法制反対の声が届かなかったわけがない。アメリカの「アーミテージ・レポート」にひたすら追随してきた日本の国政を強烈に非難した山本太郎参院議員を支持する人も数多い。二〇〇一年のアメリカのアフガニスタン侵攻時に、「協力しなければパキスタンを爆撃し、石器時代に戻す」と言われたことを、パキスタンのムシャラフ大統領（当時）が証言しているが、その発言はまさにこのアーミテージ。日本の現政権も、アメリカからこの種の脅迫を受けているかも、と想像してしまう。

反対デモだけではない。憲法学者も演劇人も音楽家たちも、反対の声明を出している。安保法制が国民のコンセンサスを得ていないことは明らかだ。たとえ成立してしまったとしても、「悪法に従う必要はない」のだ！

（二〇一五年九月二一日号）

倫理観

二〇二〇年の東京オリンピックの公式エンブレムの使用が中止になった。ベルギーの演劇公演だったかのポスター・デザインに酷似していた。デザインを担当したS氏も「転用」を認めた。「盗用」とは言っていない。この種の問題は「たまたまです」と本人が主張する限り、真相は突きとめられない。とはいえ創作者としての倫理観を疑うが、今回の問題はさらに根深い。

つまり、公募したエンブレムの審査委員会とオリンピック組織委員会の関係というか、連係に関する問題だ。選んだ作品を、さまざまに変化させたのは何故で、どんな経緯だったのか、話を聞いても判然としない。

しかし、こういうことに関してこの国は、元来きわめて真摯《しんし》かつ厳然としていたのではないだろうか。国立競技場の設計国際コンペティションのことも含め、どこかが歪んできている気がしてならない。国立理化学研究所・小保方晴子、贋作《にせ》曲家・佐村河内守両氏の件も同様。僕自身もモノをつくり、発表する立場にあるわけだから、これらの問題については、当然非常に重く、厳しく意識している。

それにしても、今回のエンブレムを使ってすでに作成したグッズ——たとえば紙袋——を、もったいないから官公庁内で非公式に使おうという話がある。舛添都知事もこれを推進している由。これも、実におかしい。もったいないという問題ではないのだ！　こればかりは、マータイさん（「モッタイナイ」の言葉を広めたノーベル平和賞受賞者）の意見も通用しない。

無形のものの著作権、意匠権、商標権ということが、まるでわかってない。非公式なら使ってもよかろうと考えることに、どうしようもない安直さと卑俗さを感じる。

それにしても、五〇年前の東京オリンピックの際には、こんな問題は起きなかった。あのころの日本は一途《いちず》だった。まっすぐで一生懸命だった。それがいつのまにか、違ってきてしまった。何ごとにも丁寧で細心の神経を払う国だったのが、さまざまな分野で世界の第一級の座に昇りつめ、それに慣れ、意識下で傲慢《ごうまん》で不遜《ふそん》になってしまったのかもしれない。

日本では、一八八四（明治一七）年に「商標条例」ができている。これが一八九九（明治三二）年に「商標法」に昇格。いっぽう「専売特許条例」は一八八五（明治一八）年である。

著作権に関してはやや遅く、日本ではようやく一九三九（昭和一四）年。世界での最初の著作権成文法は一五四五年のヴェネチアだ。一七一〇年イギリスでの「アン法」は、著作者に一定期間権利を与え、それが過ぎれば権利も消滅という現代につながる考えかた。比して日本では、長らく意識が低かったとしかいいようがない。

とはいえ、法律や上からの縛りの問題ではない。何かに立ち向かう姿勢と倫理観に関して、今この国が重大な位置にいるという認識こそ、必要だと僕は実感する。

追記：この稿を書いたあと、司法試験の問題を教育・問題作成者が漏洩《ろうえい》するという事件が発覚。この国はどうなってしまったんだ？

（二〇一五年九月二八日号）

強行採決

安全保障関連法案は、この九月一七日に参議院平和安全法制特別委員会で強行採決により可決された。この法案は衆参両院とも、強行採決だったわけだ。この稿を書いている時点ではここまで。だが、まもなく参院本会議で可決されてしまうだろう。

強行採決は、権力者の切り札だ。権力者は多数を保持しているから、多数決という民主主義ルールを字義どおり実行する。だが、論議を尽くさない多数決は数の暴力だ。今回はまさに、その具体的な例である。

それにしても、日本の議会では強行採決が多い。外国とりわけ西側諸国では少ないという。日本で強行採決が多いわけ——その一＝審議時間が西側諸国に比して少ないこと。今回も野党はそのことをしきりに指摘し、与党は十分と反論した。が、現実には、明らかに短いのである。その二＝党内での結束が強いこと。逆にいえば、造反がきわめて少ないこと。すなわち、党が決めたことに従わない個人議員がほとんどいないのだ。今回の安保法案に関して、河野洋平、武村正義、山崎拓、野中広務など自民党のリベラル派長老たちが「戦争を知らない安倍の暴走」と批判した。こういう意見に対し、そのとおりと言う現役自民党議員がいないことを、なさけなく、かつ不思議に思う。造反できない何かが潜んでいるのではないかと考えてしまう。やくざの世界みたいに……。

日本でも実際には、法案採決において野党の合意を取りつけるいわば紳士協定が慣例化している由。多数派の専制と見做《みな》されることを避けるためだ。この合意取りつけがうまくいかなかった場合に起きるのが、強行採決というシーンなんだろう。

それにしても、日本の議会はしばしば混乱する。今回の参院特別委員会の議長席周囲も、混乱の極。過去には暴力沙汰になった事例もある。かつて六〇年安保の際も大混乱になった。国会の外では大規模なデモ。その中で東大生・樺美智子さんが亡くなったことは鮮烈な記憶だ。あの時の岸内閣は、この混乱の責任を追及され、総退陣に追い込まれた。この内閣の首相＝岸信介は、安倍晋三の祖父だ。

国民の代表者による会議にしては常軌を逸している、と感じる場面が頻出する。強行採決をさせないための、少数派による「牛歩戦術」もこれまでに何度かあった。単なる時間稼ぎなのだ。正直言ってこれはちょっと稚拙だよね。発言中の野次への嫌悪については、以前お話しした。怒号に関してもしかり。

安保法案成立――しかし、仕方ないとあきらめてはいけない。成立しても、運用に規制を加えるべく働きかけなければいけない。安保法をきっかけにさまざまな場面で右傾化、軍国主義化していくかもしれない現政権に反旗を翻さなければいけない。辺野古基地建設に関し、アメリカと日本政府という強敵を相手に敢然とたたかっている翁長沖縄県知事の姿勢に、ならわなければいけない。

（二〇一五年一〇月五日号）

スコアのしみ

創刊六〇周年を記念して「うたごえ新聞まつり」が進行中。ゲストと僕がトーク。僕の指揮で合唱。プラスそれぞれの地で組んだプログラム。この四月から、東京、京都、長野（篠ノ井市）、番外で名護、そして名古屋とやってきた。その名古屋での話だ。

まず、ウクライナの歌姫ナターシャ・グジーと対談をした。そして、拙作の演奏。①昨年作曲の「地球の九条もしくは南極賛歌」、②組曲「初恋物語」より「奪われし初恋」、③編曲による曲集「グレート・ジャーニー」より「アメイジング・グレイス」。

単品の①は別として、②③はそれが包含された組曲または曲集の楽譜を使って指揮をする。それなりに、分厚い。ところがその時、係が、できたばかりの「２０１５年日本のうたごえ祭典in愛知」の曲集を手渡してくれた。祭典で歌われる②と③も載っている。この楽譜を使えば、分厚いモト譜を譜面台に載せなくていい。助かる。そうしようと思った。ところが、あっ！　新しい楽譜は、モト譜と左右が逆じゃないか。でも、それがどうした、と言われそう……。

たしかに、そのとおり。モトからの転載ゆえ同じ曲、同じ譜。ただ、左右が違うだけ。

めったに見ない、というか、めったにやらない曲なら問題にもならない。きわめて頻繁にやる曲なら、ほとんど覚えているから、これも問題にならない。拙作「悪魔の飽食」などはこれに該当する。問題になるのは、適度な頻度で使う楽譜の場合だ。あのフレーズはちょうどページをめくったところだった、とか、右側ページの中ほどに以前記入したメモ書きがあった、とか、あのクレッシェンドの地点になぜついたかわからないが茶色のシミがあった、とか……。それらが、新しい楽譜にはない。しかも左右逆。すると、指揮していて常に違和感があるわけ。

友人の世界的な指揮者O君と、この話題で盛り上がったことがあった。やはり、スコアの書き込みやシミが大事だと、彼も言う。

レンタル・スコア笑い話というものをひとつ紹介しよう。ほとんどのクラシック作品のスコアとパート譜を、プロ・オーケストラなら所蔵しているが、めったにやらない曲だと、出版社から借りることになる。そのスコアに、印刷にはないが、使用した指揮者の書き込みがあった――rit. と。その書き込みのそばに別な筆跡――バカヤロウ！　あとで使った指揮者が記したわけ。この人は rit. したくなかった。in tempo でやったんですな。

かくして、スコア上でもバトルは展開する、という話。というより、僕はこう感じる。音楽家にとって、楽譜はほとんど生きものなのだ。印刷の機微に加え、視覚的な全体像、自分のメモの位置まで、その生態として大切。あまりに当たり前のことゆえ、ふだんは意識していないが……。今回、ひょんなことから意識してしまった僕でした。

（二〇一五年一〇月一二日号）

七三一部隊記念館

「悪魔の飽食全国合唱団」の七度めとなる海外公演を、中国黒竜江省ハルビンでおこなってきた。この合唱団は、北海道から沖縄までの多数の都道府県にメンバーがおり、「全国縦断コンサート」と称して毎年日本のどこかの地で公演をするほか、二度にわたる中国（ハルビン、瀋陽、北京、南京）、二度の韓国（ソウル、チョンジュ）、ヨーロッパ（クラクフ、プラハ）、ロシア（モスクワ、サンクト・ペテルブルグ）でも歌ってきた。したがって、今回のハルビンは二度め。付記すれば、今年（二〇一五年）の「全国縦断」は一一月八日、群馬県前橋だ。

ハルビンは、その郊外にかつて日本軍第七三一部隊があった所。捕虜たちをマルタ（丸太）と呼んで凄惨な人体実験を施した。私たちは一九九八年にもそこを訪れたが、今年は立派な記念館が完成し、上記合唱団が招待されたのである。招待！——訪中した二七〇人余のハルビン滞在中のホテル、食事、バス移動そしてコンサートのホールまで、七三一記念館とハルビン人民政府文化局が賄《まかな》ってくれた。

リニューアルされた記念館は、正式には「七三一罪証陳列館」と呼ぶが、内容としては博物館だ。とにかく蒐集《しゅうしゅう》、研究が精緻《せいち》。毒ガス室や細菌を培養するためのネズミを育てる部屋の復元から、それらの道具まで……。集結していた優秀な医者の名、写真、実験記録……。凍傷実験や毒ガス室のリアルな人体模型の前では、涙があふれた。

ポーランドのオシフィエンチム（ドイツ語でアウシュビッツ）やビルケナウ、あるいはチェコのテレジーンなどを想起する。また、日本軍の罪を記録した南京大虐殺や平頂山事件の資料館、あるいは韓国ソウルの西大門刑務所歴史館なども。それらすべての集約がここだ、と思わずにはおれなかった。

驚いたのは、公演前日のリハーサルがその記念館内の食堂でおこなわれたこと。全国の仲間もピアノの志村泉さんも、演技の阿部百合子さんも僕も、「悪魔の飽食」という合唱作品が、ついにその現場へ到達したという不思議な符合に、異様な興奮を覚えたのだった。

本番の「ハルビン音楽庁」は、すばらしいホールだった。北京でも上海でも、新しく、大型で豪華な音楽ホールに仰天してきたが、それらに劣らない。前日まで「イマイチ」の感が拭えなかった合唱は、本番で驚異的な集中とエネルギーの凝縮をつくり上げた。ハルビンの聴衆の熱量と拍手も併せ、公演は成功裡《せいこうり》に終了。記念館にその写真や著作の展示もあり、原詩作者で、本来合唱団の中心にいるべき森村誠一氏がドクターストップで飛行機に乗れず、同行できなかったことだけが、痛恨事ではあったが……。

一つの音楽作品がこのような成長を示すことに、ほとんど信じられない思いを、作曲者である僕が抱く、そんな日々であった。森村さんも同様だろう。だが重要なのは、残念ながらこの曲が、声高に反戦を叫ばなければならない今、必要だということではないか……。

（二〇一五年一〇月一九日号）

スパイスの話

好きなものを三つ挙げてエッセイを、とM新聞に頼まれ、書いたことがある。たしか、「詩集」「五線ボールペン」「パクチー」だった。この二つ目を「何それ?」と思う人がいるかもしれない。小さな五本のボールペンが束ねられたオランダ製の品である。だが、今回はその話ではない。パクチーだ。

パクチー(香草《シャンツァイ》、コリアンダー)との出会いは、七〇年代終わりころのパリ。パリは、フランスがかつてインドシナを植民地にしていた関係で、ベトナム・レストランが少なくない。初めて食べて、感激。メニューにないがこれだけを皿に盛ってくれないかと頼み、ドレッシングもなしでムシャムシャ。壁に寄りかかったギャルソン(ボーイ)が三人くらい、奇異な眼で僕を見つめていた。変な客……と。

セロリ、ニラ、ラッキョウ、アサツキ、エシャレット、ミョウガ、セリ、ナマの玉ねぎ……そういった癖の強い野菜が、おしなべて好きなのである。子どものころ、家の庭の隅にミョウガが生えていた。それを入れた味噌汁を母がつくると、僕はご機嫌だった。「あまり食べると忘れものをするよ」と言われながら。

春になると、新鮮なワサビ漬けを求めて鼻がヒクヒクする僕。朝は、トーストに粒マスタードをたっぷり塗る僕。顔がゆがむほど辛いのに、舌の奥でまもなく甘みが広がる京都の小茄子からし漬けに目がない僕。

ここまで広がれば、スパイスの話へ移行する。スパイスの頂点は、何といってもペパー（胡椒《こしょう》）だ。ペパーなしでは食事もできない、と言いたいほど、僕にとって大切なもの。

八〇年代、仕事で頻繁にエジプトへ行った。カイロにハーン・ハリーリという大きな市場がある。この市場で面白いのは、香油とスパイスだ。

香油とは、香水の原料。強烈な香りが市場じゅうに広がっている。腕先にちょっとでも塗ってもらったら、しばらくは匂いがとれない。いっぽうスパイスも、何しろ、豊富。まず、日本では高価なサフランが、信じられないほど安い価格で並んでいるのにびっくり。

そして、ペパー。ホワイト・ペパー、ブラック・ペパー、グリーン・ペパー……。安いし珍しいからどんどん買ってしまう。ある時、店主が「あなたは絵描きか?」と問う。「何で?」といぶかしむ僕。何と、絵具の材料も一緒に売られていて、僕はよく尋ねもせずに何もかも買いこもうとしていたわけ。スパイスと思って、食べちゃうところだった。絵具の材料と一緒に売るなよ!

ショウガ(ジンジャー)も好き。山椒《さんしょ》も好き。量によるが唐辛子も大好き。併せたものだが、日本の「七味唐辛子」は最高のスパイス、とこれは僕の持論。

紀元前一二〇〇年のエジプトではシナモンが珍重されていた由。「古事記」には「はじかみ(椒)」についての記述がある。山椒やショウガの意だ。人類とスパイスのつきあいは、実に長い。僕の嗜好も、当然でしょ?

(二〇一五年一〇月二六日号)

リニア計画

現行の新幹線のスピードをはるかに凌駕《りょうが》するリニア中央新幹線が計画されていることは、多くのかたがご存じだろう。幼いころから乗り物好きを自認している僕が関心を持たないわけがない。

その方式の正しい名称を「超伝導磁気浮上式」という。すなわち磁力によって浮いて走行する鉄道システムだ。浮上走行型と車輪走行型に分けられる。前者では愛知万博で走り、その後、愛知高速交通東部丘陵線として実用化されている愛称「リニモ」、後者では大阪の地下鉄長堀緑地線ほかがある。が、いずれもさほどの速さではない。中国・上海には近郊の虹橋《ホンチャオ》、やや遠方の浦東《プードン》と二つの空港があり、市内とその遠いほうを結んで「上海磁浮交通」が走っている。これは速い。数年前に乗ったが、驚いた。社内の速度表示に、時速四〇〇～四四〇キロと出ている。並行する高速道路を、おそらく時速一〇〇キロ以上で走る車があっという間に後方へ去っていく。現在の世界中の「地上の乗り物」で最速だと聞いた。ついでだが、地上でなく空中の最速（軍用を除いて）は、今はもう飛んでいない「コンコルド」だが、八〇年代の終わりごろ、これにも僕は乗っている。だが僕は「スピード好き」ではない。計画中のリニア中央新幹線には疑問を持っている。

国土交通省交通政策審議会が、この計画を当該大臣に提出したのは二〇一一年五月一二日。費用と建設はJR東海が負担・担当することが決まった。しかし、安全対策や自然環境への影響などの問題は放置されたまま。

実験線設備は、かつて宮崎県北部にあった。僕は延岡での仕事の際、その現場へ行っている。役目を終えた廃墟。いかにも不気味だった。そして今、実験線は山梨。東京の西部、八王子～高尾山辺りに隣接している。驚くべき多様な動植物の聖地だ。ミシュラン・ガイドでも観光地として三ツ星になっており、年間約三〇〇万人が訪れる。そこに高速道路「圏央道」が建設された。中央道と東名高速を結ぶもの。ほとんどが、一三〇〇メートルの「高尾山トンネル」だ。貫通は二〇一二年。

激しい建設反対運動が展開されていた。実は僕も、それに加わった一人。果たして、その後地下水系に変化が現れた。あちこちで湧水が涸《か》れてきている。自然破壊は、年を経るに従い、どんどん具現化されていくだろう。

閑話休題。リニア計画は同じ地域でそれを増長するものなのである。二〇二七年に品川―名古屋間開通予定。所要何と四〇分！　四五年には大阪まで延伸予定。所要六七分！　そんなに早く動いて、どうする？　かつて東海道線の花形特急「つばめ」は、東京―大阪を八時間二〇分で結んだ。時速九五キロ。一九三〇年当時のことである。新幹線での移動が当たり前になった今、想像できない「遅さ」ではないか。人は、速さに慣れるものであるらしい。現行新幹線を「想像できない遅さ」と感じる未来に、「どこにも自然がない！」と嘆くかもしれない。それでもいいのですか？

（二〇一五年一一月二日号）

自然体

こんなこと、初めて話すが、生きかたのモットーとして、あらためて考えてみると「自然体」というコンセプトが僕の裡《なか》に浮かび上がってくると思う。

若いころの話だが、作曲家の組織のトップだったM氏は、ふだん僕たちに接する時と部外者が同席する時とでは、態度から話しかたまで、ことごとく違うのだった。ある時、本人にそれを問うたら、当たり前だ、と一喝された。

ひとつ具体的に報告すれば、ある仕事で、彼と放送局のディレクターの間に口論が生じた。怒りのあまり、「君をクビにするくらい、私には簡単なんだ!」と彼は大きな声を発した。傍らにいて、僕は泣きたいくらいだった。恐ろしかったからではない。そういう態度を心の底から嫌悪していたからだ。自分はこんな態度は取らない、僕はこの人とは違うぞ！　と強く思ったのである。

別な話。僕と同門の先輩N氏は、恩師を私的な場では「先生」と呼び、公的な場では「さん」づけで呼んでいた。彼の恩師は、同門ゆえ僕にとっても恩師だ。恩師とは公的な場でよく同席した。しかし僕は、どうしても「先生」としか呼べなかった。使い分けすべきなのかもしれない。きっとN氏の方が正しいだろう。だが、僕にはできなかった。

友だちとしゃべる時でも、公的な場でも、自分を変えられないし、変えたくないのである。これは僕の性格であり、資質であり、やや不遜《ふそん》にいえば主張なのだ。

したがって、たとえば放送でしゃべるからといって格別の緊張もない。講演などでは原稿をつくらない。聞き手の表情を見れば内容は自然に決まってくる。そのほうがラク。疲れない。

僕は、昨二〇一四年三月で、教授だった音大を定年になった。本来ならそれで放免だが、大学側の意向で客員教授ということになっている。とはいえ、格段に自由時間が拡大したはず。しかし実際は、人生で最大かと思うほど、今、忙しい。

いや、具体的に作曲という仕事で多忙を極めたのは三〇〜四〇歳代だ。管弦楽や合唱等の「作品」のほかに膨大な量の放送、演劇や映画など「附帯音楽」分野。時には午前中NHKでニュースのテーマ音楽の録音、昼食のあと民放でドラマの音楽、さらに夜、都内のスタジオで演劇音楽の録音ということも。ということは、その前にすべて作曲するということだ。週に二〜三度は徹夜。パート譜を書く「写譜屋」が隣のデスクにいて、僕が書くとただちに写譜。すさまじい日々だった。

今も依然として常に作曲の締切が迫ってはいるが、附帯音楽については若いころほどではない。しかし、原稿執筆が日常的に増えた。そして、いくつもの音楽ホールの館長や監督、委員の仕事。コンサートの企画、さまざまな審査や選考、講演……。正直言って超がつく多忙さだ。だが、だからこそ、自然体を保ちたい。いや、絶対に、保つぞ！

（二〇一五年一一月九日号）

見えない糸

戦争が起きると多くの一般市民が犠牲になる。そこには、たくさんの子どもや若者が含まれる。今も世界のあちこちでその悲しみが繰り返されていることに、胸が痛くなる。「人類の理想の憲法を持つ国で、平和に守られて私の子どもたちは大人になりました。当たり前のように享受していたこの幸せが、今さらながら希有《けう》のものだったと感じさせられる毎日です」と一人の母親が書いている。

堤江実さん。マザー・テレサの言葉「祈りなさい。愛の業《わざ》を行いなさい。これが平和の業につながるのです」を引用し、でも私に何ができるのか、どうしたらこの過酷な憎しみと怒りの連鎖の嵐から子どもたちを守ることができるのか、と自分に問いつづける。

その問いのなかで、堤さんは一冊の写真集に出会った。『ぼくの見た戦争――２００３

年イラク』（ポプラ社刊）。写真家は高橋邦典《くにのり》さんである。一人の人間としての素直な視線を感じ、痛みや悲しみをわがこととして分かち合う人々がつながっていくことができたら、と堤さんは思う。文化放送のアナウンサーのあと、詩を書いてきた堤さんは、踏み出す勇気を得た。

高橋さんの写真と堤さんの詩が併せられた『世界中の息子たちへ』という本をポプラ社から出したのである。

その本に、今度は僕が出会った。合唱作品の作曲依頼とともに、愛媛合唱団と高知センター合唱団が送ってくれた。僕は堤さんの詩に感動し、五つの詩を選び、この夏、混声合唱組曲「あなたにできること」を書いて、二つの合唱団の合同委嘱に応えた（全音刊の予定）。

さらに、不思議な驚きが待っていたのである。二〇〇八年に僕は「私たちが進みつづける理由」という合唱曲を書いている（音楽センター刊）。「日本のうたごえ」六〇周年記念の委嘱であった。そのテキストは、ヒスパニック系アメリカ人の母親、キム・ロザリオさんで、訳詩は堤未果さんだった。

何と、この未果さんのお母さんが前記・江実さんだという。びっくり！　しかし同時に、人間の営為には見えない糸というものが介在し、そうやってつながっていくのだ、と心の震えを覚えたのであった。

実をいうと、「糸」はこれまでにも何度か感じたことがある。今村昌平監督「ええじゃないか」（一九八一年）の音楽を担当した時、江戸時代の流行り唄を調べる必要が生じ、苦労した。歌詞はわかるが旋律がわからない。ようやく、そのころ長崎経由で伝わってきていた「明清楽《みんしんがく》」がモトらしいと判明。図書館などへも出かけていったが、何と資料は手元にどっさり！　七九年、大阪朝日放送制作のテレビドラマ「葉陰の露」の音楽を担当した際、坂本龍馬の妻・お龍が弾いたという月琴について調べた。その月琴が「明清楽」なのだった。

見えない糸……繰り返すが、何度も経験がある。個の営為は、また人と人とは、こうしてつながっていくのか……。人間は不思議だ。

（二〇一五年一一月一六日号）

マイナンバー

今年（二〇一五年）も、無名塾の芝居の音楽を書いた。一〇月三一日、能登演劇堂で初日を開けた「おれたちは天使じゃない」である。アルベール・ユッソン作、丹野郁弓訳・演出。舞台はフランス領の南米・ギアナの小さな町。時は一九一〇年のクリスマス。フランスからやってきてここで雑貨店を営む一家と、その家に雇われている収監中の三人の囚人との物語。この町は犯罪者の流刑地なのだ。三人が着ている囚人服には番号が記してある。３０１１、４７０７、６８１７の三人だ。

一九五五年（マイケル・カーティス監督、ハンフリー・ボガート主演）、八九年（ニール・ジョーダン監督、ロバート・デ・ニーロ主演）の二度の映画化で知られる作品の舞台化である。無名塾による今回、当然主演は塾を主宰する仲代達矢さん。

劇がしばらく進んだところで、囚人たちにこの家の娘マリ・ルイーズが尋ねる。「そういえばどなたの名前も知らなかったわ」。そこで判明。６８１７アルフレッド、４７０７はジュール、仲代さんの３０１１はジョゼフ。

芝居のこの箇所で、僕はふと思った。そういえば日本国民ひとりひとりの「番号（一二桁）」が告知される。僕のところはまだだが、すでに通知が来た人もいるだろう。「そういえば、１２３４５６７８９０１２さんのお名前は何でしたっけ？」なんて会話が交わされることになるかも……。マイナンバー制度が何のためかというと、社会保障、税金、災害対策その他に関して、複数の機関にある個人の情報が同一人物のものであることを確認するため、とされる。

これによるメリットは、かずかずあるだろう。いっぽう、個が個の裁量でおこなってきたことも、すべて管理されてしまうことにもなる。その場合、これはマイナンバーというより、「あなたの番号」を把握することにより管理者側が便を得るのだから「Your number（ユア・ナンバー）」というべきではないのかな……。で、これからどういうことが起きるか、学者でもない僕に予想しろといっても無理だが、ただ、こんなことは考える。

現代を生きる僕たちの生活には、そもそも番号があふれているではないか。住民票コード、パスポート番号、免許証番号、健康保険証番号、病院の診察券番号、銀行口座番号、クレジットカード番号、もちろん電話やファックスの番号、携帯電話番号……。これらの中には、実際に使用する際、さらに「暗証番号」が必要なものもある。皆さん、これらすべて、覚えていますか？

もちろん覚えていない僕の場合、せめて暗証番号は共通にしている。マイナンバーがこれらをみな統括し、すべて一種類の番号で済むことになるのなら、便利かも。でも、そうはならないんでしょ？

つまり、生活の中の「番号」が、またひとつ増えるわけだ。「そういえば、お名前は？」が、現実のことになったら、これはやはり嫌な世の中ですよね。

（二〇一五年一一月二三日号）

レッド・パージ六五年

若い人たちは「レッド・パージ」という言葉を知っているかな? レッド(red)はいうまでもなく「赤」だが「過激な、革命的な、赤化した、共産主義の」という意味で、パージ(purge)は「粛清、悪いものを一掃すること」。したがって「赤狩り」と訳されることもある。

終戦から五年近くが経ち、相対するイデオロギーの対決が鮮明になった。その中で勃発したのが、朝鮮戦争。一九五〇年六月二五日だ。その一方で、当時日本を占領していたGHQ(連合国軍最高司令官総司令部)は、日本におけるイデオロギーの粛清を開始する。最高司令官マッカーサーが日本共産党の非合法化を示唆したのが五〇年五月三日。同月三〇日には皇居前広場で、日本共産党指揮下の集会が開かれ参加者の一部と占領軍が衝突する。

六月六日には徳田球一他日本共産党幹部二四人やアカハタ（当時の表記はカタカナ）幹部が公職追放。同時にアカハタは停刊処分。七月には九人の共産党幹部に逮捕状が出る。幹部はその後、地下潜行し、一部は中国へ亡命した。このころから、全国で思想的な理由による解雇や追放が相次ぐ。被害にあったのは、推定で四万人以上。ここに至る前に起きた「下山事件」（四九年七月五日）、「三鷹事件」（同年七月一五日）、「松川事件」（同年八月一七日）なども思想的背景による謀略と見做《みな》され、レッド・パージのいわれなき誘因となった。

幼いころ、雑誌か何かに「デモクラ・シーちゃん」なる連載漫画があって、僕は大好きだった。内容は全く覚えていないが、デモクラシー（民主主義）という言葉が当時いかに新鮮だったかを思い返すことはできる。レッド・パージはしかし、このデモクラシーの流れに対する完全な逆コースだった。

この逆コースは、五二年のサンフランシスコ条約締結とともに解除される。しかし、被害者のほとんどが職場に復帰できなかったのみならず、不当な糾弾を受けつづけた。

「すべて国民は、法の下に平等であって、人種、信条、性別、社会的身分又は門地により、政治的、経済的または社会的関係において、差別されない」（憲法第一四条）

「思想及び良心の自由は、これを侵してはならない」（同第一九条）
今、私たちは、この憲法に護られているはず。だが、思想的偏見は依然存在する。戦争法参院可決のあと、日本共産党はその廃案を目指し「国民連合政府」で連携することを民主党に申し入れた。民主党岡田克也代表は、この申し入れに敬意を表したが、同党長妻昭久議員は、「連携はない。我々はそこまで落ちぶれてない」と発言。何、それ？

レッド・パージから六五年。共産主義に限る話ではない。私たちは、未《いま》だ残る人権的な課題を直視し、思想差別を根絶させなければいけない。二〇〇二年一一月、レッド・パージ被害者は名誉回復と国家賠償を求めて全国連絡センターを結成した。その活動を支援し、差別が全くない社会を構築しなければならない。

（二〇一五年一二月七日号）

テロリズム

先日のパリの同時多発テロ事件に、世界中が震えた。個人的なことを言えば、パリは僕にとって親しい町かつ好きな町。たぶん十数回行っているし、知人友人も多い。いつでもまた行きたい町だが、現下の状況ではそうもいかなくなってしまった。

IS（中東などでテロや人権侵害をはたらいた集団）のやり方にルールはない。これは戦争だ、とオランド大統領は言っているが、戦争というものは宣戦布告で始まるはず。そのようなルールも完全に消滅してしまった。テロは、いつ、どこで起こるか予測がつかないのだ。

テロリズムのきっかけは、一七八九年のフランス革命における「九月虐殺」だとされる。革命派が反革命派一万六〇〇〇人を殺害したのである。しかし、紀元前四四年の古代ローマで、ジュリアス・シーザーがブルータスに殺されたのも、明らかにテロだ。シェイクスピアの戯曲には、その背景まで細かく描かれている。そういえば「マクベス」だって「リチャード三世」や「タイタス・アンドロニカス」だって、シェイクスピアの名作はテロだらけではないか。

前記フランス革命よりあとになるが、安政七（一八六〇）年三月三日、江戸幕府の大老・井伊直弼《なおすけ》が水戸、薩摩の浪士に暗殺されたのもテロリズム。第一次世界大戦の始まりも、一九一四年六月二八日、オーストリア・ハンガリー帝国の皇位継承者フランツ・フェルディナント夫妻がボスニアの州都サラエボで狙撃されたテロ。リンカーンやケネディなど米大統領の暗殺もテロだ。日中戦争も、一九三一年九月一八日、日本の関東軍（満州駐留の日本陸軍）による満州・柳条湖の鉄道線路爆破が始まり。五・一五事件（一九三二年）、二・二六事件（一九三六年）、戦後の日本社会党委員長・浅沼稲次郎刺殺事件（一九六〇年）……日本国内のテロも少なくない。

とはいえ、きな臭さが倍増しているのが昨今であることは間違いない。今年（二〇一五年）に限っても、一月一七日のパリでの「シャルリー・エブド事件」、三月一八日チュニジアの首都チュニスでの「バルド国立博物館乱射事件」ほか枚挙に遑《いとま》がないありさまだ。
人間はどうして、政治や宗教や民族問題で自分と立場や意見の違う相手を殺せばコトが済むと考えるのだろう……。相手を殺したところで、入れ替わりに自分の主張が通ることにはならない。逆に、報復の危険のみならず、立場も悪くなる可能性のほうが高いと考えるのだが……。

僕はいつも思う。「違う」ことはとても面白いはずなのに、と。「世界宗教連絡会議」とか「地球全民族連盟」といったような組織があったら、まず話し合うことができるのではないか、とも考える。きれいごとを言っているのではない。話し合うための具体的な方法論を整備してほしい、ということだ。発言権の強い国が自説を一方的に押しつけようとするから争いが起きる。現在の状況を変えるための、説得力に満ちた提唱の出現を待ち望む気持ちだ。

（二〇一五年一二月一四日号）

宗教って？

僕の知り合いのお坊さんつまり僧侶だが、自分の子とその友だちのために、ある時自宅でクリスマス会を催したそうだ。クリスマスはキリスト教の行事――いうまでもないですね。でも、これを不思議という人すら、あまりいないみたい。

また、これは伝聞だが、ある若い牧師は町内の盆踊り会で楽しそうに踊ったという。盆踊りは、盂蘭盆《うらぼん》に行われる仏教行事――これも、いうまでもないですね。でも、これを不思議という人すら、あまりいないみたい。

一一月一五日に五歳の男の子、七歳の女の子、そして男女を問わず三歳の子が神社（正確には祖先を祀《まつ》る氏神）に参拝する「七五三」は、本来宗教行事のはずだが、今どきそんなふうに考える人はむしろ稀《まれ》みたい。

最近では日本でも、若者たちを中心にハロウィン（一〇月三一日）が盛り上がるようだが、これはキリスト教の聖人たちの祝日の前夜の祭りである。でも、そんなふうに考える人は稀みたい。

クリスマスを祝い、大晦日《おおみそか》に除夜の鐘を聞き、元日には神社に詣でる――これを誰も妙だと思わないいみたい。宗教に関して僕たちの国は曖昧《あいまい》だ。いや、現下の世界を見渡せば、曖昧でよかったと思う人も少なくないみたい。しかし、日本だけだろうか。

華やかなカーニヴァル。ローマ・カトリックの国で催される祭で、謝肉祭と訳される。イースター（復活祭）の四〇日前から始まる「四旬節」の間は、キリストの断食を偲《しの》んで、肉を食べない。したがってその四旬節の前におおいに肉を食べて楽しもう、という祭がカーニヴァルだ。ラテン語のカロ・ウァーレ Caro Va le（肉よさらば）が語源とされる。つまりカーニヴァルはそもそも宗教行事なのだ。だが、たとえばリオ・デ・ジャネイロのカーニヴァルで派手に踊りまくった人がみな、そのあと肉を断っているだろうか。おそらく、誰もそんなことを考えてないみたい。

これは以前にも話したことだが、ある時僕はレバノンで仕事をした。内戦がようやくおさまったころだった。内戦中、首都ベイルートのメインストリートにラインが引かれ、クリスチャンとムスリム（イスラム教徒）の居住区が分断されていた。知り合った老夫婦は敬虔《けいけん》なムスリムで、内戦が終わってほっとしたと口を揃えた。終わった翌日、いち早く飛んできて互いの無事を歓びあい、抱擁しあったのは、ラインの向こう側のクリスチャンの友だちだった、と。

「苦しい時の神だのみ」という言葉がある。ふつうの人はたいてい、都合のいい時にだけ神を思い出すのかもしれない。「神は人の敬いによって威《い》を増す」ともいう。信心深い人にとって神は絶対なのだろうが、信心は人それぞれなのだ。どんなに信心深くても、自分と違う神を信じる人を敵視するのはおかしい。深い気持ちだろうが、浅く曖昧だろうが、結局は人それぞれなのではないか。

（二〇一五年一二月二一日号）

妖怪と気配

一一月三〇日、漫画家の水木しげるさんが亡くなった。九三歳だった。僕の学生時代、一世を風靡《ふうび》した『ガロ』（青林堂刊）という雑誌があって、白戸三平「カムイ伝」、林静一「赤色エレジー」、つげ義春「ねじ式」、杉浦日向子《ひなこ》「百日紅《さるすべり》」、瀧田ゆう「寺島町奇譚」、そして水木しげる「鬼太郎夜話」などに、おおいに親しんだものだ。分厚い『ガロ』は、部屋の片隅にいつも積まれていた。学生運動の時代、青臭い政治論議に錯綜《さくそう》する話題は『ガロ』に決まっていた。

水木しげるさんは戦争で片腕を失い、不自由な中で独自の世界を築き上げた人だ。戦争の悲惨さ、虚しさを叫びつづけたが、他方で妖怪のキャラクターをたくさん誕生させた。水木しげるさんの奥さん＝武市布枝さんの著作を原作とするＮＨＫ朝のテレビ小説「ゲゲゲの女房」を楽しんだ人も多いだろう。二〇一〇年四～九月の放送だった。そのあと映画や舞台にもなっている。が、前記のように僕はかなり古いファンだ。しかし妖怪の存在を実際に信じている人はあまりいないと思う。

にもかかわらず、妖怪の存在は無意味ではないのだ。それは、私見では「気配」だ。「キクバリ」ではありません。「ケハイ」。暗闇に何かが潜んでいそうな気配。今にも何かが起こりそうな気配、久しく会っていない友に明日会いそうな気配。風邪をひきそうな気配……。

雨が近づくと蟻は巣の穴を塞ぐ。猫はしきりに顔をぬぐう。湿気が多くなると低く飛ぶ虫をねらうので、ツバメも低く飛ぶ。風雨が強くなる前に蜘蛛は巣を張らない。晴れそうな時、ヒバリは高く舞い上がる。桜の花の色がうすいと寒さがつづく。

動物も植物も気配に敏感なのだ。そして、もちろん人間も動物の一員。本来、生物が具有しているこのような「勘」を、人間も持っているはずなのだ。勘は、すなわち気配をとらえる能力である。

農業や漁業など自然に密着して仕事をする人たちは、これが強い。ことに天候の変化を読む能力に長《た》けていることは、おおかたが承知だろう。

ところが、近年のさまざまなテクノロジーの進化は、人間のこの能力を退化させつつあるのではないか。いとも簡単に情報を入手できる。機械の操作で、入手できる。勘は必要ない。能力は退化していく。自然の摂理である。

そこにお化けがいるかもしれないぞ……。この夜道には妙なものが潜んでいそうだぞ……。そういったことをバカにしてはいけない。そういった予感を無視してはいけない。

妖怪を描くことで、水木しげるさんは警告を発してきた。僕にはそう感じられてならないのである。機械に慣れるな。機械に使われるな――妖怪に、水木さんの漫画に親しみつつ、自分に警句を突きつけつづける。それは、作者が亡くなったこれからも、変わらない。

（二〇一五年一二月二八日号）

政治を真の方向へ

新しい年だ。新世紀になって早くも一六年めか……。ちょっと、一〇〇年前を想ってみよう。

世界中が、激動の兆しにおおわれていた日本では、大隈重信首相が缶詰爆弾を投げつけられるが、不発に終わった。一九一六年暮れにロシア帝政崩壊の一因にもなった存在＝怪僧ラスプーチンの暗殺。翌一九一七年の「二月革命」と「一〇月革命」は「ロシア革命」と総称される。ソビエト政権の樹立。二〇世紀の「冷戦」の基礎が築かれた。アメリカでは激しい大統領選。現職の民主党ウィルソンが、最高裁判事ヒューズを僅差で破った。すでに、一九一四年のサラエボ（セルビア）におけるオーストリア皇太子暗殺をきっかけに勃発していた第一次世界大戦が、何と二五カ国を巻き込む大混乱に陥っていた。一〇〇年前は、そのただなかだった。終結は一九一八年だ。

などと書き連ねても一知半解。埒《らち》があかない。だが、歴史に学ぶところが多いこともまた、たしかだ。ところで、僕はよく考える。一八四三年生まれ、つまり僕の一〇〇歳上の同業者の一人はグリーグだ。ノルウェーの作曲家。「ピアノ協奏曲」「ペール・ギュント」など親しまれている作品が少なくない。死んだのは一九〇七年。それがどうしたと言われそうだが、ま、もう少し話を聞いてください。

さらに一〇〇年前すなわち一七四三年生まれ、つまり僕の二〇〇歳上の同業者はイタリアの作曲家ボッケリーニ。没年は、一八〇五年。その前、一六四三年生まれ、つまり僕のちょうど三〇〇歳上は、不明。ただ、バッハが影響を受けたオルガニストにして作曲家ブクステフーデ（独）は一六三七年生まれで、僕の三〇六歳上。一七〇七年没。ヴァイオリンの大家コレルリ（伊）は一六五三年生まれだから、僕の二九〇歳上。一七一三年没。さらに、フランスのリュリは一六三二年生まれ、すなわち僕の三一一歳上だ。一六八七年没。で、一九四三年生まれの僕は、二〇一六年の今、健在。先人たちの没年を、もう一度チェックしてみてください。何が言いたいか、わかるでしょ。

日本人の平均寿命は、女性八六・八三歳、男性八〇・五〇歳（二〇一四年のデータ）。一方、一人の女性が生涯に産む子どもの数の推計値は日本全国で一・四二。出生数は一〇〇万三五三九人（いずれも二〇一四年）。寿命はどんどん延び、出生数はどんどん減る。ますますの高齢化社会になることが目に見えている。二〇〇〇年に二五六万人だった要介護人口は、二〇一三年には五八四万人。近未来＝二〇二五年の推定介護人材の充足率は、都道府県別の最高が島根県の九八・一パーセント。最低は宮城県の六九パーセント。

しかし、当該地域の人口を考慮に入れなければ正鵠《せいこく》を射る数字は出てこない。たとえば前記に関して東京の充足率は八五・三パーセントで二九位だが、必要な介護職員数は一位島根県の一五倍だ。

人々の生命に関わるこのような根本の問題を正しく掌理してこそ、政治なのだ。戦争ができるよう右往左往しているのを政治とは呼べない。今年（二〇一六年）こそ、この国の政治が真の方向へ向かうよう注視する年にしたい。

（二〇一六年一月四・一一日号）

「実は進歩」という道

僕が、中学生くらいから、毎年出る『理科年表』（丸善出版刊）を愛読していることは、以前に話したと思う。小型ながら分厚く、細かな文字と数字がびっしり。とはいえ、天文の章の「太陽輻射エネルギーの波長分布」とか、生物の章の「各免疫担当リンパ球に特徴的な表面分子と機能」なんて、チンプンカンプン。国や都市の人口、湖水や川の面積などいわゆる人文地理の項目が、もっぱら僕の興味の対象だ。しかし、大雑把《おおざっぱ》に言って、僕が各種の統計に関心を持っているのはたしかだ。理科年表以外にも、統計に関する本が、僕の書棚には各種並んでいる。パソコンで簡単にデータが入手できる時代でも、本で調べる歓びは、格別。さて、何から行こうか……。

世界の原発の数。一位＝アメリカ。九九基＝発電量九八七九万キロワット。二位＝フランス。五八基。六三一三万キロワット。三位＝何と日本。四三基。四〇四八万キロワット。以下、ロシア三四基。中国二六基。韓国二四基。カナダ一九基と続く。しかし、減りつつある。

まず、ドイツにはかつて一七基の原発があった。しかし日本の「3・11」を受け、それまで原発推進派だったメルケル首相が、二〇二〇年末までの原発全廃を宣言。現下の情勢で稼働は八基一〇七三キロワットだが、再生可能エネルギーによる発電へ移行中である。

アメリカでも廃炉が増加している。ただし事故や災害を懸念してではない。二〇年ほど前に地中のシェール層から天然ガスが発見され、九八年に採掘法が考案されて以降、これによる発電へと切り替えられつつあるからだ。シェール層とは、粘土が固まってできた水成岩＝頁岩《けつがん》の層。頁岩は板状で薄く、はがれやすい泥板岩なのだそうだ。この「シェール革命」により原油等の価格が下落。さらに風力や太陽光発電が増え、卸電力価格が下がった。それゆえの廃炉増加だ。

理由はどうあれ、世界の情勢は原発廃止へと向かっている。なのに、「3・11」当事国の日本で、方向が定まらないのはどういうわけか。優れた思想家である吉本隆明（一九二四〜二〇一二年）を僕は尊敬しているが、何と彼は原発廃止に反対した。「動物にない人間だけの特徴は前へ前へと発達すること。技術や頭脳は高度になることはあっても、元に戻ったり、退歩することはありえない。原発をやめてしまえば核技術もその成果も何もなくなってしまう」と吉本は言う（『反原発　異論』論創社刊）。換言すれば、科学はその本質からいって後戻りできない、人類が原発へ行きついた以上、そこからさらに前へ進まなければならない、したがって原発は存続・推進すべき、ということ。

だが、たとえその頭脳で獲得したものであっても、誤りと判明した時に廃止や後戻りに進路変更できるのも、人間だけなのではないか。一見退歩だが実は進歩、という道を選択できてこそ、真の叡智《えいち》だと僕は考える。吉本隆明説といえども、肯《が》ず《えん》るわけにいかないことがあるのだ。

統計の本から広がった話でした。

（二〇一六年一月一八日号）

自然の怒り

あまりに大きな災害や事件があると、それまで沸騰していた話題が消滅してしまうことがある。あの「3・11」で立ち消えになってしまった報道があった。立ち消えになったことに気がつかなかった人もいるかもしれない。

「3・11」の一カ月半前、二〇一一年一月二六日、霧島連峰の新燃岳《しんもえだけ》が五二年ぶりに噴火。かなり騒がれた。が、東日本大震災が起きたとたん全く報道されなくなり、ずいぶん経って思い出したときには、もう噴火はおさまっていたようだった。

新燃岳はおさまった……。しかしあちこちで次々と火山が噴火しているではないか。休火山と考えられ、よもや火を噴くとは思いもしなかった山でも起きている。

二〇一四年九月二七日午前一一時五二分の御嶽山《おんたけさん》噴火にびっくりした人は多いだろう。

直前まで噴火予報など全くなかったから、たくさんの登山者がいた。いきなりの噴石飛散を防ぐ術《すべ》はない。岩の陰に避難しても、噴石はウシロから飛んでくるかもしれない。死者五八名、負傷者六九名、行方不明五名（二〇一五年八月現在）という犠牲者の数は甚大。火山噴火による死者数としては戦後最大になった。

二〇一三年一一月の小笠原諸島西之島の噴火もすごい。島がどんどん大きくなっている。一四年六月の鹿児島県口永良部島新岳も大噴火で、翌年五月には全島民が島を離れなければならなかった。

日本では、この二年ほどだけでも、噴火警報で終わった例も含めれば、草津白根山、九州の阿蘇山、山形・福島県境の吾妻山、スキーのメッカ・蔵王山、浅間山、箱根山、北海道雌阿寒岳《めあかんだけ》、鹿児島の桜島、霧島連山の硫黄山……。全国各地ではないか。

もっと前だが、九州は雲仙・普賢岳の九〇年一一月一七日の噴火が記憶に鮮明。一九八年ぶりの噴火だった。翌年二月に再噴火。六月には土石流、つづいて火砕流が発生し、多くの人が亡くなった。ずっとあと、「ながさき音楽祭」の仕事でしばしば同地を訪れた僕は、火山灰に埋もれた家々や焼けただれた学校跡を目にし、噴火の威力をまざまざと見せつけられた。
海外まで眺めれば、二〇世紀最大の噴火だった九一年フィリピンのピナトゥボ、二〇一〇年アイスランドのエイヤフィヤトラヨークトル、同年インドネシアのシナブン、一五年チリのカルブコなど、枚挙に遑《いとま》がない。アメリカの有名な国立公園イエローストーンの地下には、スーパーボルケーノという超巨大火山がある由。もし大噴火を起こしたら、人類滅亡の危機とまでいわれている。

今、「地球の歴史から見て短いサイクル」、すなわち約一万年以内の噴火形跡のあるものはすべて活火山と呼ぶ。この結果、日本の活火山は七〇年には七七だったが、現在一一〇。休火山、死火山という分類はなくなった。遠く巨大な視座からは、人類の争いはコップの中の嵐に見えるだろう。争いに明け暮れていると、自然の怒りが巨大化するかもしれないぞ。

（二〇一六年一月二五日号）

市電延伸

元日はのんびり、二日から二〇日前後まで札幌、というのが僕の毎年の通例だ。ただし、途中で一、二度抜け出さなければならないことが多い。昨年（二〇一五年）は滞在中に名古屋～神戸～東京と仕事をして、札幌へ舞い戻った。ところが今年は珍しい。ずっと札幌である。そして今回は、ぜひともこの目で確かめたいことがあった。

市電延伸。

札幌で一路線だけ残っている市電は、市の中心部「西4丁目」から、北が上という一般的地図でいえば、片仮名の「コ」の字を鏡に映した形で走行する「すすきの」までの約八・五キロメートル。この終点から終点はわずか〇・四キロメートル。市内で最も人の往来の多いところだから、ここをつないで環状線にすればいいのに、と僕はもう二〇年くらい前、地元新聞のエッセイに書いた。その後、そのような計画が実際にあると聞いたが、なかなか実現しなかった。それが昨年一二月二〇日に成就！　外回り線は「西4丁目」電停から南下するにあたり、駅前通りを斜めに横断して東側の歩道に接する。内回り線は「すすきの」電停から最短距離を左折し、西側の歩道に接して北上する。すなわち、路面電車が道路の中央を走る一般的光景と異なり、双方向の線路が道路の両端に敷かれているわけ。これはユニーク。

走行するクルマにとっては、線路で車線がひとつ減ったことになるが、線路は歩道に接しているから、駐車が全くできない。クルマもむしろ走りやすくなったのではないか。

これは僕の持論ゆえ何度か話してきたが、路面電車はエコなのだ。かつて全国の多くの市街地を走っていたが、クルマ社会に移行しつつあった一九六〇年代前後に、どんどん廃止された。僕が育った水戸市も例外ではない。東京は一路線（荒川線）のみを残してあとはすべて消え、地下鉄に変わった。大阪、名古屋、神戸、京都……大都市はみな同じ。しかし路面電車が依然重要な交通手段になっている町も少なくない。広島、松山、長崎、熊本、鹿児島、岡山、高知、富山ほか……。

富山の電車は市営ではなく富山地方鉄道（通称「地鉄」）の運営だが、二〇〇九年に一部を延伸してループ化された。さらに、別運営の「ライトレール」という路線とつなぐ計画も進行中（ライトレールは二〇二〇年二月、富山地方鉄道に吸収・合併された）。路面電車は見直されているのだ。

僕はあるエピソードを想起している。農地からミミズを駆除した時代があったそうだ。ところがミミズは土の養分にとって大切な存在と判明し、今度はミミズを散布したというのだ。人間って、それほど利口な動物でもないみたい……。路面電車も同様ではないか。やはり僕が望んでいる鹿児島市電のＪＲ谷山駅までの延伸は白紙に戻された由。残念……。だが、池袋駅からサンシャインまでが計画されている東京ほか岡山、広島、松山……。延伸はいくつか検討されている。札幌も、現行路線を北へ伸ばして札幌駅までという計画があると聞いた。ミミズと路面電車、がんばれ！

（二〇一六年二月一日号）

蓑虫

暮に、枝ごとの「啓翁桜」をもらった。ケイオウザクラは、一九三〇年に九州・久留米の良永啓太郎さんという人が中国系のミザクラを台木にしてつくったものだという。早春を告げる花として知られている——なぁんて……寡聞《かぶん》にして僕は知らなかったのだが……。

大きめのガラスの花瓶に入れて、玄関に飾った。ある日気がついたら、そのそばの壁に、小さな黒い棒のようなものがついている。三ミリほどの小さなものだが、打ち方が不十分で釘の頭が表に飛び出しているような感じ。

何これ？

ほどなく、蓑虫《みのむし》と判明。この啓翁桜の枝についていたんだ……。それが我が家の壁に転居したわけか。何だか、かわいらしい。

蓑虫は、ミノガ科のオオミノガの幼虫である。幼虫がつくる巣が、茅《かや》、菅《すげ》、藁《わら》や棕櫚《しゅろ》などの茎の葉を編んで作る雨具＝蓑に似ているので、この名がある。俳句では、秋の季語だそうだ——みのむしの音《ね》を聞きにこよ草の庵（松尾芭蕉）、蓑虫の父よと鳴きて母もなし（高濱虚子）——蓑虫って、鳴くのかなぁ……？

子どものころ、当時は誰でもやったものだが、まず箱に何色もの千代紙を細かく切って入れておく。そこに蓑虫も入れる。と、まもなくカラフルな蓑をまとった姿に変身するのである。蟻、カブトムシ、タマムシ……さまざまな虫が、僕の子ども時代をいかに彩ったかについては、これまでにも話してきた。蓑虫もそこに含まれるのは、当然。

札幌へ行っていてしばらく不在だったら、当家の蓑虫は引っ越していた。壁からさらに転居し、何と二階。階段の上がり框《がまち》に置いてある電話の子機にひっついていた。釘状態である。それが、次の日には縦、すなわちキツツキ状態になっていた。

ぴくりとも動いているのを、見たことがない。いつ、動いているのか……。電話が鳴ると音の振動で身体が震え、新たな移動を余儀なくされるかもしれない。といって電話を停止するわけにもいかず……。

仲代達也さんがエッセイに書いているのを思い出した。自宅の自室に、いつのまにか蜘蛛が一匹いる。部屋に入ると、あいつはどこにいるかな、と探してしまう。「クモスケ」と名づけて、一緒に住んでいる……。

それに似ている。名づけるとすれば「ミノキチ」という感じだが、こいつもいつか大人になり、蛾になって飛んでいってしまうだろう。せめてそれまでの未成年時代、我が家でゆっくり過ごしてほしい……。

だが、最近は蓑虫をとんと見かけなくなってしまった。絶滅危惧《きぐ》種になっているらしい。蓑虫だけを食する樹々の寄生虫がいるのだという。仲代家の「クモスケ」は、住居のダニなどを食べてくれるいわば益虫だと思うが、蓑虫はどうなのだろう。しかし、別に益虫でなくてもいいです。じっとしているようで、しかしいつのまにか近距離で転居する蓑虫は、かわいいのだ！

（二〇一六年二月八日号）

空を見てきたら……

この連載をまとめた七巻めが、このほど上梓《じょうし》された。連載もまもなく一〇〇〇回になるから、この際総括的なことに言及してみるか……。

連載開始は一九九三年一一月一日号だ。少しの間ニューヨークに住んでいた僕に連載を依頼してきたのは当時の本紙編集長・福島素司さん。まもなく編集長は三輪純永さんに変わり、以来長いつきあいがつづいている。

そして、まとめたものの第一巻が「音も人も時代とともに」というタイトルで上梓されたのは二〇〇三年一月。以後、三年くらいの間に、第二巻「世紀末の始まりのころ」、第三巻「しゃべって書いて、というこころ」、第四巻「世紀のハードル跳びこえて」と、つづけてできあがった。そのあと、しばらく空く。

当初からこの出版に携わってくれている新日本出版社・角田真己さんが、その時こんな意見を聴かせてくれた——連載をただまとめるだけでは工夫がない。アップ・トゥ・デイトな何かを加えたい。僕もそれに賛同。

ちょうど合唱組曲「私たちが進みつづける理由」ができたばかり。僕が指揮しての練習を、角田さんが取材。その速記録を第五巻に併録した。タイトルは「言葉と音楽のアツイ関係」。二〇〇九年四月の出版だ。

次も少し空いたが、第六巻には昨二〇一五年一月二五日調布市でのシンポジウムでの僕の発言を収めた。これは「調布九条の会創立一〇周年記念のつどい」で、憲法学者の奥平康弘さん、教育研究者の堀尾輝久さんと僕の鼎談《ていだん》があった。付記すれば、この翌朝、奥平さんが逝去されてしまったことはショック！　奥平さんや堀尾さんの発言が重要なことはわかっているが、鼎談自体はこの催しが独自につくる冊子に載ることになっていたので、恥ずかしながら僕の発言のみ。この催しはそのあとにコーラスがあったので、何日か前に持たれた拙作「地球の九条もしくは南極賛歌」の合唱練習の模様も載っている。第六巻は「音楽の力、9条の力」。

そして今回。角田さんは、四〇年近くにわたって僕が音楽を担当している無名塾の仕事に着目した。無名塾は、故・宮崎恭子さんとその夫君・仲代達矢さん主宰の演劇塾だ。折しも、昨秋の公演「おれたちは天使じゃない」の稽古中。そのある日、稽古場で対談ということになった。一一歳上の仲代さんは、人生のさまざまなシーンで、あふれるほどの示唆を僕が浴びてきた大きな存在である（昨秋の文化勲章はめでたいが、それと関係なく）。これまでも何度か対談をしているが、今度は長い。完成した本では、全二一九ページのうち八〇ページが対談だ。

そのあとの連載分は四五四回から四九九回。イラク戦争の話題に席巻された二〇〇三年のもので、不思議なほど今に通じる内容だが、あのころの空を見ていた結果である。第七巻は「仲代達矢さんの背中を追って」。エッセイ集などの出版が、この一年余で、これを含めて五冊。作曲家としてはやや多すぎる感もあるが、空を見ていたらこうなっちゃった（作曲もしてますよ）。ま、仕方がないか……。

（二〇一六年二月一五日号）

文化は、強い！

仙台で拙作の初演があった（「交響曲第一〇番《次の時代のために》」尾高忠明指揮、仙台フィル）。しかし今回はその話ではない。さまざまな縁で年に何回かは行き、好きな町である仙台の話。ＪＲ東日本文化財団が行う仙台駅のコンサートの音楽監督として。また、かつて音楽を担当したＮＨＫ大河ドラマ「独眼竜政宗」の人気が持続していることもあり……。

仙台へ行くとどうしても伊達政宗を意識する。連係して支倉常長《はせくらつねなが》を想う。話はここから。

支倉常長は一六一三（慶長一七）年一〇月二八日（九月一五日とも）、藩主・伊達政宗の命を受け、仙台藩が建造した西洋式帆船「サン・ファン・バウティスタ号」に乗り込み、石巻の月浦港から出航する。宣教師ルイス・ソテロ以下約三〇人の使節団、多くの商人など総勢一八〇人。太平洋を横断。メキシコのアカプルコを経由して、一六一四年一二月、スペインのマドリードへ辿りついた。スペイン国王から直接貿易の許可を得たいと政宗が望んだためである。

鎖国令（一六三三年）以前の日本の外国への関与は活発だった。江戸幕府がイギリスとの通商を開いたのが一六一三年八月、長崎の平戸に商館の設置を決めたのも同年一〇月である。

時まさに大航海時代。一五世紀半ばくらいから、ヴァスコ・ダ・ガマ、フランシスコ・デ・アルメイダ、マジェランらがセイロンからフィリピン、南太平洋諸島、そしてインドと勘違いしたもののコロンブスはアメリカ大陸……。次々に発見した（というのも妙。もともとあった所へ勝手に行って「発見」とは……。「出会い」である）。ポルトガル人が種子島へ来て鉄砲を伝えたのも一五四三年。

イギリス、オランダ、フランスが貿易実施のため次々に「東インド会社」を設立。インドネシアはオランダが、マカオはポルトガルが、フィリピンはスペインが統治。セイロン（現スリランカ）に至ってはポルトガル→オランダ→イギリスが次々に侵略、占領。日本も同様の状況になっていたかもしれない。

しかし、そうはならなかった。なぜだろう……。日本の軍事力がすごくて、欧州列強も手を出さなかった。日本が独自の経済圏を形成していた――そうは思えない。すでにマルコ・ポーロの報告などがあったから、陶芸を筆頭に日本の美術、建造物、文芸などの文化の高度な素晴らしさを彼らは知っていただろう。

侵略しても、こりゃ自分たちになびかないと感じたのではないか。先の大戦下で京都を爆撃しなかった（できなかった）アメリカも、時代は異なれど同様ではないか。総じていえば、日本の文化力が、強固な抑止をつくり上げたといってもいい。日本独自の文化をつくったのは鎖国だという説があるが、今回の話はそれ以前。強い国をつくるのは経済力ではないのだ。経済ばかりを優先させる政治は、実に危うく、つたない（どこだかわかりますね）。

ま、あくまで私見にすぎないが、一考の価値はあると思ってほしい。同時に、政宗や常長の慧眼《けいがん》に、あらためて想いを馳せるのである。

（二〇一六年二月二二日号）

本当に怖いのは

今年（二〇一六年）は、参議院選挙が予定されている。選挙権が「一八歳以上」となって初めての選挙だ。そこへ向けて為政者が打っているさまざまな手が、実に不気味。選挙に勝ち、用意している法案の「案」が取れて「法」として施行されれば「恐怖政治」になりかねない。

政府・自民党は、すでに二〇一四年四月、「憲法改正案」なるものを発表している。改正ではなく、改変あるいは改悪だが、ここは同党の発表通りに示す。この「改正案」を知ってますか？

現行憲法の第一章は「天皇」だ。その第一条——天皇は、日本国の象徴であり日本国民統合の象徴であって、この地位は、主権の存する日本国民の総意に基づく。

自民党案も、第一章「天皇」。その第一条――天皇は日本国の元首であり、日本国および日本国民統合の象徴であって、その地位は、主権の存する日本国民の総意に基づく。ほとんど同じジャン？　なんて言ってはいけない。後者が「元首」と言っている点がおそろしいのだ。かつてのいわゆる明治憲法の「大日本帝国は万世一系の天皇之を統治す」(平仮名部分は本来は片仮名)とこの「元首」は一致する。

そして、現行憲法の第九章は「改正」だが、この案ではそれは第一〇章へ送られ、新たな第九章が設けられている。「緊急事態」である。まず、第九八条――内閣総理大臣は、我が国に対する外部からの武力攻撃、内乱などによる社会秩序の混乱、地震等による大規模な自然災害その他の法律で定める緊急事態において、特に必要があると認められるときは、法律の定めるところにより、閣議にかけて、緊急事態の宣言を発することができる。

第九九条では、その宣言が発せられた場合が示される――内閣は法律と同等の効力を有する政令を制定することができるほか……(中略)……何人も当該宣言に係る事態において国民の生命、身体及び財産を守るために行われる措置に関して発せられる国その他公の機関の指示に従わなければならない。

緊急事態宣言下では、政治への反対運動や集会、論文の発表も禁じられる。逮捕されることもあり得る。それどころか戒厳令ですら可能性の範囲内だ。

尖閣列島をめぐる中国との軋轢《あつれき》、北朝鮮の核、世界各地のＩＳによるテロ……。怖いことはたしかだ。ところが、その怖さをいわば利用しているのが、この憲法改編案なのだ。恐怖政治は、常に眼前の脅威を材料に立ちあがる。一九三一年満州事変における柳条湖での満鉄（南満州鉄道）線路爆破、一三三年ナチスによるドイツ国会議事堂放火……。現下の状況が過去を想起させるものであることは、多くの識者も指摘するところだ。

ただ、これまでと違うのは、為政者が微笑みかたを覚えたこと。「怖いでしょ。だから憲法を変えなきゃなりません。国民の安全のためなんです」と、ニコニコ。怖いのはこれだ。皆さん、だまされてはいけませんよ！

（二〇一六年三月七日号）

権力意識の麻痺

想像もしてこなかったが、一〇〇〇回か……（これが連載の第一〇〇〇回なんです）。それにしても、あらゆることに触れてきた。平和や反核兵器などの話題から、時に政治に関わる内容になったこともある。

とはいえ僕は政治に明るいわけでもない。だが、政治は誰もが関わる問題なのだ。以前にも話したが、「美しい諍《いさか》い女《め》」で知られるフランスの女優エマニュエル・ベアールの発言が、僕は忘れられない。人権保護の活動家として逮捕された経験もある人だが、「あなたはなぜ政治に関わるのか」と問われて、「私は生きて生活しています。ということは政治に関わっているということです」と答えたのである。

僕も全く同じことを考えている。生活し、たとえば決められた日にゴミを出し、出してはいけない日には出さない。これも政治に関係していることになる、と僕はしばしば言ってきた。空を見ていると政治も見えてしまう、と言ってもあながち飛躍ではないのだ。

そこで今回も、最近の政治家の気になる発言に触れよう。二月九日の衆議院予算委員会での高市早苗総務相。政治的な公平性を欠く放送があった時に、電波停止を命令することがあり得る、と言ったのだ。放送法第四条の「放送事業者は政治的に公平であること」という規定が、この発言の理由だ。

しかし放送法はいっぽうで、「何人からも干渉され、又は規律されることがない」と言っている（第三条）。法律は難しい。この第三条と第四条は、何かあった際に、どのような天秤《てんびん》にかけられるのか……。

そこで、憲法の出番だ。憲法第二一条——集会、結社及び言論出版その他一切の表現の自由は、これを保障する。さらに「2」として——検閲は、これをしてはならない。通信の秘密は、これを侵してはならない。

高市発言は、やはり相当な危険性を暗示していると言わなければならない。昨年（二〇一五年）一月七日のパリ「シャルリー・エブド」事件にからみ、表現の自由にもおのずから礼節というものは必要ではないか、と僕は話している（本書一六ページ「表現の自由とテロ」）。その思いは今も変わりない。「表現の自由」はきわめて重要である。政治的公平を欠くと政府が判断したら電波が停められるかもしれないとなった場合に恐ろしいことのひとつは、危ないから報道そのものをやめておこう、という考えが当事者に生まれることだ。すでに識者はこの「報道の萎縮《いしゅく》」についての懸念を表明している。

さらに、と僕は思う。この高市発言にとどまらない。これもすでにお話ししてきたことだが、現政権における「危険な発言」はあまりに多い。「安保新体制」法案の国会通過は氷山の一角だ。さまざまなことで現下の為政者の権力意識は麻痺《まひ》している。この麻痺を看過していると、この先どこまで傾いていくことか……。僕たちが日々生きることは政治と関わることなのだ。主権者である国民の意志で、政治の暴走を停めなければいけない。

（二〇一六年三月一四日号）

あ〜あ……

あ〜あ……。

あ〜あ……。

情けない。みっともない。恥ずかしい……。節目となる一〇〇一回にこんなことを書きたくない。これが、今の僕の本音。

二月一七日の参議院憲法審査会での、同院議員・丸山和也氏の発言——アメリカは黒人が大統領になっている。これは奴隷ですよ。建国当初の時代に、黒人・奴隷が大統領になるなんて考えもしない。

丸山氏は、本来弁護士で、かつてＮＴＶ系列「行列のできる法律相談所」という番組のレギュラーだった由。この番組、僕は見たことがないのでよく知らないが、二〇〇二年以来五〇〇回も続いているものだという（丸山氏も準レギュラーらしい）。

こんなことを言う人が国会議員で、しかも（行列ができる？）弁護士だなんて、信じられない。どんな育ち方をしてきたの……？

イギリスで奴隷制度廃止法が成立したのは一八三三年。フランスではいったん法制化されたが、ナポレオンが奴隷制を復活。その後第二共和制のもとで一八四八年に奴隷廃止が決められた。そしてアメリカ。リンカーンによる奴隷解放宣言は一八六三年だ。しかしその後も、特に南部諸州で差別的立法などが相次ぎ、黒人の教育や職業、居住等の自由が、また事実上選挙権も剝奪《はくだつ》された。一九五〇年になって黒人の間で公民権運動が生まれる。五五年アラバマ州モントゴメリーで黒人による「バス・ボイコット事件」、五七年にはアーカンソー州知事が黒人の公立高校入学を拒否したことによる「リトルロック事件」が起きる。マーティン゠ルーサー・キング牧師が黒人の運動を指導するようになったのはこのころから。

六一年に大統領になったケネディは差別撤廃に乗り出す。六三年にはキング牧師指導のもと、公民権獲得を求めて二〇万人の「ワシントン大行進」。ケネディは暗殺されたが、引き継いだジョンソン大統領のもと、六四年七月に公民権法が成立した。キング牧師はノーベル平和賞を受賞したものの、周知の通り、六八年、凶弾に倒れた。

キング牧師が遺した言葉――人を許すことを覚え、身につけなければなりません。許す力量のない者には、愛する力もありません。最悪の人間にもどこか取柄があるように、最高の人間にも悪い点はあります。これがわかれば、敵を憎む気持ちが薄れます。

また――人の真価がわかるのは、喜びに包まれた瞬間ではなく、試練や論争に立ち向かうときに示す態度である。

僕が書き連ねてきたことは、すでにかなり昔のことだ。しかし、すべて等しい人類の、その愛と叡智《えいち》がつくりあげたことである。丸山和也氏……いまだに、この世にそんなことを言う人間がいるなんて……。でも、キング牧師の教えに従って、僕はこの丸山氏を憎まないぞ。ただ、情けなく、そして呆《あき》れるだけ。

あ〜あ……。

（二〇一六年三月二一日号）

創作する女性たち

作曲界の、近年の女性の活躍は実にすばらしい。かつて、女性は子どもを産むからそれで十分であり、ゆえに創作には向かないなどと妙な論理を言う人がいたりした。だが、それが完全にデタラメであることは、歴史が証明している。紫式部と清少納言を挙げればすでに完璧な証明だが、もう少し列挙しよう。

文学では「嵐が丘」のエミリー・ブロンテ、「ジェイン・エア」のシャーロット・ブロンテ、「若草物語」のオルコット、「赤毛のアン」のモンゴメリー。近~現代の日本でも、有吉佐和子、山崎豊子、宮尾登美子、澤地久枝、平岩弓枝……。向田邦子、橋田寿賀子など脚本家の名前を挙げる人もいるだろう。

美術では、マリー・ローランサンやカミーユ・クローデルなど過去だけでなく、現代でもニキ・ド・サンファン、タマラ・ド・レンピッカ、松井冬子など枚挙にいとまがない。

そして作曲家だが、これまた男性ばかりと思われてきたフシがある。しかし「乙女の祈り」で知られるバダジェフスカや、近代フランスで佳曲を書いたファランクやタイユフェールなど特筆すべき女性がいる。男の大作曲家の陰に隠れてしまった才能も少なくない。バッハの二度めの妻マクダレーナ、ヴォルフガングの姉＝ナンネル・モーツァルト、フェリックスの姉＝ファニー・メンデルスゾーン、ロベルトの妻＝クララ・シューマン、グスタフの妻＝アルマ・マーラー……。

先日もクララ・シューマンのピアノ協奏曲を聴いたが、夫の名作に劣らぬ傑作だ。日本の洋楽黎明《れいめい》期にボストンとウィーンで学び、滝廉太郎の「荒城の月」（一九〇〇年）より前に二曲の充実したヴァイオリン・ソナタ（一八九五、九七年）を書いた幸田延《のぶ》の才能も素晴らしい。かの文豪幸田露伴の妹だ。ちなみにこの二曲は、僕が補筆・完成させた（全音刊）。

優れたオペラを数多く書いた原嘉壽子、合唱曲のみならず佳曲を次々発表している木下牧子、高嶋みどり、国枝春恵、うたごえ運動で活発な創作をつづける安広真理、また現代音楽界で大活躍の望月京《みさと》、金子仁美、小出稚子《のりこ》、映画音楽の大島ミチル、「花は咲く」の菅野よう子などなど……。

上記の人たちにわざわざ女性という語を冠する必要はないと思うし、男女について言及したから差別、と考えることにも僕は反対。これは「区別」だ。旅客機の女性客室乗務員をかつてスチュワーデスと言ったが、男性のスチュワード（元来は執事の意）に対し差別語だということから「キャビン・アテンダント」と呼ぶようになった。かえって奇妙だ。

僕のオペラ「死神」（一九七一年）は女神であることから英語タイトルはデス・ゴッドではなく「デス・ゴッデス」だが、これを差別語という人はいない。「区別」である。何によらず、行きすぎは間違いのもと。ジェンダーの問題も、意識しすぎると逆に新たな差別につながりかねない。才能も仕事も、性別と無関係だ。創作の世界のみならず、これはどんな世界でも同様だと、僕は思うのである。

（二〇一六年三月二八日号）

整理整頓個人史

スコア（総譜）を購入すると、自分が持つそれの何番めかという数字と購入月日を記入した。書棚に、作曲家のアルファベット順に並べた。もちろん、ＬＰ（当時）も同様。必要な時にただちに取り出せるよう、スコアや書籍にシールを貼り、カードにも番号を記し、ファイルをつくった。ほとんど、自分のための自営図書館である。そのために「カード式分類法」などという本も読んだ。

すべて、学生時代の話だ。

今や、完璧に崩壊。スコアはただ積んであるだけ。どこに何があるかわからない。アルファベット順もヘッタクレもあったものじゃない。そのため必要な時に見つからず、仕方なく急いで新たに購入。しばらくしたら同じものが三冊もあることが判明、てなことがしばしばだ。ＣＤも同様。膨大な書籍も同様。

人格は変わるものであるらしい。かつて僕は「整理魔」だった。今は、その逆。僕の仕事部屋は、散乱・混乱・集積の極である。

もっとも、これにはワケがある。まず、自分の作曲の帰結である楽譜手稿が山積していること。むかしは原譜と、せいぜい苦労して作成したコピーが一部くらいだったのが、今やコピーは簡単。何部もできる。それらが、たまりにたまる。持っている楽譜や書籍も学生時代とは比べものにならぬ数だ。さらに、僕が関わるオーケストラ、劇団、映画関係等が、案内や紹介状を送ってくる。展覧会の知らせも来る。また文化団体・組織や音楽ホール、そして行政に関する仕事も少なくないが、近年はそれらすべてのそれぞれが、独自に機関誌・機関紙を発行。それらが機関銃のように、みな送られてくる。音楽関係にとどまらず、雑誌や書籍も日々送られてくる。

一日の終わりには、その日届いたこれらの「紙媒体」が山と積まれるのである。その日のうち必要・不要の区分けをすればいいのだが、そんな時間はなかなかつくれない。

「作曲家の仕事場を覗く」といった企画が舞いこむことも時々あって、困る。仕事場の様子をレポートしたり、作曲している現場を撮影したりするのだ。お断りするのが、常。同業者の友人たちの、そのようなグラビアや記事に接するたび、なぜ仕事部屋がこんなに綺麗なのか、と羨望《せんぼう》とともに驚きを抱く。皆さん、どう整理しているのだろう……。

不要なものが少なくないのもたしか。それには、たとえばこの連載も関わる。何であれ、資料になり得るのだ。目にするたびに、これ、エッセイの素材になるかも、と思ってしまう。だから、とっておく。あれもこれも、とっておく。どれがどこにあるかわからなくなるのだが、それでも、とっておく。パソコンの中にあるというだけでは気がすまない世代であることにも起因しているだろう。

おわかりですね。その結果どういうことになるか……。家の中は楽譜、書籍、草稿……紙だらけなのだ。

火事になったら、よく燃えるだろうな……。

（二〇一六年四月四日号）

日本語、漢字の遊び

高校の社会科は今でも選択制なのだろうか。三年間で僕は、政治経済を主とする「社会」と「世界史」そして「人文地理」を選択し、日本史は学ばなかった。高校三年次に、入試にない「地理」をなぜ選択したかというと、子どものころから大の地理好きだったから。のみならず、得意だったから。校内の試験の成績は、当然いい。自慢話めいたことを一つ話そうか。ある日僕を呼んだ教師の弁——君の地理の評価は五だが、君の希望大学の入試科目ではない。よって、この五を他の生徒に回すが納得してほしい。もちろん僕は「どうぞ」と答えた。爽快な気分だった。

で、何の話かというと、世界史だ。たとえばフランス革命の年（一七八九年）を「火縄くすぶるバスチーユ」って覚えたりしたでしょ？　第一回十字軍は一〇九六年——「みなでとっくむ十字軍」。ジェファーソンのアメリカ独立宣言は一七七六年――「アメリカは独立どんなになろうとも」。言葉の内容が事実と適合しているものがいいわけだ。日本史の話になるが、鎌倉幕府の北条氏が新田義貞らの攻撃を受けて滅んだ一三三三年を「一味さんざん北条氏」とするのも、いいじゃない？

しかし、仏教伝来を「ホトケは午後に百済《くだら》から」（五五二年）「百済から」は許すとしても「午後に」は意味がないな。これには異説あり。「ゴミ屋が拾ったホトケさま」（五三八年）。これも、内容不適合ですな。

考えてみると、これらは言葉遊びだ。数字をさまざまに読むことができる日本語ならではの遊びなのである。温泉施設の電話番号を４１２６にして「ヨイフロ」と読ませたりするのも同様。六月四日を「ムシ」と呼んで虫歯予防デーにしたりするのも然り。

他の国、たとえばアルファベット言語圏などでも似たようなことをするかどうか、知らない。漢字の国・中国には、ある。外来語に漢字を充てる際、やはり内容に適合するものがよしとされるのだ。

タクシーは、北京では「出租」と書く。「租」は借りることだから、意味を漢字化したものとわかる。「借りる人のために出ていく車」というわけだ。上海は広東なので、違う――「的士」。これは「タクシー」という発音に漢字を充てたのである。「コカ・コーラ」を「可口可笑」、ベンツを「奔馳」。これらは発音・内容ともに合っており、外来語の漢字化として最良とされている。

「彩色膠巻」という看板を見かけた時は、「何だろ?」と思った。何と発音するか知らないが、意味はなるほど――カラーフィルムだった。日本にはない「上」と「下」を重ねた字の次に「拉」、そしてアルファベットでOK。「カラオケ」である。あちこちで見かけた。日本語、そして漢字って面白い。まだまだ遊びを知ってますが、今回はこの辺りで……。

（二〇一六年四月一一日）

安保関連法施行

この（二〇一六年）三月二九日午前〇時、安全保障関連法が施行された。参議院本会議で成立（強行採決だ）したのが昨年九月一九日。成立から一九二日が経過したわけだ。

法律の施行は「公布の日から起算して六月を越えない範囲において政令で定める日」ということになっている。「公布」とは「可決し、成立した法律の内容を国民、住民が知りうる状態にすること」である。その方法について特段の決まりはない。多くの場合、政府の広報紙などに掲載することをもって公布としているようだ。今回の安保関連法の公布がどんな方法でどの時点だったのかは判然としない。が、成立の時点で多くの国民は内容を把握していたはずだ。さらに、施行の日に関する一般的規定もない。多くは個別の法令に「附則」として記されるものであるらしい。安保関連法については、前記「公布から六月を越えない範囲内」だったわけだ。

成立すなわち公布と解釈すれば、そこから一九二日では、六月を越えており、おかしい。根本が曖昧《あいまい》だ。施行そのものに疑問を呈したくなってもしかたがあるまい。

だが、その問題は措《お》いておく。法律に関して全く素人の僕だから。とはいえ、素人だが知ろうと思う。安保関連法はその中身について、①国際平和支援法、②平和安全法制整備法の二つに大別される。①には、周辺影響事態法、武力攻撃・存在危機事態法、国際平和維持活動（ＰＫＯ）協力法などが含まれる。

これで、世界における日本は特別な国ではなくなった。地球の未来を見据え、世界の平和を牽引《けんいん》する役割は、どこからも期待されなくなった。紛争地域を安定へ導く指導的な力も信頼も、失われた。

七〇年間、私たちが誇りにし、大切にしてきた憲法が、たったひとつの政権の傲慢《ごうまん》で暴力的な振る舞いにより、崩壊してしまった。集団的自衛権行使が可能になったことで、これからどんな事態が起きるかわからない。

――アメリカの戦艦に敵から（アメリカの敵は多いのだ）ミサイル攻撃がなされた。アメリカこれを探知し、日本へも連絡。その際、日本の自衛隊（イージス艦など）が迎撃することは十分にありうる。まさに、戦争だ。

国民の多くは、不安を抱いている。安保関連法に反対する動きは大きなうねりを形成している。憲法学者の多くが違憲を主張。音楽家や演劇関係者も立ち上がった。学生による緊急アクション（ＳＥＡＬＤｓ）の波紋も大きく、かねてノンポリばかりだった僕の母校＝東京藝大の教職員や学生も声をあげている。

法律が成立後施行されずに廃止された例は、これまでにもあったという。施行以後廃止ということがあったのかどうか寡聞にして知らないが、とにかく廃止案が両院を通れば、これは成就するはず。ということは、この夏の選挙が重要になってくるということ。「これから」のために、今が大切な時なのだ。

（二〇一六年四月一八日号）

左右の翼

自分が左翼か右翼か、などということについて、ほとんど考えたことがない。平和を希求し、憲法を護ることを表明すると、今のこの国では「左翼っぽく」見られるようだが、これは明らかに変だ。平和も護憲もふつうの意見。思想の左右とは関係がない。それに、きわめて曖昧《あいまい》な区別なのだ。

とはいえ、コンサートを聴きに行くと、僕の好みはステージに向かって中央より左側すなわち下手寄りの席だ。オーケストラであれば、中心である第一ヴァイオリンがよく見え、聴こえるし、ピアノであれば手や指の動きがわかるから。ステージから見れば、当たり前だが逆に右手寄りということになる。

で、前回の話に出てきた一七八九年のフランス革命を想起するのだが、そのただなかで開かれた国民議会で、議長席から見て左側に、急進派つまり旧体制の打破を叫ぶ人たちが座した。保守派つまり貴族制・王政など旧体制を主張する人たちは右側に座した。これが、左翼・右翼の原義である。

コンサートの座席にいる僕は右翼ということになるな……。しかし、これがイデオロギーと全く関係ないことは、自明。

今、イデオロギーと言ったが、左翼とはそもそもその時の政治より革新的な考えを指すのであり、イデオロギーというほどの問題ではない。それに、憲法を変えたい側が保守で、変えたくないほうが革新というのは、実におかしい。矛盾しているではないか。

それだけではない。イデオロギーとは面白いもので、あるところまで行くと右も左も似てくるのだ。その一例として、たとえばフランス国歌「ラ・マルセイエーズ」は元来フランス革命の時の革命歌であり、民衆の歌だが、いっぽうで国粋主義の喧伝《けんでん》にも使われる。シベリウスが一八九九年に作曲した「フィンランディア」は、ロシアの圧政から独立を勝ち取るための民族の歌として広まったが、民族主義の英訳は、国粋主義のそれと同じ「ナショナリズム」なのだ。

極左だったが、やがて極右に転じた活動家の例も枚挙に暇がない。中国の辛亥革命を支援した社会主義者の北一輝（一八八三〜一九三七年）はのちに二・二六事件の理論的指導者となり、逮捕・銃殺された。左から右への変身である。

そこで僕がいつも連想するのが、「五度圏図」だ。音楽理論で、時計の針の一二の位置にハ長調を置き、右回りに♯系の調を並べていく。ト長調、ニ長調……と。左回りは♭系。へ長調、変ロ長調……。するとハ長調の正面＝六の位置は、右から行けば嬰へ長調、左から行けば変ト長調になる。嬰へと変トは異名同音だ。簡単にいえば、♯も♭も、調号として増えれば同じになるわけ。まさに、極左＝極右と同じではないか。

左も右も究極では同じなのだ。もはやイデオロギーの時代は去ったのではないかな……。平和を願い、戦争をしない憲法を大切にするという想いだけで十分と思っていたい。

（二〇一六年四月二五日号）

ゴミについて

たしか富山県U市でのコンサートの時。ホールの楽屋廊下に、主催者がクッキーや飲み物などを用意してくれている。そこに大きなビニール袋が二つぶら下がっていて、ひとつに「燃やせるゴミ」、もうひとつに「燃やせないゴミ」と書いてある。僕と一緒に東京から行った演奏家Aさんが、飲み終わった空のペットボトルを「燃やせるゴミ」の袋に投げ入れた。すかさずホールの係員、「すみません。ちがいます。燃やせないほうに入れてください」。対してAさん、「だって世田谷区じゃ燃やせるほうなんだもの……」。

そうなんです。僕も世田谷区在住なので、わかっている。プラスティックのゴミは紙と一緒なのだ。ゴミは二種類。「燃やせるゴミ」と「燃やせないゴミ」である。

いっぽう、しばしば滞在する札幌市は、燃やせるゴミ、燃やせないゴミ、容器・プラスティック、瓶・缶・ペットボトル、雑ガミ……と実に細かい。汚れた紙類は燃やせるゴミに分類されるが、レシートやカレンダーなどは雑ガミであり、燃やせるゴミとして出してはいけない。このように細かく決めている市区町村は少なくないらしい。僕の子ども時代、分別ゴミという言葉はなかった。どうしていたのだろう……。もっとも、木や紙類は風呂を沸かす際に使った。焚口に座り込んで、竈《かまど》にそれらを順序良く放り込み、燃えるのを眺めるのがなかなか楽しかったことを、今も覚えている。もっと前――戦前のゴミ処理については皆目知らない。ましてや江戸時代はどうしていたのか、室町期は、平安時代は？

もちろん、燃やせないゴミが一般的に排出されることはほとんどなかっただろう。家庭内にプラスティック、種々の金属製品などが現代ほどあふれていることは、かつてなかったわけだ。換言すれば、ゴミというものに対する一人ひとりの意識の高さも、現代ほどではなかっただろう。ところが……。

近所の郵便局内から、ある時クズ箱が消えた。送付書類などを書き損じた時、捨てる所がない。「クズ箱、どうしたんですか？」――すみません、イヌのウンチを投げ入れる人がいるので撤去したんです。

こういう人のために、迷惑を受けたり困ったりすることがあるわけ。意識の高まりについていけない人なんだろう、と解釈している。

日本における年間の一般廃棄物（産業廃棄物以外のゴミ）は、四四八七万トン（二〇一三年度）だという。産業廃棄物は三億七九一四万トン（二〇一二年度）。これらをどう処理すればいいいか。

「3R」が大切になってくる。リ・デュース（発生抑制）、リ・ユース（再使用）、リ・サイクル（再利用）である。三つ目のRばかりが重視されているのが現状だが、取り組むべきことはほかにもある。美しい地球を永久に保つために、私たちの生活が汚染されないために、私たちはゴミへの意識を常に持続させ、周囲と自分を見守っていなければ……。

（二〇一六年五月二日号）

熊本地震

日本列島が、また揺れた。四月一四日二一時二六分、熊本市などで、マグニチュード六・五、震度七の地震が勃発。のちに判明したが、これは「前震」だった。その二八時間後、一六日午前一時二五分、同じ地域でのマグニチュード七・三、震度六強の地震が「本震」だったという。その後もこの辺りから東の阿蘇山付近、さらに隣の大分県にかけ、数えきれない余震が続いている。一一日昼ごろまで福岡市にいた僕には、驚きの度合いが大きい。その前日一〇日、福岡市のアクロス・シンフォニーホールでの「合唱組曲《悪魔の飽食》全国縦断コンサート第二六回」がもう少しあとだったら、中止に追い込まれていただろう。全国から集った仲間たちが予定通り帰れたかどうかもわからない。

今回、ものすごい土砂崩れも起きた。南阿蘇村の阿蘇大橋が流された画像に恐怖を覚えた人はたくさんいるだろう。土砂というより、山そのものの崩壊だ。大分県日田界隈でも山崩れが起きている。このようにして陥没や隆起を繰り返してきた地球の営みを想う。宮崎県オペラ協会委嘱でオペラ「鬼八」を作曲した二〇〇四年、その準備段階で僕は、高千穂から阿蘇一帯を二度、取材して歩いた。阿蘇神社も懐かしい。破壊された画像を呆然《ぼうぜん》と見つめた。大分県竹田市の「岡城」も好きな場所だが、あの古く素晴らしい城壁はどうなっただろう。

地震のエネルギーの表示が「マグニチュード」だ。マグニチュードが一増えると、エネルギーは三二倍になるという。二増えればその二乗すなわち一〇二四倍になるというから怖ろしい。二〇一一年三月一一日の東日本大震災のマグニチュードは九・一だった（九・〇とも）。七・三だった阪神淡路大震災の一〇〇〇倍近いエネルギーだ。ちなみに広島の原爆を地震エネルギーに換算すると六・一だそうだ。阪神淡路大震災は広島の三〇倍以上ということになる。近年の最大といわれる二〇〇四年のインドネシア・スマトラの地震のマグニチュードは九・三で、広島原爆の約三〇万発のエネルギー。自然の力の大きさをまざまざと知らされるではないか。

一方「震度」は、揺れの大きさである。震源に近いほど高いことになる。今回の熊本地震がマグニチュードに比して震度が高いのは、震源が内陸だったからだ。地下で二つの断層帯が交差している。加えて火山帯。地震の刺激で阿蘇山が大噴火することも十二分に考えられるのである。

それにもかかわらず、近くの川内《せんだい》原発が稼働を続けている。今回の地震を想定内としての判断。その神経が、全く信じられない。最初の大きな揺れが、実は翌日の揺れの前震という事実に学ぶ気持ちがないのだろうか。つまり、今回の地震そのものが、まるごと未来のより大きな天変地異の予兆かもしれないと考えてこそ、真の「想定」になるのではないか。私たちは今こそ、国の「想定」がどのようなデータにもとづき、どのような計算に準拠しているものかを、真剣に検証しなければならない。地震は頻発しているのだ。

（二〇一六年五月九日号）

地方紙

旅が多い。ホテルに泊まると、朝は何新聞をお届けしましょうか？　とフロントに尋ねられたりする。「ここの新聞を」と答えるのが僕の常。いわゆる地方紙だ。どこの国でも同じだろうが、実に多くの新聞がある。

新聞は、①大手五紙、②ブロック三紙、③地方紙に分けられるのだそうだ。①は読売、朝日、毎日、日経、産経、②の意味はよくわからないが北海道新聞、中日新聞、西日本新聞（福岡）をこう分類する由。ここに東京新聞、河北新報（仙台）、中国新聞（広島）を加える場合もある。その他が、③である。

①②は、エッセイの執筆その他でほとんどつきあいをもったことがある僕だが、③も、関わったり、親しむ機会が多い。僕の出身地である茨城県の「いばらき」、神奈川新聞、

神戸新聞、山陽新聞（岡山）、北國新聞（金沢）、山陰日日新聞、琉球新報、沖縄タイムス等々。

定期刊行される新聞には、ほかにも宗教や政党、業界関係のものなど、たくさんの種類があることは周知のとおり。当「うたごえ新聞」も、それらのひとつですね。

蛇足だが、日本の日刊紙を購読者数順に列挙すれば下記のごとし。1・読売、2・朝日、3・毎日、4・日経、5・中日、6・産経、7・北海道、8・西日本、9・静岡、10・中国、11・東京、12・神戸、13・京都、14・河北新報、15・新潟日報、16・信濃毎日、17・山陽、18・南日本（鹿児島）、19・熊本日日、20・北國、21・愛媛、以下略。

さて、「そこの新聞」を読みたいと思う理由だが、地方紙のほうが、今自分がいる場所の情報がわかるではないか。また、自分がその時携わっているコンサートやイヴェントを件《くだん》の地方紙が後援しているという場合もある。

しかし、最大の理由は、ウチで読むのと同じ新聞を旅先で読みたくない、ということだ。いつもの新聞は、帰宅すれば読めるのだから。

さらに本当の理由を言おう。シンプル。「違うことが面白い」ということ。何によらず、これは僕のポリシーである。

とはいえ、面白くないこともある。僕が委員長を務める日本で最も伝統のある音楽コンクールはN放送とM新聞の主催（どこだかわかりますね）。この結果はN局で放送され、M紙に載る。が、他局、他紙では一言、一行の扱いもない。また、僕はN県S市での合唱コンクールに長年関わっていて、これは地元N新聞が後援、「N新聞社賞」も設定されている。これ、N紙以外には何も載らない。

いっぽう、甲子園の高校野球となると、夏はA新聞、春はM新聞の主催だが、全ての新聞が扱う。大きなイヴェントの場合は話が別なのだ。そこまで大きくはない場合に、前記のようなことになる。情報としての重要度は主催・後援等に関係ないと思える場合でも、だ。

ということもあるが、やはり「違うことは面白い」のだ。地方紙が、好き。

（二〇一六年五月一六日号）

メディアを監視

当「うたごえ新聞」が昨年（二〇一五年）創刊六〇周年を迎え、記念のイヴェント「うたごえ新聞まつり」が全国各地で催された。僕がそのコーディネイターのような立場になり、毎回ゲストをお呼びして対談あるいは鼎談《ていだん》をおこなった。その総仕上げが、つい先日（四月二三日）、東京でのレセプションだった。その時の日本のうたごえ全国協議会会長・田中嘉治氏の挨拶がすばらしかった。大意を示そう――新聞は、元来権力との対峙《たいじ》から生まれたもの。しかし現在、むしろ権力におもねるメディアが少なくない。その中にあって「うたごえ新聞」はしっかりと声をあげ、市民の心を伝えている。

しばしば、同じことを僕も考えている。しかし「権力におもねる」のが社是、というメディアも、あるのだ。それが主張として完全に確立しているのであれば、それはある意味で認知できないこともない。問題なのは、主張があやふやなメディアだ。

ここに『これでいいのか！　日本のメディア』という本がある（あけび書房、二〇一三年一一月八日初版）。これを読むと、日本のメディアの苦難の歴史が見えてくる。たとえば、一九三一（昭和六）年の「満州事変」が起きるまでは、「戦争の脅威が迫ってきているわけでもないのに、軍部は今にも戦争が始まるかのような必要を超えた宣伝に努めている」「この上、満州問題が軍人の欲望下に引きずられていくを許さぬ」「軍部はまるで征夷大将軍の威力を今日において得んとするものではないか」などと軍部に批判的な論調だった当時の新聞が、「事変」のあとはがらりと変わる――「事件は簡単明瞭。暴戻《ぼうれい》なる支那側軍隊の一部が満鉄線路のぶっ壊しをやったから、日本軍が敢然として立った」「満州に独立国の生まれいづることには歓迎こそすれ、反対すべき理由はない」。

だが、あのころ、変わらなかったら当該メディアは潰されただろう。時代が時代。いたしかたなかった……。では、今はどうか。

一昨年の衆院選前、自民党は各メディア（この場合はテレビ局）に公平中立な報道を求める文書を送った。街頭インタビューや出演者の人選まで注文をつけた。放送局幹部を呼び、報道番組の内容について事情聴取をしたのは昨年。これまでなら当然だった政権の問題点指摘なども批判ととられ、圧力がかかるのではないかと自粛を余儀なくされた。

これが現状だ。戦前への逆戻りという臭いがしてくる……。「ジャーナリズムの最も大切な役割は権力の監視」というフリージャーナリスト青木理さんは、今暗澹《あんたん》たる気持ちでいる（四月二九日朝日新聞神戸版）。

日本中にそれこそ櫛比《しっぴ》しているのがメディア――新聞や放送だ。それらの中に、主張もなく、体制の容喙《ようかい》に唯々諾々と従っているところはないか……。メディアの監視能力は問われなければならないが、そのメディアも監視されなければならない。その監視者は、私たちだ。

（二〇一六年五月二三日号）

岡本一平のこと

頻繁に金沢へ行く。仕事だから自由時間をつくるのは容易ではないが、先日、何年も前から行きたかった所をようやく訪れることができた。古本屋である。マニア（がいるのかどうかも知らないが）の間ではかなり知られた存在と思われる「オヨヨ書林」。古い絶版のものなども置いてある。たとえばこの欄で話したことがあり、その詩で合唱曲を書いた『中野鈴子詩集』をこの店で見つけた時はびっくりした。福井の友人・故栗田栄君が、僕に送るための入手にとても苦労したことを知っていたから。

さて、つい先日、またそこへ行って目を輝かせたのが『岡本一平全集』。先進社・昭和五年一月六日発行。何と八六年前の本だが、ハードカヴァー、箱入りの立派なもの。これがオヨヨ書林にあった！　全集のうち三巻だけが並んでいて、すべて買いたかったが、旅先であることもあり、とりあえず「第十巻」のみで我慢。ホテルで、帰途の列車内で、帰京して、読みふけった。まずは歴代の政治家たちの肖像漫画。「ひと言」が付記されている。

板垣退助「板垣死すとも自由は死せず」
井上馨「かみなりおやぢ」
大隈重信「アルンデアルンデアルンデアル」
原敬「政治は力だ」
……といった具合で四二人。

政治風刺漫画なのだ。毛筆を駆使したと思われる絵は、さらさらと、一筆書きの趣。実にうまい。人物の腰から下だけを描いた漫画がある。膝の裏辺りに剝《は》がれそうな膏薬《こうやく》。そこに政治家らしき顔が描いてある――「近頃の政党は内股に貼った膏薬のようだ。一晩寝てあしたの朝の新聞を見るとこっち側についたのがあっち側にへばりついてる」。

僕の裡《なか》では、なつかしさも湧いてきていた。幼いころ自分の家のように毎日を過ごした水戸の母方の祖父母の家の、応接間の書棚に並んでいたのが、この全集だった。政治家の名など知らないのに、僕はこれが好きで、暇さえあればページをめくっていた。

岡本一平は、一八六六年函館生まれ。一九四八年美濃加茂にて没。一世を風靡《ふうび》した漫画漫文の第一人者である。この全集全一五巻は、一九二九年の発売開始前、すでに五万セットの予約があったというからすごい。夫人は岡本かの子（作家）。夫婦ともども奔放な生涯を送った。「芸術は爆発だ！」の画家、岡本太郎の親としても知られている。


漫画漫文に見る一平の時事的な発言は、鋭い。言論統制厳しき時代にこれだけのことを言い、描いた事実に驚くと同時に感銘を抱く。

ということは逆に、憲法で言論の自由が保障されている現代、真に鋭い政治風刺はもとより、国民をうならせるジャーナリズムが乏しいということになる。今、一平が生きていたら、現下の政治に痛烈なパンチを浴びせるだろう。淋しい。しかし今、パンチを撃たせない裏側の何らかの枷《かせ》＝圧力が存在しているとしたら、淋しいどころではないが……。

（二〇一六年六月六日号）

旭君の曲

「作曲をする男の子がいる。一度会ってやってくれませんか」という電話をもらったのは、たしか二〇〇九年の初秋。電話の主は指揮者・大友直人さん。僕が仕事をする横浜のホールへ、小学校四年か五年生くらいの加藤旭君がお母さんと一緒にやってきたのは、その年の一一月三日だった（旭君のことはすでにお話ししている。本書七三ページ）。

旭君が「頭の中で音が鳴っている」と言ったのは四歳の時。五歳になると、五線紙に音を書きつけることを覚えた。以後、一〇歳までに約五〇〇曲をつくった。六歳と九歳の時には「東京交響楽団こども定期演奏会」で旭君の曲がテーマとして演奏された。旭君のことを大友直人さんが知っていたのは、それゆえだ。

旭君が書いたたくさんの楽譜を、見た。ピアノ曲「どうぶつのかくり」はイ短調、四分の二拍子で、軽やかな旋律が魅力的。「はるの川」はハ長調、四分の三拍子。右手と左手のカノンがこまやかに動いて面白い。「空のくも」はホ長調、四分の二拍子。和音で動く旋律にちゃんとテヌートの記号が付せられて、雲を意図していることがわかる。ヴァイオリンの曲にはボウイング（弓使い）が記されているし、合奏やオーケストラの作品もある。

もちろん幼いものなのだが、それだけに、作曲理論を大人から教えられて背伸びして書いた形跡が全くない。すべて真っ正直に、感性のままに書いている。僕は、自分の子ども時代を旭君に重ねていた。小学生の僕も、理論など何も知らずに、大好きな遊びとして日々作曲をしていたのだ。北原白秋や島崎藤村の文庫本の詩集なんて、夏休みに一冊まる歌にしてしまったり……。僕が専門の道を志したのは高校二年になる春休みで、それまでは、楽しいが孤独な、単なる遊びだった。幼いころに「二十歳までは無理」と医者に宣告されていた僕としては、やりたいことをすべてやっておこうと思っていたフシがある。

旭君の話に戻る。中学二年の時、脳腫瘍《しゅよう》が発見された。数度にわたる手術。高校へ進んだが、昨年（二〇一五年）五月には視力を失い、車椅子生活になった。しかし、お母さんの協力を得て、作曲はつづけた。ピアノの師・三谷温《おん》さんたちの努力で作品がＣＤ化され、コンサートも開かれた。つい先日、二枚めのCDに僕も小文を書いた。ところがこの五月二〇日、ついに旭君は逝ってしまったのである。

黒柳徹子さんのエッセイにこんな記述がある――幼いころ足を患って入院した。やがて治って道を歩いていたら、入院時同室だった同い年くらいの女の子が松葉杖《まつばづえ》をついて向こうから来る。思わず私は物陰に隠れてしまった。なぜ隠れたのだろう……。私は治ったのにあの子は治っていない。おそらくあの時私は、世の中には不公平ということがある、と知ったのだと思う――

宣告されたハタチより半世紀以上生きている自分が、旭君に重なる。不公平だ。世の中に不公平がたくさん、ある……。悲しさと悔しさをひきずりながら、旭君のピアノ曲を、きょうも僕は弾いている……。

（二〇一六年六月一三日号）

謝罪という問題

伊勢志摩サミットで来日したオバマ米大統領が、広島を訪問した。国務長官や在日大使などが広島へ行くことはこれまでにもあったが、現職大統領は初めてであり、長い間待ち望まれていたことだった。

「核兵器のない世界を！」

オバマ氏は、八年前の大統領就任時からそう主張しつづけてきた。就任翌春の二〇〇九年四月、プラハでの「核兵器のない平和で安全な世界を！」という演説は世界を感動させた。この発言の背後にあるモチベーションは「核兵器を実戦で使用した唯一の核保有国として行動する道義的責任」ということである。その月末にオバマ氏宛てに送られた日本からの手紙をご存じだろうか。差出人は、日本共産党委員長志位和夫氏。二つの提案が書かれていた――

①核兵器廃絶を正面から見据えたテーマとする交渉を開始すること。②二〇一〇年の核拡散防止条約再検討会議で、核保有国が自国の核兵器の完全な廃絶の達成を明確に約束すること。

ただちに、オバマ氏から感謝の返書。命じられて書いたのは、国務次官補代理グリン・T・デイビス氏である。そして翌一〇年四月八日、オバマと当時のロシア大統領メドヴェージェフは、戦略核弾頭配備を一五五〇発に制限する新戦略兵器削減条約に調印。これは一一年二月五日に発効した。

僕は、人類が愚かでないことを信じていたい。紆余《うよ》曲折《きよくせつ》はあるだろうが、核兵器が世界中から完全に消え去る日への歩みは、少しずつ――本当に少しずつ――為されているのではないだろうか。

今度のオバマ氏の広島訪問に際しては、「謝罪を含むのかどうか」が侃々諤々《かんかんがくがく》取りざたされた。ここで考えるべきは「謝罪」ということの軽重だと考える。よくいわれることだが、日本人は何かというと「すみません」と軽く口走る、といわれる。アメリカ人（に特定するのも妙だが）はそんなことを簡単には言わない、言ったら謝罪になり、オオゴトになってしまう、などと……。

そうだろうか。「すみません」と僕たちが言う時、いちいち謝罪という深い意味をそこに込めていますか？「どうも……」でも「ちょっと……」でもいい、という感じなんじゃない？　いっぽう英語でも日常的に「エクスキューズ・ミー」を使い、それは「失礼」程度の軽い言葉だが、「エクスキューズ」は「許す」という意味。「エクスキューズ・ミー」の原義は「私を許してください」だ。立派な謝罪ではないか。ところがいちいちそこまで考えない。つまり「すみません」と同様である。

過去に関して、「謝罪」ということだけをいつまでも云々しても仕方がないと僕は思う。そこに賠償という問題が付随するから、コトが大きくなる。そこまでいかない「すみません」「エクスキューズ・ミー」がふつうに使われ、「え？　謝罪？」なんて問題にならない外交であってもいいと僕は思うのだが……。

（二〇一六年六月二〇日号）

飴にだまされるな！

日本政府が、「米軍再編交付金」の支給対象を拡大するという報道（六月一日付）に、驚きを通り越して、ひたすら呆《あき》れ、情けなくなった。

具体的には、沖縄・普天間飛行場の辺野古への移転計画に伴い、反対する現地＝名護市へ、ではなく、辺野古周辺の基地負担を受け入れた地区へ直接、補助金を交付しようというもの。すでに「駐留軍等の再編の円滑な実施に関する特別措置法」なる法律が、一〇年間の時限立法として二〇〇七年に施行された。名護市内の辺野古周辺三地区への補助金が交付された経緯がある。だが、名護市はこの交付金の受け取りを拒否した。稲嶺進市長の強い意志である。

時限立法だから、来年（二〇一七年）三月末に期限切れになる。そこで政府は、交付対象を都道府県や自治会に拡大し、制度化するべくこの法律を改正（使いたくない言葉だな……）し、さらに一〇年延長しようという魂胆なのだ。交付金の総額は三九〇〇万円。

金で懐柔しようという狙いだ。これって洋の東西問わずどこにでもある腹黒い為政者や悪代官の話と同じじゃないか……。政府の考えに反対する奴らだって？――ならばまず飴《あめ》、そのあとに鞭《むち》だ。飴を与えて手なずければ、あとは好きにやれるさ、とほくそ笑みながら。

「これが目に入らぬか！」助さん格さんが「葵《あおい》の御紋」をつきだす「水戸黄門」のシーンが目に浮かぶ。現代の助さん格さんは、僕たち国民。腹黒い為政者たちは立ちすくみ、なす術《すべ》もなく引っ込むしかなくなる。

そんな想像は措《お》いておいて……現実のこの特措法の背後に、普天間の辺野古移転がスムースに進まない為政者の焦りがあることは明らかだ。進まないところに、沖縄駐留の米軍属による女性殺人遺棄事件が起きた（五月二〇日）。それによる粛清の一環で基地外飲酒禁止になっている期間に、今度は米軍女性兵士が飲酒運転。二台の車に衝突し、民間人に怪我を負わせた（六月五日）。一人は重傷だ。復帰後の沖縄でこれまでに起きた米軍人、軍属、その家族らによる刑法犯罪は何と五八六二件！　うち凶悪事件が五七一件！　検挙された性犯罪は一二九件！

米軍は沖縄を見下している、と沖縄県民は怒りを爆発させている。まさに、同感。しかし見下しているのは米軍だけではない。話が戻るが、日本の現下の政権の方策も同様である。だいたい、公金を任意団体である自治会へ公布するなどというデタラメを見過ごすわけにはいかない。交付金を巡って地域がにらみ合ったり折り合わなくなれば、それも政府の思う壺《つぼ》なのだ。「札束で頬を叩くようなやりかたをつづける限り、沖縄の人々の心はどんどん離れていく」と明言する識者もいる。

何とずるく、幼稚で情けない政治だろう……。アメリカのいいなりになって、何が何でも辺野古移転を目論み、この国に戦争を持ち込もうとする政治を一刻も早く壊さなければいけない。飴にだまされる国民ではないぞ！

（二〇一六年六月二七日号）

緊張感の検証

東京都の舛添知事がやめた。前の猪瀬直樹氏につづき、二代つづけて東京都知事が任期中の不祥事で辞任するとは、何とも情けない話だ。都議会で「あまりにせこい」と糾弾されたのは周知のとおり。街頭インタヴューでも都民が例外なく怒り心頭あるいは呆《あき》れかえっていることは明らかだった。

だが、忘れてはいけないことがある。こういう時に、鬼の首を取ったようにこぞって糾弾するのが常だが、それがいいとは僕には思えない。たしかに舛添氏の公私混同、そして倫理観の欠如は責められてしかるべきものだが、しかし自分たちが選んだ人物、ということを考えなければいけないはず。舛添氏に投票した人もそうでない人も、これは都民みんなの連帯責任なのではないか。

ま、それはそれとして……。この夏のリオ・デ・ジャネイロ五輪の閉会式で、次回開催地の代表として五輪旗を受け取ることを、舛添氏は夢見ていたにちがいない。それが叶《かな》わなくなった。だいたい、四年後の東京オリンピックへ向け、国立競技場にしろ、公式エンブレムにしろ、ずっこけてばかりいるではないか。直近のリオに出場できなくなったバドミントン選手のカジノ問題も同じ線上に乗せることができる。端的に言って、緊張感が不足していると言わざるを得ない。一九六四年の東京オリンピックの時に比べて、おしなべて盛り上がりに欠けている感がするのは僕だけではないだろう。

オリンピック・パラリンピックは、スポーツの大会というだけではない。近代オリンピックの創始者クーベルタン（一八六三〜一九三七年）は、古代にならってスポーツに芸術競技を加えることを提唱。一九一二年、第五回ストックホルム大会から実現した。五二年の第一五回ヘルシンキ大会からは競技ではなく「芸術展示」という形になり、現在に至っている。従って六四年の東京大会では「日本の古代から近代に至る一流の芸術の展示」が基本方針とされ、あらゆるジャンルの美術の大展覧会、歌舞伎、浄瑠璃、能、古典舞踊、全国各地の民俗芸能などの公演、現代音楽の新作委嘱もあいついだ。

その六年後の大阪万博に関しても同じように言えるが、文化に飢えていたのだ。国際的な大イヴェントを契機に、足りなかったもの、欲しかったものが生まれた。実現した。それから半世紀。個人差はあるだろうが、日本人は平均して充足感の中にある。本当に足りないものは何か、何が欲しいのかわからない。

換言すれば、充足と安穏が文化だと感じているフシがあるように思う。それは逆だ。飢え、渇き、あがくことで見えてくるものこそ本物なのではないか。オリンピックを前に、このことを真剣に考える必要があると僕は思う。都知事辞任の話が広がりすぎたかもしれないが、緊張感の欠如が充足と安穏に由来している、と考えることもできる。驕《おご》りすぎた舛添氏の心が、我々の中にも潜んでいないか、個々が真剣に検証する時だ。

（二〇一六年七月四日号）

パーフェクト・マイナスn

ずいぶん前だが、たとえば目が不自由な人に対し「パーフェクト・マイナス・ワン」という意識で健常者が接するのは間違いだと思う、という話をしたことがある。盲目のオルガニスト・武久源造君が学生時代に、やはり目に障害のある友と喫茶店で談笑しているる――「なぁ、目の見える人って、手の届かない所にあるコップに水がどのくらい入っているか、わかるんだよな」「そうだよな」「アハハハハ……」。

源造君は夜下宿に帰り、電灯もつけずに真っ暗な中で夕食を作り、食べる。灯りは必要ないんだ……。不自由していないのである。

そんなことはない。この世の中は健常者を基準につくられているのだから、相当な不便があるはず。にもかかわらず、とても明るい。

その時、僕は感じたのである。僕たちだって、何かの感覚が欠落しているのかもしれない。どこかの宇宙人から見れば、地球上の人間には○覚がない、△覚もない……と。しかし僕たちは気づいていない。こと足りている。

不自由していない。しかし本当は「パーフェクト」ではないのだ。「マイナスn」だ（nは不定数）。身体に不自由がある人を「パーフェクトより何かが足りなくて気の毒」と思うのはやめよう。目の不自由な人は「パーフェクト・マイナス（nプラス1）」なのだ。「マイナス・ワン」は間違いだ！

前置きが長くなったが、この話、実は前回のつづきである。自分たちに何が足りないかについて、気づいていないのが今の僕たちなのではないか……。六四年の東京オリンピック、七〇年の大阪万博のころは、この「足りない意識」が明瞭だったのだ。周囲に本物がない。本物を探さなければ！――あのころは、それが見えた（前回の繰り返しになるが、飢え、乾き、あがくことで見えてきたのだ）。

国立競技場やエンブレム、都知事がずっこけただけではない。オリンピックでどんな「芸術展示」をすべきなのか、誰もわかっていないし、誰も何も仕掛けようとしない。「まだ六年ある」は「四年」になってしまった。

やがて、「あと一年で何ができる?」になってしまう。そうなって初めて、何かが見えてくるのかもしれない。だが、当然、もはや遅すぎる。

「あれをやるべきだ」「あれをしなければ……」――焦燥感がどんどん強まっていくだろう。焦る。焦れば焦るほど、するべき何かは遠のいていく。しかしわかっている人=すでにその「何か」が見えている人はいると思う。

彼は先を見ているが、実は地中深く「掘る」ことに専心している。「足りないもの」をわかっているからだ。半世紀前に限る話ではない。明治期の日本には、さまざまな分野にそういう人がいた。しかし現代は……。

健常人は「パーフェクト・マイナスn」――このことを互いに確認し、コンセンサスを構築しなければいけない。武久源造君から、僕はそう進言されているような気がしている。

(二〇一六年七月一一日号)

陸自エンブレム

陸上自衛隊がエンブレムを発表した。

多くの人は、これまでエンブレムという言葉に馴染みがなかったと思う。先日の「二〇二〇年東京オリンピック・エンブレム問題」で浮上してきた言葉だ。で、エンブレムって何？

「道徳的真理や寓意などの概念を要約した、あるいは王や聖人などを表す抽象的または具象的な画像」だそうだ。ますますわからん。だいたい「抽象的または具象的」なんて説明がある？　まるで逆のことを、両方包含しているじゃないか……。

エンブレムなる言葉に僕が初めて出会ったのは中学生の時だ。吹奏楽のマーチに「ナショナル・エンブレム」という名曲がある。エドウィン・ユージン・バグレイという人が一九〇六年に作曲したもので、聴けばたいていの人が「ああ、この曲ね」と言うだろう。部活の吹奏楽でクラリネットを吹いていた僕も、この曲をやった。かっこいい曲だと思った。その楽譜に英語題とともに記されていたのが、「国民の象徴」という邦訳題。「エンブレム」は「象徴」の意なのだと知ったのであった。

さて、発表された陸上自衛隊（以下、陸自と略記）のエンブレムを見て、仰天した。日の丸と、交差された日本刀の抜き身と鞘《さや》、その下に金色の桜らしき花。背景は雉《きじ》の羽だそうだ。全体の周囲は緑色で、そこに日英両文で「日本国陸上自衛隊」と。

以下、陸自の説明である。現下の政治方針による「国際協調主義に基づく積極的平和主義」の具現のため、活動の場――とりわけ海外の――が拡大する。海外活動では自国軍のエンブレム入りメダル等のギフトを交換することが、国際儀礼上の慣例。ところが陸自にはこれまでそういうものがなかった。日本の平和と独立を守るという強固な意志、自衛官としての誇りとアイデンティティを隊員に再認識させるとともに、国民にも陸自の強さと今後の体制改革への取り組みについて理解をしてもらうことが重要。そのための公式エンブレムである。日本刀は、古来武人の象徴。刃に強靭《きょうじん》さ、鞘に平和を愛する心を表現した。そこにかかる帯には「Since 1950」と、警察予備隊創隊の年を記して伝統を表現。桜星（である由）は従来から制服などに装飾しているもの。雉の羽は都道府県の数である四七枚。「巣のある野を焼かれた雉が我が身を忘れて子を救う」という古諺《こげん》による。

何だ、これは……。まるごと軍国主義！　完全に戦前のイメージではないか。すぐに僕も、このエンブレム反対運動に加わった。

実はこのところ、僕が関わる《混声合唱組曲「悪魔の飽食」全国縦断コンサート》にも、昨秋の群馬、今春の福岡でこれまではなかった右寄りの批判めいた声が浴びせられている。陸自エンブレムも含め、現下の政権の方向性ゆえの現象だ。このような波がじわじわと押し寄せてきている。強い防波堤を築かなければいけない。今、何としても！

（二〇一六年七月一八日号）

四〇年前の自分との対話

僕が一昨年（二〇一五年）に書いた合唱組曲「地球の九条もしくは南極賛歌」は全国で歌われている。その詩の作者・柴田鉄治さんは一九三五年生まれで、東大理学部卒業後、朝日新聞社で社会部記者、論説委員、科学部長、社会部長、出版局長、総研センター所長、朝日カルチャーセンター社長などを歴任したかた。一九六五年、朝日新聞記者として第七次南極観測隊に同行した。そして二〇〇五年再び南極へ行き、かの地で七一歳の誕生日を迎えた。二〇〇七年に『世界中を「南極」にしよう』という本を書く（集英社新書）。

この本の内容そして柴田さんの主張は実にすばらしいもので、是非紹介したいが、皆さんも読んでくだされぱいいので、次の機会に譲ることにする。ただ、この中で柴田さんが綴っている「七〇歳の私と三〇歳の私との対話」が面白い。それに触れてみよう。

すなわち、前回に体験した南極と今回のそれの比較なのである。一人の人間にとって四〇年という歳月は長い。世の中も自分も変わる。現在七二歳の僕だったら、どうなるだろう。

七二歳の僕　この国が大切にしてきた憲法が護られるか改変されてしまうか、今年は重要な年だ。

三二歳の僕　今年（一九七六年）も激動です。戦争終結を受けてベトナム統一が成ったのは嬉しいニュース。モントリオール・オリンピックでは日本選手も大活躍しました。一一月にはアメリカにカーター大統領が誕生しました。

七二歳の僕　今年もアメリカ大統領選があるんだ。民主党のヒラリー・クリントンか、共和党の暴れん坊トランプか、世界中が固唾《かたず》を飲んでいる。

三二歳の僕　ロッキード事件で、前首相・田中角栄が逮捕されましたが、二カ月足らずで保釈。保釈金は何と二億円！

七二歳の僕　政治家とカネの問題は四〇年経っても変わらないね。ついこの間も東京の舛添知事が公私混同の金銭感覚で辞職に追い込まれたよ。

三二歳の僕　中国では「四人組」が逮捕されました。王選手がベーブ・ルースを抜く七一五号ホームランを打ちました。六月二六日には日本武道館でアントニオ猪木とモハメド・アリの異種格闘技があり、大フィーバー。

七二歳の僕　フィーバーなんて言葉、あのころあったかね。ま、いいや、そのアリも、つい先日死んだよ。歳月を感じるね。

三二歳の僕　植村直己さんが犬ゾリによる北極圏横断に成功しました。

七二歳の僕　すばらしい！　未知の世界への挑戦は人間が持ち得る美学の一つだ。

柴田さんの「南極」から始まった話が、北極で終わった。回顧は無意味ではない。時の推移は多くのことを教えてくれるはずだから。

（二〇一六年七月二五日号）

憲法のこれから

参議院選挙は、与党の勝利に終わった。憲法を変えようとしている勢力が、国会全議員の三分の二以上になってしまった。この選挙こそは、それが阻止されるはずと信じていたのに、残念でならない。しかし、こういうことになったのは、憲法改変（改正とは言わないぞ！）を与党がオモテに掲げなかったからだ。消費税の増税延期を喧伝《けんでん》の核にした。争点隠しだ。反対が多そうなことを避け、いかにもおいしく都合のいいマニフェストにすり替えて選挙戦をたたかう安倍政権の手法にだまされたのだ。してやられた！　の感、しきり。

話は変わるが、七月一日にバングラデシュの首都ダッカで起きたＩＳによるテロで、二八人が死んだ。犠牲者のうち一七人は外国人。日本人が七人含まれている。「日本人だ、撃つな」と叫んだ犠牲者もいたと聞く。日本はＩＳと敵対関係にないと思っていたのかもしれない。軍隊を持たず、戦争をしないはずの日本が標的になるはずはないと考える人もいて当然である。

ところが周知のとおり昨年（二〇一五年）九月に国会で成立した安全保障関連法案は、今年三月二九日に施行されている。安倍政権は、日本が国外で戦いをすると公言してしまったのである。このことがすでに国際的に知られていることは明らかだ。ＩＳ（だけではないが）の立場でこのことを考えた時、日本が脅威の的になったと感じるのは当然ではないか。従って、ダッカのテロの背景には安倍政権の存在があると、僕は考える。

話を戻そう。その安倍政権は、これからじわじわと憲法を変える方向へ舵を切っていくだろう。いっぽうで、日本を敵と考える国が次々に出てくることも考えられる。

海外でのテロでおさまらず、日本国内で何かが起きる可能性もゼロではない。戦う自衛隊員から犠牲者が出るかもしれない。のみならず、戦いが現実のものになってしまった時、自衛隊では対応しきれずに、新たに兵を募るなどということがあり得るのではないか。そこまで想像したくはないが「徴兵制」が再び施行されることだって……。戦前の再現。

「おクニのために」とか「一億火の玉」などという死語になったはずのスローガンが再燃することだって……。

おちついて考えてみよう。環境問題など現行憲法に不足している項目を整備する、というようなことに留まるなら、話はまだわかる。問題は「九条」だ。実は、長野県上田で「無言館」を営む窪島誠一郎さんの詩で、合唱組曲「こわしてはいけない」を作曲したばかりだ。これ、はじめは「こわれそうなもの」というタイトルだったが、僕たちの意志をこそ標榜《ひょうぼう》したい、と改題したのである。指しているのは「九条」。改憲勢力を再考させるための力を結集させなければいけない。日本は依然として「戦争をしない国」だ、と世界へ伝えなければいけない。

（二〇一六年八月一日号）

伝記に学ぶ

子どものころ、伝記を読むのが好きだった。あのころは子ども向けの伝記本がたくさんあったな……。今でも記憶に残るその代表は、「プルターク英雄伝」。これは英語読みで、現地読みではプルタルコス（四六？〜一二〇年？）の著。古代ギリシャとローマの偉人を並べて書いたものゆえ「対比列伝」とも呼ばれる。かのシェイクスピアもこれを読んで、「ジュリアス・シーザー」「アントニーとクレオパトラ」「コレオレイナス」などを書いたといわれている。子ども時代のこの嗜好の延長で、中高生の僕は「ベン・ハー」「ハンニバル」「サランボー」「クレオパトラ」「十戒」など古代史に関わる映画を見まくっていた。

さらに、定番の「エジソン」「ニュートン」などはもちろん、消化剤タカジアスターゼを創製した高峰譲吉や細菌学者の野口英世、種痘を考えたジェンナー（英）など医者の伝記も読んだな……。南極点到達のスコット（英）、その四週間前に南極点に立っただけでなく北極も走破したノルウェーのアムンゼン、アフリカで探検と宣教をしたリビングストン（英）の伝記も忘れられない。なぜか作曲家のものにはあまり興味がなかったみたい。

最も印象に残るのは、ヨハン・カール・フリードリヒ・ガウス（一七七七～一八五五年）。ドイツの数学者、天文学者だ。ガウス関数、ガウス積分、ガウス整数、ガウス平面……何のことかさっぱりわからんが、数学のさまざまな事項にその名がついているのみならず、磁束密度には「ガウス」という単位がある由。ユーロ導入前のドイツマルク紙幣には肖像が描かれていた。子どもの僕が感動したのは次の話。ページのどの辺りに書かれていたか今も覚えているほどだ。

一〇歳のガウスは、ある日学校で先生が出した「一から一〇〇までの数をぜんぶ足すといくつになる？」という問題に、わずか数秒で答えた。一＋二＋三＋四＋……とやったのではない。一＋一〇〇＝一〇一、二＋九九＝一〇一、三＋九八＝一〇一……両端から攻めていくと最後は五〇＋五一＝一〇一。すなわち一〇一が五〇個だ。一〇一×五〇。答えは五〇五〇。あまりのすばらしさに先生は声も出なかったという。

最近の子どもは伝記を読まないと聞いた。しかし、たとえばＮＨＫ朝のテレビ小説では、「カーネーション」「ゲゲゲの女房」「花子とアン」「マッサン」「朝が来た」、そして今放送中の「とと姉ちゃん」……伝記的なものが多いではないか。かつては「おしん」、僕が音楽を担当した「澪《みお》つくし」「君の名は」など、モデルはいたかもしれないがフィクションが主だった。ということは、伝記は依然好まれているのかもしれない。ただ、本として読まれなくなってきたのかな……。僕がジェンナーやガウスから影響されたなんてことは全くない。が、刺激は受けた。何かを成し遂げた先人に学ぶ、ということは大切なことだと思う。テレビでもいいけれど、本から吸収したものの蓄積は濃く、重い。伝記文学が復興してもいいと、期待するのだが……。

（二〇一六年八月八日号）

ハリネズミに教えられた

トーン・テレヘン作・長山さき訳『ハリネズミの願い』（新潮社刊）を読んだ。この六月三〇日刊行の新刊である。

僕は、新刊にすぐ飛びつくことを意識的に避けている。半年くらい経って、読む価値が本当にありそうと感じてから手に取ることにしている。と言いつつ、たとえば新潮社、岩波、春秋社、白水社ほか出版社が出している新刊読書情報誌、情報紙の類には絶えず目を通しているから、矛盾してますね。今回も、長年購読している新潮社の『波』が火付け役だった。その七月号にオランダの作家トーン・テレヘンのインタヴュー記事が載っていて、それに惹かれた。なのでついつい禁を破って（というほどのこともないが）、買ってしまったというわけ。

ひとりぼっちのハリネズミ。ほかの動物たちはしょっちゅう互いの家を訪ねあっているが、ハリネズミの家には誰も来ない。そこで、手紙を書く――ぼくの家へ遊びに来るよう、キミたちみんなを招待します。

たくさんの動物たちがやってきて、楽しそうに踊っているさまを想像する。なのに茂みに身を隠してハリネズミは想う――みな、恐れているんだ……。みな、言っている。「ハリネズミの家にだけは行かない」「あのハリは、ぼくたちを怖がらせるためなんだ」。

ハリネズミの家へ向かって、カタツムリとカメが歩いている。やがてヒキガエルがやってくる。なぜかヒキガエルは怒り、膨らんだあげく破裂してしまう。サイが来る。ゾウが、キリンが、ダチョウが来る。アリは黙っているので、ハリネズミはつい「なんてフクザツなんだ」と言ってしまった。フクザツでないものは？　と問われて「空気」と答えると、「空気は存在するものの中で最もフクザツだ」と叫ぶアリ。つづけて「ぼくはタンジュンなんだ。でもタンジュンであることはフクザツなんだ」とアリは言う。さらにカバが、キクイムシが、キリギリスが、コイが、カワカマスが、カラスがやってくる。ロブスターは来るなり、ハリネズミのハリを一本ずつ抜くので、ハリネズミは悲鳴をあげる。それからスズメバチもアナグマも、ビーバーもナイチンゲールも、クラゲもミーアキャットもフクロウも、バケモノまでもやって来た。

ハリネズミはどんな目にあっても怒らない。耐える。とても臆病で、しかしハリゆえに自分で自分を認めているハリネズミ。他人を愛したいし愛されたいが、その術《すべ》を持たないハリネズミ。でも聖人でも世捨て人でもないふつうの人、とテレヘンは言う。世の中にはいろいろな人がいる。それらすべての人に、同じように接するにはどうしたらいい？　誰でも迷う。うろたえる。

この本ははじめから終わりまで、ハリネズミの妄想だ。だがそれは、実は誰の心の裡《なか》にも隠れているもの。この一冊が示唆するものは大きく、重い。

（二〇一六年八月一五日号）

そこまでわかるの？

だいぶ前のこの欄（『空を見てますか… 11』一九三ページ）で、五三〇〇年前の「冷凍人間（アイスマン）」のことをお話しした。身長一六〇センチくらい、体重五〇キロくらい、四六歳前後、とそこまで判明したという。人体そのものが見つかったわけだから、これは精査していろいろわかるだろう。しかし、次の報告に関しては、どう思いますか。

聖徳太子の身長は約一八〇センチ。すらりとして頑健。六二二年、斑鳩《いかるが》で流行した痘瘡《とうそう》にかかって死亡した。清少納言は一四八センチ、黒髪長く、目はくりくり。六〇歳前後だが当時は老衰で死去。

なぜ、そこまでわかるの？

もう少しつづけようか。武蔵坊弁慶は身長何と二〇七センチ！ 織田信長は一七〇センチだから立派な体格といえるが、高血圧。いっぽう豊臣秀吉は一四〇センチと小柄。若いころは健康そのものだったが、後年は眼病や気管支炎、さらに腎臓を患った。源頼朝は一五五センチ、義経は一四七センチ。小柄な兄弟だった。

なぜ、そこまでわかるの？

僕の周囲には猛烈な「読書のエキスパート」がいる。たとえば幼なじみの橘隆志（つまり立花隆）、親友の池澤夏樹。二人とも自分の読書歴についての本を書いている。だから僕としては何も言えないのだが、しかしフツウの基準でいえばかなりの読書家ではないかと自認している。が、種別でいえば乱読に属するだろう。何でも読みたくなっちゃう。で、そんなものまで読むの？　と呆《あき》れられそうだが、読んだわけだ。

『日本史　有名人の身体測定』（篠田達明著／KADOKAWA刊）。前述の報告は、この本にあったものである。古文書《こもんじょ》や肖像画、人相書あるいは遺体・遺骸《いがい》などに拠って記述されている。すべてを丸呑みするわけにもいかないが肯《がえん》ずる点も多々あり、面白い。

とはいえ、僕としては偉人や有名人のではなく、市井《しせい》の一般の人々の体格を知りたいと思った。藤沢周平、池波正太郎、平岩弓枝、北原亞以子など江戸期の庶民の生活を描いた作家は少なくないが、細かな体格にまではなかなか触れていない。まして、室町期、鎌倉期、平安や奈良時代の庶民の平均身長は、平均体重は、どのくらいだったのだろう……。

と、そこまで想えば、僕としては当然、奈良時代の庶民が日常くちずさんだ旋律を、知りたくなる。都＝平城京はもちろんだが、むしろたとえば九州に住んでいた人々は、信州の山奥にいた人々は何を歌っていたか……。平安期の流行り唄「今様《いまよう》」について、またわずかな断片がひとつ遺されているもののほとんど解明されていない古代ギリシャ劇の音楽についてなど、これまで仕事で調べる機会があったが、さらに突っ込んで知りたい。

現代は、これだけ種々のことを明らかにしてしまう、というか「できる」時代なのだ。であれば、わかりたいことはいろいろある。と、好奇心と想像がやたら働き、飛翔しはじめるのである。

なぜって……そこまで知りたいんです。

（二〇一六年八月二二日号）

終戦記念日に

終戦から七一年めの「八月一五日」の天皇陛下の「お言葉」は、次のようにしめくくられた。――ここに過去を顧み、深い反省とともに、今後戦争の惨禍が再び繰り返されないことを切に願い、全国民とともに、戦陣に散り、戦禍に倒れた人々に対し、心から追悼の意を表し、世界の平和とわが国の一層の発展を祈ります。

いっぽう安倍首相の挨拶。――戦禍を決して繰り返さない。この決然たる誓いを貫き、歴史と謙虚に向き合い、世界の平和と繁栄に貢献し、万人が心豊かに暮らせる世の中の実現に、全力を尽くしてまいります。明日を生きる世代のために、希望に満ちた国の未来を切り開いてまいります。

表面的には、両者は共通しているように受け取れなくもない。だが、天皇の挨拶にある

「反省」という言葉は、首相の弁には登場しなかった。あの戦争における日本の「加害」にも、全く触れなかった。そしてその日、安倍首相は代理人を通じてではあるが、靖国神社に玉串を奉納したのである。

これは、侵略戦争を肯定する立場を表明することだ。憲法を改変し、戦力保持や緊急事態条項を包含させようとしている現政権の方向性をあらためて明確化することだ。

日を同じくして、アメリカからもたらされたのは、オバマ大統領が「核兵器の先制不使用を検討」という報道だった。先般の広島訪問を含め、「核なき世界」を目指す同大統領のポリシーの顕れである。

しかし、ジェームズ空軍長官はじめアメリカ国内では、次々とこれに対する懸念が表明された。フランス、イギリス、韓国も反対を発表した。核による「抑止力」が低下する、という意見だ。安倍首相も、アメリカのハリス太平洋軍司令官に、反対姿勢を伝えた。それどころか、オバマ政権内の中枢にいる学者=グレゴリー・カラキ氏によれば、最も強く反対しているのが日本だという。

詳しくいえば、現在アメリカで基本政策として進められ、今秋にも意見がまとめられることになっている「核態勢見直し」（ＮＰＲ＝Nuclear Posture Review）の基本部分について最大の障害となっているのが日本、ということだ。基本部分というのは、核兵器の役割の縮小ということである。

何ということ……。

これが核兵器の実戦使用による悲惨さを世界で唯一知る国がとる姿勢だろうか。北朝鮮からの生物、化学、通常兵器の脅威、また中国への不信が、日本の反対理由だという。この反対を無視した場合、日本が核武装する可能性がある、という意見がアメリカ国内にあるともいわれている。

私たちは、この国の現在の政権が水面下で何を考えているかを、探らなければいけない。反省もせず、ひたすら好戦的な姿勢に徹する政治を放置していたら、大変なことになるぞ！

以上、終戦記念日に考えたことでした。

（二〇一六年九月五日号）

ホームドア

八月一六日、東京の地下鉄銀座線青山一丁目駅で、目が不自由な五五歳の男性がプラットフォームから転落し、入ってきた電車に轢《ひ》かれて亡くなった。何ていたましい事故……。盲導犬を伴っていたそうだが、転落を防ぐことも、また落ちた彼を助けあげることも、犬には無理だっただろう。その場に居合わせた人が声をかけるとか何か、できなかったのだろうか……。事故後、東京視覚障害者協会や東京都盲人福祉協会などの人たちが現場を視察したと聞く。もちろんそれは必要不可欠のことだが、より総括的な、国の省庁などの方策が大切になるはずだ。同じような事故は、過去にもかなりの頻度で起きているのだから。

誰でも考えつくのが「ホームドア」だ。これはしかし和製英語で、「プラットフォーム・スクリーン・ドア」あるいは「オートマティック・プラットフォーム・ゲート」というのが正しい。一九八一年のモスクワか九一年のレニングラード（現サンクト・ペテルブルク）だったか、おぼろげな記憶だが、僕が「ホームドア」を初めて見たのはソ連（当時）の地下鉄駅だった。プラットフォームに立つと、両側が分厚そうな高い壁で、いったい何だこれは……と異様な感じがした。ずっとあとで判明したが、世界で初めて「ホームドア」を設置したのはサンクト・ペテルブルクの地下鉄で、一九六一年だという。僕の初体験がサンクト・ペテルブルクだったとすれば、そうとは知らずに僕は、世界最初の設備を見たことになるわけだ。

日本では一九七四年。東海道新幹線熱海駅だった。その後、無人運転の神戸ポートライナーなどを代表格として次第に増えてきた。だが、車両が同一規格でないと、むずかしい。通勤電車などで、一両の片面が4ドアだったり3ドアだったりすると、ホームドアを造るのは厄介になるわけだ。また、運転士がセンチ単位で正確に電車を停められないと、意味がなくなる。従って精緻《せいち》な停車ができるための自動装置を備えたりしなければならなくなる。すなわち、技術と資金両面で、簡単ではない。

だから今、あちこちでさまざまな研究が進められている。大がかりなフルスクリーン型ではなく、バーやロープが上がり下がりするだけの形や、車両のドアがどんなふうでも対応できる可動式ドアなど……。

目の不自由な人たちは、駅のプラットフォームを「欄干のない橋」と呼んでいるという。たしかに、大きな恐怖だろう。しばらく前、健常人は「パーフェクト・マイナスn」なのではないかという話をした（本書二一四ページ）。あれは、自分たちは完全だという驕《おご》りを持ってはならないと思う、というつもりの話だ。他方、忘れずにいるべきなのは、そうはいっても今のこの世界は今の健常人を基準につくられている、ということ。バリアフリーは確実な実践を伴わなければならない。ホームドア設置も、当然、急ぐべきである。

（二〇一六年九月一二日号）

古道

子ども時代を過ごした水戸に「楓の小路」「桃の小路」など樹の名を冠した横丁があった。幼い僕は、よくそこで遊んだものだ。正式な住所表示ではなく通称だと思うが、地元の人たちはみなそう呼んでいた。かつては正しい名称だったのかもしれない。きっと古い道なのだろう。

古道とか廃墟が、好きだ。想像する歓びが喚起される。たとえばローマのアッピア街道——二度訪れているが、歩きながらシーザーやブルータスを、また映画「ベン・ハー」のシーンを想い、レスピーギの交響詩「ローマの松」を頭の中で鳴らす。至福の時である。

奈良県天理の仕事をした折に「山野辺の道」を歩きたかった。天理から龍王山や三輪山の麓を穴師《あなし》坐《にいます》兵主《ひょうず》神社や檜原神社に沿って歩く。日本書紀に記述がある約一六キロ（三五キロ説も）の古道だ。が、果たせていない。

姫路の仕事も長くしているが、ここにも「播磨古道」がある。詳しくは知らなかったが、つい最近同市から送られてきた冊子によれば、山陽道、室津道、美作《みまさか》道、因幡《いなば》街道、浜街道、但馬《たじま》道、巡礼道……地方でこれほど主要街道が集まっている所はほかに例がないという。これらのうち、たとえば巡礼道は観世音菩薩が三三の姿かたちで民衆を救うという教えに則《のっと》り、三三の霊場を札所として巡る道で、平安末期からのものという。加西《かさい》市の一条寺に始まり、姫路市内の書写山円教寺を二七番として京都の成相寺《なりあいじ》へ向かう。四国その他各地にある「八八」の札所巡りの道も、それぞれ長い歴史を包含するものにちがいない。「播磨古道」も、歩きたい気持ちのみ。憧れるのみ。

ここで想起するのは「塩の道」だ。ネパールのカリガンダキ渓谷地域、ボルネオ島サバ州の道が有名なのだそうだが、日本にも糸魚川～松本の千国街道、岡崎～塩尻の三州街道、御前崎～塩尻の秋葉街道、直江津から上田を経て軽井沢の追分に至る北国街道などが知られている。塩を運んだ到達点ゆえ塩尻――その歴史へ思いを馳せると、感慨を覚える。「絹の道」も忘れてはいけない。中央アジアを通り長安（現・西安）へ至った「シルクロード」が育んだものについて今さら言及するまでもないが、武蔵道・八王子街道あるいは浜街道と呼ばれた道、また町田を通る町田街道――これら生糸の輸出のため八王子と横浜を結んだ道も「絹の道」である。僕もかつて曲を提供した八王子の「絹の道合唱団」は、由緒あるネーミングなのだ。

そして、二〇〇四年に世界遺産に登録された「熊野古道」。熊野本宮神社、熊野速玉神社、熊野那智大社の「熊野三山」へ通じる参詣《さんけい》道だ。日本書紀にも現れるまさに古道で、かつては伊勢詣《もう》でと並ぶ隆盛を示したが、一九〇六（明治三九）年の「神社合祀《ごうし》令」で熊野の神社が激減し、以後参詣者の数もめっきり減ったという（世界遺産になって増えただろうが）。

新しい道は次々できるが、古道――歴史への愛着も大切にしていたいと心から思う。

（二〇一六年九月一九日号）

吉江先生

高校時代の友から、訃報《ふほう》が入った。この八月九日、吉江新二先生が九六歳でご逝去。なつかしさがいっぺんにこみあげてきた。

東京都立新宿高校で一九四七年九月から八五年四月まで、三七年六か月の長きにわたって教壇に立たれた。専門は美術。長野県生まれで、東京美術学校（現・東京藝大）で日本画を学び、のち洋画に転じる。戦後、主体美術協会の創立に参加、以後独特の繊細な画風を貫いた、と評されている。僕は、高校か大学時代に個展かグループ展に一度行ったことがあったと記憶するが、画家としての吉江先生については、あまり知らなかった。

とはいえ、教師と生徒の関係として、親しくさせていただいた。というのも、美術の先生なのに音楽部（部活の）顧問だったからだ。音楽部はすなわち合唱部だったが、在校中に僕が中心になってつくった「管弦楽同好会」の顧問もお願いした記憶がある（この同好会はのちに新宿高校フィルハーモニー・オーケストラ＝ＳＰＯに発展し、そこからＮ響、東京シティ・フィルなどのプロも出たし、ＯＢＯＧ組織も活動している。今やおそらく都立高最大のオーケストラ部だ）。

吉江先生は、これら音楽のクラブの顧問をされるほど、音楽好きだった。とりわけブロックフルーテを愛好しておられた。つまりリコーダー（縦笛）だ。小さなソプラニーノから大きなバスまで、何種類もある。生徒を集め、美術教官室でそれらの合奏をよくやっていた（僕も吹かされました）。だいたいバッハなどのバロックものである。その教官室は、放課後の僕らの集会室でもあった。絵具箱やイーゼルは当然だが、ウィスキーのボトルもずらりと並んでいた。もちろん僕らは飲みませんでしたが（ホント）……。美術の話もしたはずだが、むしろ音楽の話題が多かったと思う。笑顔は優しかったが、芸術家らしい厳しい風貌と眼差しが印象的なかただった。

全国トップクラスの進学校で、政治、学術、実業界などに多くの優れた人材が輩出しているのに、きわめてのびやかで自由な校風のあの学校の、象徴のような先生だった。同級から世界的な彫刻家である小清水漸《すすむ》や国立西洋美術館館長→文化庁長官を務めた青柳正規、岐阜県美術館館長でもある画家・古川秀昭、そして僕のように音楽の道へと進んだ者が生まれたのも、吉江先生がいたあの高校ゆえだったと、これは顧みての実感。もう一度、吉江先生に会いたかった……。

吉江先生ご逝去の少し前の八月四日、日本画家で日本美術院理事長でもあった松尾敏男さんが亡くなった。九〇歳。二〇一二年に文化勲章を受賞されている。花の絵がすばらしかった。僕は日中文化交流協会の役員なのだが、松尾さんも同じ立場だったので、何度もお会いしている。その訃報で、旧制府立六中（現・新宿高校）の卒業と知った。大先輩だったのだ。

学校は人をつくる——自明のことなのだが、あらためて僕は今、そのことを想っている。

（二〇一六年九月二六日号）

割り込み乗車

つい先日。僕は横浜へ行く用事があって、東急東横線渋谷駅のプラットフォームにいた。地下深いところのフォームは混雑していて、電車のドアの位置で待つ人たちの行列が何本もできていた。特急に乗りたい僕は、表示に従って然るべき場所に並ぶ。僕は先頭から三人目くらいだった。気がつくと、先頭の人から二、三メートル離れ、列には加わらない男が一人立っている。三〇代後半か四〇歳くらいの感じだ。まもなく埼玉のほうから来た特急が到着。と、その男は、先頭の人が乗り込む前にするりと乗ってしまった。車内に入ると、彼はもう座っている。しかも「優先席」に。

並んでいた人は、みなこの男に気がついていたと思う。が、誰も何も言わない。僕も、何も言わず、黙って吊り革にぶら下がった。

こういうこと、皆さんも経験あるでしょ？　注意したら、相手は「切れる」かもしれない。コンプライアンスという言葉が日常的に使われるようになって久しいが、「法令遵守」といったところで、「電車に乗る時は列をつくり、その順で乗らなければいけない」という法律があるわけではないだろう。法律というより、これは礼儀、倫理、道徳に関する問題なのだ。

などと考えていたら、『日本国民であるために～民主主義を考える四つの問い』（互盛央《たがいもりお》著、新潮選書、二〇一六年六月二五日刊行）という本に出会った。このところ披瀝《ひれき》してきた、新刊書にソク手は出さないという僕の理念に、またも反する話なのだが……。この本、何と、書き出しが、電車乗車の列での割り込みの話なのだ。ただし、そのあとがちがう。僕の凡庸な感慨とは全く異なる学者の意見だ。

互氏は問う――注意をためらう。すなわち「自分を守らなければならない」という考え。これと「自分が先に乗れればいい」という考えとは、どこが違うのか？

自分さえよければ……という点で、同じ。厳しい問いである。僕たちの毎日の生活がどうあるべきか、というより、僕たちは毎日をどう生きているのか、という問いだ。

さらに互氏は、戦後七〇年という節目にあたっての安倍首相の談話を紹介する——戦後生まれの世代が、今や人口の八割を超えている。その戦争に何ら関わりのない世代に、謝罪をつづける宿命を負わせてはならない。「日本人であること」が理由で、過去の日本人が犯した罪に責任を負わなければならないということは、駅のプラットフォームに引かれた線のようなルールなのか。だから私が線を引き直す。線を引くのは私だ——と。安倍談話は自分の判断で線を引いた割り込み男と同じである。

終戦の時、一歳一一か月だった僕は、しかし先人の罪を背負っていると考える人間だ。簡単に線を引き直すことはできないと考える。だから、割り込みを許したくない。勝手に線を引き直させない。長い時間をかけて人間が培ってきた、それが「ルール」なのだ。

（二〇一六年一〇月三日号）

アマノジャク

アマノジャクという人、いますね。あなたの周りにもいるんじゃない？　天邪鬼と書く。本来は、仏教で人間の煩悩を表す象徴としての存在。四天王や仁王に踏みつけられている悪鬼である。また、中国の水鬼である海若《かいじゃく》を訓読みするとアマノジャクとなるので、これを指すこともあるらしい。

いっぽう日本では、日本書紀や古事記にあるアメノサグメ（天探女）に由来するのだという。アメノサグメは、天の動きや人の心、未来を探ることができる巫女《みこ》のような存在で、それゆえに人の心を読んで悪戯をする小鬼へ変化。すなわち天の邪魔をする鬼＝天邪鬼になったのだという。

各地に伝説がある。人の声を真似ることから山彦を天邪鬼という地方がある。富士山を崩そうとして失敗したのが天邪鬼で、その際運び出した土がこぼれてできたのが伊豆大島だという話もある。天邪鬼は灰の中にいる、あるいはその足跡が残っているという地方もある。林光さんのオペラ「あまんじゃくとうりこひめ」も昔話をもとにした作品だ。

しかし現代の天邪鬼は、やたら周囲と反発する人や常識に逆らうような言動をする「ひねくれ者」「つむじ曲がり」を指すみたい。

シュルレアリスムの画家、サルバドール・ダリは、「宇宙を見ていると、私は何と大きな存在かと実感する」というような意味のことを言っている。そんなバカな……と思う人もいるだろう。だが、これはパラドックス（逆説）というものだ。カメを追いかけてカメのいた地点にたどり着いても、その時カメはさらに先へ進んでいるから、永久にカメに追い着くことはできない――これは「ゼノンのパラドックス」と呼ばれる有名な例証だ。ひねくれているようだが、そこに真実が隠れている。ダリの言葉も、そこに人間の想念の無限の可能性が潜んでいると受け取れば、面白い。

少し前に岡本一平のことをお話ししたが、その息子の岡本太郎は言う――誰もが、人生は積み重ねだと思っているが、自分は「積み減らす」べきだと思う。本当に生きるには、瞬間瞬間に新しく生まれ変わり、運命を開くのだ。今までの自分なんて蹴とばしてやる」（『自分の中に毒を持て』青春出版社刊）。

インドで古い彫り物が発見された。彫られた古代文字を、長い間かかって学者が解読したら「近頃の若い者はだらしがなく、嘆かわしい」と書いてあった。大昔から若者はそんなふうに見られてきたのだ。だから若者はあたりを気にせず自由に発言し、行動しろ、若い時こそそれが大切、と太郎さんは言う。

実は、僕は、常識派とかバランスがいいなどと言われつづけてきた。その結果、組織や団体の中心に据えられてしまうことが頻繁だった。なぜ……？　それをよしと考えたことはないのに。本当は、天邪鬼になりたい。誰も考えないような角度からモノを言ってみたい。これが、僕の本音。今回は、その告白です。

え？　ムリ？

（二〇一六年一〇月一〇日号）

こわしてはいけない

作家・井沢元彦氏が言っている――「危機管理能力」を問われるのが為政者だ。その視座から、徳川家康は偉かった（『動乱の日本史』角川文庫）。幕府の力が危うくなった場合について、あらゆる角度から防護策を講じていた。徳川の時代があれだけ続いたのは家康の布石によるところ大である。

日本史を研究しつづけてきた井沢説は、きっと正しいだろう。家康という人は、たしかに偉い。だが、これを現代に移し、もう少し広い観点で考えれば、首を傾《かし》げる点が少なくないと僕は考える。

現代の「危機」は何か。

日本の現政権が考えるその筆頭は、北朝鮮や中国の軍事的脅威だ。ミサイル発射や核実験を繰り返す北朝鮮、尖閣諸島付近への強硬な進出を図る中国、さらに竹島に関する韓国の姿勢など……。そして多発するテロ……。これらは日本にとって明らかに「危機」だ。自分の国は自分で守らなければならない。

怖い。丸腰でいれば、なお、怖い。何かあった場合の「盾」をつくっておかなければ……。「盾」はすなわち武装。軍隊を持つことができる憲法にしなければ……。これこそ「危機管理」というものだ、という演繹《えんえき》。

ちょっと寄り道しておこう。前述の「何かあった場合」を「有事」と呼ぶ。厳密にいえば「非常の事態が起こること」を指す。しかし「有」も「事」も日常的で易しい文字だ。そこに潜む意味が、簡易な文字ゆえにむしろ不気味だと、僕は思う。

閑話休題。経済だけではなく、現下の日本が持つさまざまな分野での高い能力に鑑《かんが》みて、日本の本格的な軍備は近隣諸国のみならずＩＳなどのテロ集団にとってもきわめて大きな脅威だ、という情報を読んだことがある。日本国内の憲法論議、政府の憲法改変への動きなどの情報は世界へ、もちろんテロ集団へも、どんどん伝わっていることが明らかだ。

外から脅威と捉えられることこそ、日本にとって脅威なのではないか。つまり、「危機管理」というが、敢えて危機をつくりだして「管理」と言っているのが、現政権の方向だ。これは、伝染病菌を撒布《さんぷ》しておいて予防注射の必要性を叫ぶのと、いわば同じである。

「危機」をつくりださない最強の策こそ、憲法なのだ。改変すれば、危機に近づく。長野県上田で「無言館」を主宰する窪島誠一郎さんが「こわしてはいけない」というタイトルで六篇の詩を書き、僕がそれを混声合唱組曲として作曲した。窪島さんと僕の思いは同じである。七〇年にもわたって私たちが大切にしてきたこの国のポリシー＝憲法が、今、こわれそうだ。

この曲を、先日（二〇一六年九月二五日）、上田の新しく素晴らしいホール「サントミューゼ」で初演した。このあとも神戸ほかでの演奏がつづく。現下の世界で、日本の憲法の重要度は弥増《いや》している。この曲を歌う人、聴く人、大勢の力で、そのメッセージを発信していきたい。

（二〇一六年一〇月一七日号）

座席のリクライニング

新幹線だけではないと思うが、ある時からこんな車内アナウンスを聞くようになった。もちろん、多くの人が知っているだろう――お降りになる際は、お倒しになったお席の背をもとの位置に戻してくださいますようお願いいたします。

で、そのとおり実行する人と、しない人がいるのである。僕は、このアナウンスが流れはじめるずっと前から、いつもそうしてきた。戻さないと、気持ち悪いのだ。何か大事なことをし忘れたような気分になる。

ましてや、ジュースやビールの空き缶とか、食べたあとの弁当の空箱、読み終えた新聞雑誌などを、座席前の網袋に残したまま降りてしまう人に遭遇すると、こちらの気分まで悪くなる。乗客が少なかったので、それら誰のものとも知れぬゴミを、勝手にゴミ箱へ捨てたこともあった。これ、乗客が多いとやりません。何だアイツは……、おせっかいな奴だなと思われるだけですから。

しばしばエジプトで仕事をしたむかし（八〇年代）。所用あって文化関係の組織などを訪ね、しばし待たされたりすると、その部屋の壁にかかっている絵の額縁や時計がナナメになっていたりするんですな。そういうことを意に介さないらしい。僕は、気になる。

待たされている間、ずっと気になっている。ついに我慢できなくなる。額縁を、さらに時計を、まっすぐな位置に直してしまう。我ながら、余計なことをやっているな……と思う。だが、どうしても、やってしまう。これって日本人全般の性格？　それとも血液型？

ちなみに僕はA型だが、そんなことはどうでもいい。座席リクライニングや空き缶などに関していろいろな人がいるとはいえ、こういうことで日本人はきちんとしているほうだと思う。時刻・時間にシビアなのも同様。

ところが、驚いた国がある。北欧・フィンランド。日本でいえば文部科学省にあたるあちらの部署の招きで行ったある時、空港で出迎えてくれた若い役人は、滞在中の予定表、ホテル名と地図、市内電車のプリペイドカードとタクシーチケットの束を僕に渡すと、消えてしまった。別に愛想が悪いわけではない。丁重で感じもいい。ある日、ヘルシンキ市内の某オーケストラ事務局を訪ねた。正午の約束である。初めての所だから用心して、市内電車でそこへ着いたのは、予定の二〇分前だった。誰もいない。受付の窓口で尋ねても全く埒《らち》が明かない——呼んでおいて、失礼だな……少々腹が立っている僕。

と、「ミスターイケべか?」と声。腕時計を見ると、ピタリ正午! 約束通りだったのである。徹底した合理主義の国と見た。

国によって、民族によって、みな違う。違うことが面白いのでは、と僕は何度も話してきた。違いを認め合っていれば争いは起きない。これから、座席リクライニングを戻さない人も「違うんだな、面白いな」とだけ思うことにしようかな……。

(二〇一六年一〇月二四日号)

平和につながるもの

中村哲さんのことは、二〇〇三年マグサイサイ賞や〇四年イーハトーブ賞の受賞者ということで知っていた（同姓同名の知人がいることもあって……）。フィリピンの元大統領の名を冠したマグサイサイ賞は、アジア地域での社会貢献などで傑出した功績を残した人や団体へ贈られる。一九六五年黒澤明、七二年花森安治、七三年石牟礼道子、七四年市川房枝、八四年川喜田二郎、〇一年平山郁夫といった受賞者の名で、この賞の重みがわかる。

イーハトーブ賞は、宮沢賢治の名前で顕彰されるにふさわしい研究、評論、創作などが対象で、九八年長岡輝子、九九年井上ひさし、〇二年オペラシアターこんにゃく座、一四年三陸鉄道（株）、一五年高畑勲……といった名が並ぶ。

だが、中村哲さんの活動について詳しく知ったのは、先ごろの「ＥＴＶ特集」だ。ご覧になったかたも多いと思う。中村さんは一九八四年以来、パキスタン北西部ペシャワールで、ハンセン病を中心とする医療活動をおこなってきた。だがパキスタン政府の圧力などがあり、八九年、拠点をアフガニスタンへ移す。山岳地帯に初の診療所をつくったのが九一年。以来次々に開設。しかし当時かの地で飢餓に苦しむ人は約四〇〇万人（現在は七六〇万人）。中村さんは考える――飢えと渇きは医療では治せない。一〇〇の診療所より一本の水路だ。

二〇〇〇年八月、枯れた井戸の再生にとりかかり、以後数年で国内に一六〇〇の水源を確保した。さらに、〇三年に立ち上げたのが「緑の大地計画」。見渡す限りが砂漠で、長くつづく旱魃《かんばつ》。土はひび割れ、えぐれ、砂埃が舞う。人々はなす術《すべ》もなく、食糧は乏しく、貧しさにあえぐだけ……。中村さんはみずから作業の中心になって、用水路建設に着手した。砂漠に水が流れた！

水路の両岸に植えられた柳は青々と茂り、広々と緑が見渡せる。岸が崩れないための「蛇籠《じやかご》」のアイディアがすばらしい。コンクリートでなく、カゴに石を入れ、煉瓦《れんが》のように積み上げる。これなら、崩れた際の補修も簡単。以後、水路は総延長で二七キロメートル。三五〇〇ヘクタールの土地が潤《うるお》った。人々は農業にいそしんでいる。今は、用水路建設法を伝えるための学校づくりが忙しい。

「9・11」後、アメリカの報復攻撃が始まった。「必要なのは爆弾ではなく水と食料」と中村さんは叫んだが、むなしかった。アフガニスタンが苦しむのは貧困と飢え、そして戦禍だ。しかし、耕し、収穫し……仕事で忙しければ、人間は戦をしない。貧しいから傭兵《ようへい》を志願する。ISなどに加わってしまう。中村さんのスローガンは明確。「戦より食料」だ。ちなみに中村さんは、一九四六年九月一五日生まれ。誕生日が僕と同じ。ぴたり三歳下である。

中村さんは言う。「自分がしているのは平和運動ではない」と。だが、結局のところその活動は「平和につながるもの」だ。

僕たちも同じだと思った。音楽をすること、歌うこと——それは直截《ちょくせつ》に平和をつくるものではないが、確実に「平和につながるもの」だ。そして、そうでなければならない。

（二〇一六年一〇月三一日号）

限りなく暗黒に……

寡聞にして知らなかった。送られてきた「世田谷・九条の会ニュース」No.43の、東京都立大学名誉教授・佐々木隆爾さんの文章を読んで、愕然《がくぜん》。

佐々木さんが指摘するのは、先の参議院選挙の際、自民党のホームページで同党の文教部会が開いた「調査サイト」である。「政治的中立を逸脱した学校の先生がいたら、名前などを教えてほしい」というもの。つまり、授業や言動でそのように思える教員がいたら、名前学校・教員名・授業内容などを送信してほしい、というのである。このサイトが開かれたのは参院選最中の六月二五日で、閉鎖されたのは七月一八日。東京都知事選公示の五日後だ。閉鎖の理由は「事例が集まったから」。なお、このサイトには当初、前記「中立を逸脱」の例として、「子どもたちを戦場へ送るな」と言う教師が挙げられていたそうだが、これはさすがに途中で削除された由。

これは、選挙権年齢が「一八歳以上」になったことと関係があるだろう。このサイトの目的は、主として高校生からの「密告」なのだ。為政者による密告の奨励。何という国だ。思想が異なる者を抑えつけ「悪」と見做し、権力で葬り去る――村上龍の小説の題名（『限りなく透明に近いブルー』）をもじっていえば「限りなく暗黒に近いグレー」。戦前の軍国主義時代とほとんど同じではないか。

だが、狙いは密告だけではない。これにより教師が発言をためらうかも。萎縮《いしゅく》するかもしれない。為政者はそこもターゲットにしている。集まったという事例が気になる。

今年（二〇一六年）四月、福岡市で拙作「悪魔の飽食」全国縦断コンサートが催されたが、プログラムの前半は地元の久留米信愛女学院中学・高校の合唱部の演奏だった。その実力はつとに知られており、指揮の中嶋敬介先生は「悪魔の飽食」地元指導者でもあった。その女学院宛てにファックスが届いたのである――純真な女学生を自虐行為に関わらせるな、と。

その前、昨年秋の同縦断コンサートは第二五回で、群馬県前橋市だった。プロ・オーケストラである群馬交響楽団の共演。その後、今年に入ってからだと思うが、県議会で次のような質問があった由――「悪魔の飽食」のコンサートに県や市の教育委員会が共催をしている。けしからん。これはどういうことか？

これまでの縦断コンサートのすべてで、同様の共催が実施されてきた。問題はないはず、と知事は答弁したという。その後の経緯については、残念ながら知らない。

こういうことは、これまで全くなかった。クレームをつけたい人はいただろうが、それを公言できる空気はなかった。言いたくても、それを憚《はばか》るのが一般的だった。

それが今や、言えてしまう……。これは、国が密告を奨励する世の中になってきたことと無関係ではない。為政者が、このようにして社会の意識を変えていこうとしている。そこに飲みこまれては、絶対にいけない！

（二〇一六年一一月七日号）

萎縮社会

何なんだ、この国は……。少なくとも表面的には、大半の人が平和で、穏やかな暮らしを送っているように見える。ここに「病んで」いる要素が潜んでいるとは、ふつう感じないだろう。ところが、実は恐ろしい風景が隠れているのではないか……。しかもそれは、少しずつふくらんできている。これが顕在化し、こりゃいかん、何とかしなければと思った時は時すでに遅し、ということが無きにしも非ず、という感じがこのごろしきりにする。

そのひとつは、最近登場した「萎縮《いしゅく》社会」という言葉。さまざまなシーンで顕れている。たとえば……。

熊本地震復興支援のための募金活動をしていた学生が「バイトして自分が募金すりゃいいじゃないか」などと罵声《ばせい》を浴びせられたり、「この種の募金活動の大半は実施されず、いわば詐欺だ」というネットの書き込みがあったりするという。マタニティマークをつけていて電車の優先席に座ると、「妊婦はそんなに偉いのか」と言われたり、通りすがりの人がわざとぶつかってきたりすることがあるという。

広場でボール投げなどをして遊ぶのが当たり前だった子どもたちは、怒られたり非難されたりするので、もうしなくなったという話も聞いた。園児の声がうるさいと近隣の住人に言われるので、幼稚園は園庭での遊びや運動をやめざるを得なくなった。高校の運動部は放課後に元気な声をあげながら走る。これがうるさいという人がいるので、黙って走ることになった。すべて、問題からの逃避だ。

しかし、この類《たぐい》のことは前からあったと思う。だいぶ以前の、たしか九州での話だ。公園のブランコで子どもが怪我をした。ブランコは危ないという声があがった。すると、おそらく公園を管理する行政だろう、ブランコを撤去してしまったのだという。

その時、おかしな話だと思った。ブランコ乗りは、いつのまにかさまざまなことを子どもに教えるのではないか。怪我を材料に非難されることを恐れた管理者が面倒を避け、撤去を選んだ。萎縮である。

子どものころの僕は、よく怪我をした。擦り傷や捻挫は日常茶飯事。指先の血豆なんて見飽きていた。近所の外科医は僕の顔を見ると、「おお、また来たか。今度は何だ?」と言うのが常だった。当時だって「いじめ」はあったと思うが、誰も――いじめられた子も、気にしなかった。長つづきもしなかった。

あのころより、間違いなく世の中は成熟している。しかし、ものごとは裏返しに作用することがある。つまりオモテとウラが逆になる現象だ。「萎縮社会」は不健康。成熟の裏返しなのではないか。このまま進んでいけば、未来はどんどん暗くなる。社会の中の陰湿な要素を除去しなければいけない。起きてしまった問題に正面から向かう勇気を持たなければいけない。人間と同じ。社会も健康が大切なのだ!

(二〇一六年、一一月一四・二一日号)

オペラ「てかがみ」

この一一月二五、二七日に、長岡市のリリックホールで拙作オペラ「てかがみ」が上演される。新潟県文化振興財団の委嘱により、二〇〇一年に作曲したもの。同年秋の新潟市と長岡市の初演以降、毎年のように再演されている。上越、糸魚川、柏崎ほか県内各地、そして金沢や横浜でも上演されてきた。昨年（二〇一五年）と今年は文化庁の小中学校巡回音楽鑑賞の一環として、関西～四国などで上演されている。今回は、前記リリックホール開館と長岡市芸術文化振興財団設立の二〇周年記念企画である。

幕が開くと、小学校教師の亮子と高校教師のジョンの結婚式。ところが、突然火災が発生。その炎に、新婦の父・勇一は戦争中の思い出を重ねてしまう。港にいる勇一と母カヨの目の前で、勇一の父が働く機雷掃海船が爆発。カヨを慰める米兵捕虜収容所の医師リチャード。アメリカでフィアンセが彼の帰国を待っていると聞いて、カヨは小さな手鏡を彼に渡す。しかしまもなくカヨは戦火の中で死んでしまう。

再び結婚式の場面。ジョンが勤める高校の校長の計らいで、式は校内に移された。私は母を見殺しにした、あの戦争を思い出したくないという勇一の話に、自分もベトナム戦争で弟を亡くした、あの時代はどうすることもできなかった、自分たちの体験を次の時代へ語り継がなければならないと説くジョンの母レイチェル。父が背負ってきたものに全く無頓着だった亮子は、子どもたちへ何ひとつ伝えてこなかった、結婚する資格はない、と被っていたヴェールを取る。勇一は「この時代にあったことを忘れないなら、新しい時代を担うだろう」という軍医リチャードの言葉を亮子に語る。

その時レイチェルが取り出したのは、母から託されたという手鏡。何と、彼女はリチャードの娘、ジョンは孫だったのだ。「いつかあなたの子どもの世代へ」とレイチェルは手鏡を亮子へ託す。結婚式は再開され、祝福と明日への希望が高らかに歌われ、幕が降りる。

過去と現在が交錯しつつ進む複雑な脚本を書いたのは、劇作家として大活躍中の平石耕一。だが、これはこのオペラ制作にあたり全国公募した「ストーリー」の入選作三つをまとめて素材にしたもの。そんなことができちゃう……平石さんのあまりに見事な手腕に驚いた当時を思い出す。

僕はこのオペラを、わずか六人の超小編成オーケストラで書いた。合唱も含めた登場人物は決して少なくないが、再演が頻繁な背景には、そんな理由もある。戦争の悲惨さ、だがそこにも流れる国境を越えた人類愛。時代と世代をつなぐ心……。さまざまなものがこのオペラから伝わってくる。今回は、すでに何度も本作に携わってきた牧村邦彦さんの指揮、これまでのたくさんの演劇の仕事を通じ僕が信頼する文学座・西川信廣さんの新演出。世界を、また日本を覆う黒い雲を見上げつつ、だからこそ今、このオペラが発信するものにあらためて心を寄せたい僕である。

（二〇一六年一一月二八日号）

アメリカのこれから

アメリカ大統領選でドナルド・トランプがヒラリー・クリントンを破ったことに、世界中が驚いた。六月二三日の国民投票でイギリスのEU離脱が決まったことに並ぶ、今年（二〇一六年）の「投票結果二大びっくり」である。

それにしても、アメリカ大統領選の大騒ぎは、毎度のことながら呆《あき》れるばかり。候補によるかんじんのディベートは単なるけなし合いなのに、ほとんどお祭り騒ぎだ。四年前は、共和党のロムニーに勝ったオバマが二期めの地位を獲得した。その前は共和党マケインと争ったオバマが、黒人初の大統領になる。「イエス、ウィーキャン！」は、いまだに鮮烈な記憶だ。

あのころ僕はオバマの「イエス、ウィーキャン！」は江戸中期の米沢藩主・上杉鷹山《ようざん》

（一七五一～一八二二年）の言葉「為《な》せば成る、為さねば成らぬ何事も、成らぬは人の為さぬなりけり」みたいだと思った。蛇足だが、中学生のころ僕たちはよく「ナセバナル、ナセルはアラブのダイトーリョー」などとくだらんことを口走ったものだ（と、連想は広がる）。

オバマの前、二〇〇四年に二期めとなったジョージ・W・ブッシュ（ブッシュ・ジュニア）は、民主党ジョン・ケリーに勝った。その前、二〇〇〇年。このブッシュの初立候補時、対抗馬は民主党のアル・ゴアだった。ちょうどそのころニューヨークにいた僕は、選挙直後にクオーター（二五セント）で号外を入手。「ブッシュ・ウィンズ（ブッシュの勝利）」。ところがこれは、ハヤトチリ。何だか忘れたが開票に不備があった。最終結果まで、たしか一か月くらいかかった。件《くだん》の号外の値段は一〇〇ドルを超える。この経緯を二〇〇〇年一二月一一日号の本紙に書いた（『空を見てますか… 4』一三四ページ、「馬鹿々々しい喧噪」）。

それはさておき、アメリカは、そして世界はこれからどうなるのだろう。どんな方向へ進むのだろう。選挙前、数々の暴言を吐いてきたトランプは、現実にはどんな政治をするのだろう……。

日本も核兵器を持つべき、と彼は言った。だがこれは、選挙後、撤回している。また、TPP協定（環太平洋パートナーシップ協定）からの撤退を表明した。しかし、イスラム教徒にアメリカ入国をさせない、とかメキシコとのあいだに壁を築く、などの発言について、本当はこれからどうするのか、明言はまだ、ない。アメリカ追随をもって旨としている日本の現政権は、さぞや戸惑っていることだろう。何しろ核兵器禁止条約（NWC）締結に際し、アメリカにならって反対してしまう政権なのだ。

世界で唯一の被爆国なのに、そして核兵器廃絶に向け世界を牽引《けんいん》するのが当然の国なのに……。信じられない政権としかいいようがない。

トランプ・アメリカの今後には不安がいっぱいだ。しかしアメリカ国民は変革を求めたのだ、と思いたい。政治の専門的なことはわからないが、その変革が世界を覆う黒雲を払拭《ふっしょく》する方へ進んでほしいと望むだけである。

（二〇一六年一二月五日号）

手帳

年末が近づくと、手帳に関わる時間が大変。

手帳？　今どき手書き？　パソコンか電子手帳じゃないの？　という声が聞こえますな。そりゃ、パソコンも使う。だが、それらはもっぱら「バックアップ」だ。とっさに予定を記入したりメモしたりは、やはり手書き。そういえば手帖とも書きますね。手帳と手帖はどう違うのだろう……。

帖は、紙を折り畳んで書物状にしたものをいう。帳は、とばり（たれぎぬ）や幕のこと。だから本来は手帖と書くべきだが、当初「帖」の字は当用漢字になかった由。そこで仕方なく「帳」を使ったら、それが一般的になったということらしい。従ってこの二つに区別はない。しかし、情緒的には何か違う感じがする。「手帖」のほうがたとえば千代紙だったり和綴じだったり……。やや文学的な匂いもする。『暮しの手帖』は『暮しの手帳』より意味ありげな感じである。

もし僕が、日ごろの思いを「日々のテチョウ」てなタイトルでエッセイとして書いてほしいといわれたら、きっとタイトルは「日々の手帖」とするだろう。「日々の手帳」では、手元のメモと大差ない感覚になってしまう。

話が横道にそれてしまった。年末の手帳格闘の話だった。一日の時刻の刻みが入っているいわゆる「能率手帳」を、長い間愛用している。毎日の欄に、朝八時から夜一二時までの刻みがある。月曜から日曜まで、同じ。これ、以前は違った。朝八時から一八時辺りまでしか刻みがない。さらに、土・日曜の欄はウィークデイより小さい。当時、このことに困ったっけ……。

つまり、僕の日常の仕事は一八時あたりで終わらない。夜中に及んだりする。そして、土・日曜はむしろウィークデイより忙しい。年間を通して週末はほとんどどこか地方だ。「週末チホウ症」と僕は呼んでいる。最も予定が混む箇所が、小さく、狭いわけ。

この種の用品は、毎日会社に勤めるホワイトカラーを照準につくられているのだ。その種の人たちの需要が多いのなら、仕方のないことだ。だが、世の中にはいろいろな人がいて、いろいろな仕事をしているということを考慮から外すのはおかしい。ゴミは前夜ではなくその日の朝出してくださいといわれて困る人もいるだろう。仕事が夜中で、昼近くまで寝ていなければならない人もいるのだから。社会常識とずれているとしても、それがいけないという道理はない。ものごとは最大公約数で判断されるものだとしても、そうでない人を外すのはおかしい。

などと思いながら、今年も手帳と格闘する。来年の手帳と、二〜三年先をメモしなければならないので「三年手帳（二〇一七—二〇一九）」も。予備の手帳とパソコンのバックアップもつくる。かなり大変だが、これをすることで「これから」が救われるのである。

（二〇一九年一二月一九日号）

差別語という問題

僕は長年放送に関わる仕事をしてきた。放送では、間違った用語の使いかたをしてはいけない。使用厳禁の言葉もある。

たとえば――バッハの音楽は自分にはちょっと敷居が高すぎて……などと言うことがあるが、これは間違った使用法だ。「敷居が高い」とは不義理をしていること、面目ないことなどがあって、相手の家へ行けないような場合に用いる用語である。

特定の商標名も口にはできない。「エレクトーン」は「電子オルガン」、「万歩計」は「歩数計」、「カルピス」は「乳酸菌飲料」。

放送禁止語というものもある。本来、ここに書くのもためらうし、書きたくないが、例を挙げる場として特別に許してほしい。ある時テレビでマラソン中継を見ていたら、無名選手が有名選手を追い抜いた。とたんに解説者が「めくら蛇に怖《お》じずですな」と言った。するど、しばらく無音。かなり経って、「ただいま不適切な発言がありました。お詫びいたします」とアナウンサーのひと言。

初めてNHKからオペラを委嘱された時（一九七〇年、完成は七一年）、僕がやりたかったのは、井上ひさし作「藪原検校《やぶはらけんぎょう》」だった。すばらしい戯曲で、木村光一演出の舞台に僕は心酔していたから。しかし、これは江戸時代の盲目の琵琶法師の位を巡る話。検校は最も高い位で、その下に別当、勾当《こうとう》、座頭などがあった。それらの人物たちが登場する芝居だから、「めくら」という台詞が頻出する。そんなオペラは放送できないからダメと言われ、僕も納得。やめた（結局「死神」というその後再演を繰り返すオペラができた）。

「それは片手落ちだ」もいけない。ほかに、きりがないほどたくさんある。この時大事なのは、しゃべる本人に差別の意識があろうがなかろうが関係ない、ということだ。言われて傷つく人がいる、ということが肝要なのである。

先日、沖縄の米軍ヘリパッド建設工事に抗議する人たちに対し、派遣されていた大阪府警機動隊員が「ボケ、土人」と怒鳴った。府警はこの隊員を戒告処分にしたが、管轄する沖縄北方担当大臣の鶴保庸介氏は「差別とは認められない」と、謝罪もしていない。「土人」には、その土地に生まれ住む人というほか未開を軽侮《けいぶ》する意味も、と手元の辞書にある。

そりゃ、口論中に「このアホ！」と言ったから本当に相手を阿呆と思っているかというと、単なる言葉のハズミにすぎないということは、ある。この場合も、件《くだん》の隊員に軽侮の意図はなかったと思いたい。だが、前述のとおり、問題は言った方の意思と関わりなく、言われた方が傷つくということなのだ。差別語という問題は、極めてデリケートである。翁長沖縄県知事の「大変に遺憾」という発言の重さを考えなければいけない。鶴保大臣という人物が、沖縄北方担当相として果たして適任なのかどうか……。基地問題を巡る厳しさがさらに増すであろう今だからこそ。

（二〇一六年一一月一九日号）

なぜ、慰霊？

安倍首相がオバマ米大統領とともに真珠湾を訪れるという。太平洋戦争の発端となった一九四一年一二月八日の日本軍の攻撃による犠牲者を慰霊するためであり、謝罪ではないと日本政府は発表している。これを強弁するのはなぜか。謝罪ということは、あの戦いが過ちだったと認めることになり、そうなると、あの時戦った将校や兵士たちの立つ瀬がなくなる。過ちのために戦ったのか、という怒りが必ず湧き起こる。英霊という言葉も死語になってしまうし、靖国神社のレゾンデートル（存在理由）も消えてしまう。「慰霊」を強調するのは、そういうことなのだ。

ロバート・マクナマラを思い出す。ケネディ政権下――つまりベトナム戦争時代に国防長官を務めた。そののちジョンソン大統領の戦争拡大政策に反対してその任を辞した人物である。その後ベトナム戦争全過程についての詳細な調査研究をし、九五年に至ってベトナム戦争はアメリカの過ちだったと発言。では我々は過ちのために戦ったのか、という全米の退役軍人たちの怒りが囂囂《ごうごう》と湧き起こった。現下の日本政権も、このことを知っているだろう。あの二の舞は避けたい。慰霊にしておけば大丈夫だろう……。

あれはもうずいぶん前……八四年だ。ニュージーランドのウェリントンで開かれたアジア太平洋作曲家会議に、何人かの日本の作曲家たちとともに参加した僕は、なぜだったか忘れたが帰路は単身で、直行便ではなくホノルル乗り換えだった。今はないパン・アメリカン航空である。搭乗機がホノルルに向かって降下を開始。気がついたのはその時だ。あ、今、一二月八日未明じゃないか……。

脳裡《のうり》をよぎる——臨時ニュースを申し上げます。大本営陸海軍部、一二月八日午前六時発表。帝国陸海軍は、本八日未明、西太平洋においてアメリカ、イギリス軍と戦闘状態に入れり。

僕が乗っているのはアメリカの航空機。見たところ乗客もアメリカ人が多い。周囲がみな僕を見ているんじゃないか。僕の裡に謝罪の気持ちが芽生えた——が、よく見れば誰も何でもない表情。僕の意識過剰なのだった。

閑話休題。日本が謝罪すべき事項は真珠湾だけではない。中国の南京、平頂山、ハルビン（正確には郊外の平房）ほか、韓国や近隣諸国のあちこち……。謝罪すれば賠償という問題が起こる。これが厄介だから慰霊に……と、為政者は考えるのだろうか。過ちは国家の問題であり、戦った将校や兵士もその犠牲者だと明言し、賠償は別問題としてまずは道義的に謝罪する、という方策はないのか。

戦後経てきた長い歳月により、国と国との話し合いにはたくさんの経験が積まれた。賠償抜きの謝罪も考えられる時になっているだろう。長い歳月はしかし、過ちを消しはしない。オバマに引率された真珠湾訪問を慰霊で済ませるのは欺瞞《ぎまん》だ。あれから七五年の今年、世界の恒久平和を牽引《けんいん》する立場として誠意ある謝罪をこそ、安倍首相に望みたい。

（二〇一六年一二月二六日号）

新幹線の陰で

年の暮れ＝一二月半ばに、北陸新幹線の大阪へのルートが決定した。現在、終点は金沢だが、福井～敦賀まで延びるのは二〇二二年度末らしい。今回、その先が敦賀―小浜―京都―新大阪になると決まった。

他方、福井までの路線中「白山」駅を設けるかどうかについて検討されている由。市町村合併により生まれた白山市だが、その中心は、旧松任《まっとう》市である。

地元＝白山市側では、白山駅ができればその利用客は一日六七〇〇人、収支採算性は十分と試算。いっぽうＪＲ西日本側は、現行の北陸本線松任駅の特急利用者は一日一〇〇～二〇〇人程度。新幹線駅を設けても維持費・人件費がかさむ、という見解。意見の隔たりが大きいが、さらに検討をつづけて今年度内には設置の可否を決めたい、とのことである。

顧みれば、東海道新幹線の開業は一九六四年だった。北陸新幹線が金沢まで開通したのが昨二〇一五年。東北新幹線が新函館北斗まで延びたのが今年＝二〇一六年。この間、新潟へ、秋田へ、山形・新庄へ、鹿児島へ……。約半世紀をかけて、新幹線は網の目の様相を形成すべく建設がつづけられてきた。たしかに便利にはなる。前述の、小浜—京都—大阪が完成すれば、北陸から関西へ行く人は、これまでに比して大幅に時間が節約できるだろう。

だが、逆の現象を忘れてはいけない。在来線は、どんどん切られるのだ。北陸新幹線開通と同時に、旧北陸本線は分断された。「しなの鉄道」（これは長野新幹線時代から）「えちごトキメキ鉄道」「あいの風とやま鉄道」「ＩＲいしかわ鉄道」。ＪＲではない。私鉄ともちがう。「第三セクター」というものである。

東北新幹線のあおりで「ＩＧＲいわて銀河鉄道」「青い森鉄道」、九州新幹線で「肥薩おれんじ鉄道」、北海道新幹線で「道南いさりび鉄道」が誕生。いずれもかつての鉄道と全く趣きの異なる名称だが、これは地域住民に親しみを感じてもらおう、延《ひ》いてはおおいに利用してもらおうという意図だろう。いじましささえ覚えてしまう努力だ。

北陸新幹線白山駅は、もしかしたらできないかもしれない。現行の「ＩＲいしかわ鉄道」が延伸され、カヴァーするだろう。要するに新幹線はディジタルの発想なのだ。点と点を結ぶ。人口すなわち利用者が少ない、つまり点でない部分は、外す。アナログは「第三セクター」に担わせればいい。場合によっては廃線だ……。

これは「数の論理」の一種だと考える。「数の暴力」といってもいいかもしれない。国会での与党の強行採決に似ているような気がする。

戦後すぐ、日本人にとって民主主義は初々しかった。「デモクラ・シーちゃん」という元気な女の子が主人公の漫画があって、幼い僕は大好きだった。あの初心が、失われてしまった。新幹線や国会に限らず、日常の生活においても、今、僕たちは民主主義黎明《れいめい》期を思い返す必要があるのではないだろうか。

（二〇一七年一月二・九日号）

二十四気

新しい年になった。あっという間に一年が過ぎた感じ。この間、花は間違えることなくその時節にきちんと咲いたし、夏、雪は降らなかった。自然は季節を厳守するのだ。日本人は季節に敏感というが、「四季」は日本だけの特徴ではない。

「四季」というタイトルの音楽作品はたくさんある。ヴィヴァルディの弦楽曲はあまりにも有名だが、ハイドンのオラトリオ、チャイコフスキーのピアノ曲集も知られている。ほかに、フランス・バロック期のボワモルティエという人の独唱カンタータ、ロシアのグラズノフのバレエ曲にもあるし、現代スイスのホリガーも「四季」という曲を書いている。

さらに、季節の名を冠した音楽は、シューベルト「冬の旅」、ストラヴィンスキー「春の祭典」を挙げるまでもなく数限りない。文学にだってシェイクスピア「夏の夜の夢」

「冬物語」、コロンビアの大作家ガルシア・マルケス「族長の秋」……。絵画などに至っては、季節を素材にするのは当たり前といっていいかもしれない。

しかし、日本の季節感は、もっと細かい。みなさん、「二十四気」を知っていますね？「二十四節気」ともいいます。

各季節が、六つに分けられる。書いておきましょうか。

春―立春・雨水《うすい》・啓蟄《けいちつ》・春分・清明・穀雨《こくう》。

夏―立夏・小満《しょうまん》・芒種《ぼうしゅ》・夏至・小暑・大暑。

秋―立秋・処暑《しょしょ》・白露《はくろ》・秋分・寒露《かんろ》・霜降《そうこう》。

冬―立冬・小雪《しょうせつ》・大雪《たいせつ》・冬至・小寒・大寒。

これらのうち、僕たちがよく知り、日常的に使っているものが少なくない、という点がすごい。まず、一日の昼と夜の時間比について「春分」ほかの言葉は、普通に使う。特に「冬至」は、風呂に柚子《ゆず》などを浮かばせて楽しむんじゃない？　各季節の始まりを示す言葉では「立春」だけがよく使われるが、他方「大寒」「小寒」は、今でも挨拶に含めたりしますよね。「二十四気」は生きているのだ。

正月に格別の気持ちを抱くのは、日本人ならではだが、中国でも盛大に祝うし、ウィーン・フィルの元日のコンサートも華やかだ。

今年（二〇一七年）は、ベネズエラ出身のグスターヴォ・ドゥダメルが指揮して話題になった。ベネズエラでつづけられている児童および青少年のためのオーケストラ運動「エル・システマ」は世界中に反響を呼んできた。ドゥダメルはそこから現われた才能だ。世界的指揮者バレンボイムやラトルが「一〇〇年に一人」と評した天才である。初の録音が出た時に聴き、圧倒されたことを、僕は忘れられない。今年三五歳。ウィーン・フィルのニューイヤーコンサート史上、最も若い指揮者ということであった。

毎年のことだが、僕は横浜みなとみらいホールの「ジルベスター（大晦日《おおみそか》）コンサート」のカウントダウン、そしてそのあとのレセプションで音楽仲間と歓談して元日の朝を迎える。それから帰宅し、元日は、家でバタンキュー。で、二日に札幌へ。これが僕の正月。

「二十四気」の開始である。

（二〇一七年一月一六日号）

名前は旧漢字？

近ごろ、名前を旧漢字で記す人が増えたと思う。長らく広川さんだったのがある時から「廣川」さんになったり、寿明くんが「壽明」になったり……。作曲家の故・團伊玖磨さんは「団伊玖磨様」と書かれた手紙は封を切らなかったという噂だった。僕が仕事をともにした故・黒澤明監督も「沢」ではなく「澤」の字にこだわった。

なぜなんだろう……。中国で漢字が簡略化されたのは一九五〇年代だが、あれを好かない、という人は少なくない。ふつう簡体字と呼ぶが、簡化字というのが正式である由。簡化字であっても、僕たちはモトの漢字が想像できるので、おおよそ読むことはできる。とはいえ、ある時、驚いた。

八〇年代末に僕は「日中合作バレエ」の仕事をし、友である中国の作曲家と分担して作曲した。彼の名は叶小鋼《イエシヤオガン》。このうち「鋼」の字は、本当は簡化字だが、日本の機器ではそれは出ない。のみならず「叶」も実は「葉」なのだと聞いてびっくり。「叶」と「葉」……全然似てないじゃないか。モトが想像できない。

ところで、日本で名前に旧漢字を使うのはなぜ？　などと言っているが、僕ももしかしたらその一派に属したかもしれないのだ。子どものころ、祖父の家の表札は「池邊」だった。難しい。眺めるだけ。書けなかった。

長じて戸籍の字が判明した。もちろん旧漢字だが、前記の「邊」とも違う。表札は間違いだったわけ。機器にないので説明――「自」は独立しておらず、一番下の横線がすなわちワ冠《かんむり》で、その下に片仮名の「ハ」、その下に「口」。で、左側にシンニョウ。

これを使うべきだろうか。もちろん、今や、書けます。でも、使わない。だってストップウォッチ片手にこの字を書いたら、四秒かかった。他方「辺」は一秒。別に、速いからいいとは言わないが、自分の名を書くのに時間がかかるってのは、ちょっと、イヤです。

そういえば、父の死の時、葬儀屋が言っていた――ワタナベの「べ」とサイトウの「サイ」は困る、と。ワタナベの「べ」は、すなわち「イケベ」の「べ」だ。ともに、ものすごく種類が多い。加えて「池部」もある。葬儀屋としては神経を使うわけだ。
僕のところに来る手紙の何割かは「池部」だ。「渡部普一朗様」というのも届く。合っているのは「一」だけ。この話を、亡くなった合唱指揮者・関屋晋さんにしたことがある。「いいじゃないか。ひとつ合ってれば」と関屋さん。「私には、岡谷普《おかたにふ》様というのが来たぜ。ひとつも合ってない……」。

話を戻そう。僕は頑として「池邉」ではなく「池辺」だ。旧漢字が嫌いというわけではない。一般的に通用している文字を使うべきと考えているからである。日常「周邊」なんて書かない。「周辺」でしょ?
だったら僕も「池辺」だ。旧漢字派に反旗を翻すつもりはないが、僕は僕の意思で自分の名前を書きたい、というわけ。

(二〇一七年一月二三日号)

ポピュリズム

アメリカで大統領就任式。第四五代大統領ドナルド・トランプ大統領が誕生した。これからアメリカは、そして世界はどこへ向かうのか……。

トランプという人の登場は衝撃的だった。これまで、どこにもいなかったタイプの政治家である――というより、そもそも政治家ではないのだ。にもかかわらず、票を集めた。まさか……と皆が驚くなか、勝ってしまった。

どこにもいなかったのではあるが、しかし歴史をひもといて連想することはある。

まずは（連想などしたくないが）アドルフ・ヒトラーだ。無名の青年が反ユダヤ主義の旗のもとじわじわと、ついに首相に、さらに総統にまでのぼりつめた。その猛烈な演説に熱狂する当時のドイツ国民の姿を、記録映像などで僕たちはよく知っている。

いっときの橋下徹《はしもと》も想起する。正確にいえば橋下&日本維新の会だ。大阪都構想住民投票で敗れ、潮が引いた感じになったが、盛り上がっていた時の勢いはすごかった。

もう一人、と頭をめぐらせたら、ファン・ペロンを思い出した。かつてのアルゼンチン大統領である。多くの人たちがそうだろうと思うが、僕もペロンその人ではなく、その妻エヴァを通して知識を得ている。いうまでもなく、有名なミュージカル「エビータ」のヒロインだ。ペロンは軍人だったが、政府の国家労働福祉庁のトップとして労働組合を支援し、労働者が労働現場のルールづくりに発言権を持つ、という画期的な施策を実施。しかし軍政内部の批判を呼んで糾弾され、監禁される。これに怒った労働者たち数十万人が立ち上がり、ゼネストとデモを展開。混乱を恐れた政府はペロンを釈放した。一九四六年、ペロンは次点に圧倒的な大差をつけて大統領に。熱狂的な支持を集めた。

このようなケースをポピュリズムと呼ぶということを僕が知ったのは、最近である。トランプによってpost-truth（ポスト・トゥルース、真実のあと）時代が到来するだろうという記事を、何かで読んだ。民主主義の根幹の要素である自由と平等が、対立概念になる。客観的事実が説得力を持たなくなる、というのだ。

そんな時、『ポピュリズムとは何か』（水島治郎著、中公選書）という本を見つけた。ヒトラーは出てこないが、ペロンについての記述はかなりの量である。幅広く国民に直接訴える政治スタイル、そして「人民」の立場から既成政治やエリートを批判するのがポピュリズム、と水島氏は言う。ならば素晴らしいじゃないかと思うが、①権力分立、抑制と均衡など立憲主義の原則が軽視される、②敵と味方を峻別《しゅんべつ》する傾向が強いので、対立や紛争が急進化する、③投票による一挙の解決を重視するあまり議会、司法などの権限を制約する……などの可能性があるのがポピュリズム、とも説く。

人類がどんな方向へ進むのか――トランプの滑り出しの方策で何かが暗示される……僕はそんな感じを抱いている。

（二〇一七年二月六日号）

新横綱誕生

大相撲初場所で、大関稀勢の里が一四勝一敗で優勝。この場所の間、僕は札幌で仕事をしており、珍しくほとんど毎日リアルタイムでテレビを見ていた。が、大事な一四日目の夕方、帰京しなければならない。飛行機の中のオーディオ・チャンネルでＮＨＫラジオが聞ける。雑音が多いが懸命に耳を寄せ、稀勢の里の勝利、またそのあと横綱白鵬が負け、千秋楽を待たずに優勝が決まったことを知る。稀勢の里ファンとしては万歳を叫びたかったが、機内ではそうもいかず……。

そして稀勢の里は、第七二代横綱に推挙された。横綱になる条件は、本来二場所連続優勝またはそれに準ずる成績ということだが、稀勢の里は昨年（二〇一六年）、三人の横綱を超える「年間最多勝」だったので十分と考えられたのだろう。ちなみにこれまでの勝率は〇・六二四だ。現役横綱の一人・鶴竜はそれより低い〇・六二三。ついでに歴代横綱を調べると、第四八代の大鵬が〇・八二三と、断然高い。しかし江戸期の第四代谷風は〇・九四九、明治期の常陸山は〇・九〇九……。ちょっとびっくりする。しかし稀勢の里の勝率は、これからさらに伸びていくだろう。

巷間《こうかん》の話題の中心は、一九年ぶり、また二一世紀初の日本人横綱ということだ。しかしスポーツは、結局グローバルになって然るべきだ。サッカーの起源はイギリスだし、野球はアメリカ。柔道の現状を見たって、これはわかる。だが特殊な伝統を持つ相撲は別だという人がいるかもしれない。そういう方のために、戦前の歌舞伎で人気を博した混血の役者の話をしよう。一五世市村羽佐衛門（一八七四～一九四五年）。美男にして高音の口跡あざやか。明治期に日本にいたフランス生まれのアメリカ軍人・チャールズ・ルジャンドルと日本女性・池田絲《いと》の間に生まれ、数え年四歳で、一四世市村羽佐衛門の養子になる。かつて僕は、ＮＨＫラジオ「日曜名作座」の音楽を長く担当し、その間に竹田真砂子作「小説・一五世羽左衛門」のドラマに作曲したので、こんなことを知っているのである。で、何が言いたいかというと、つまり稀勢の里が久方ぶりの日本人横綱、ということにはたいして関心はないのである。

五年ほど前に、「赤旗」紙上で僕は大関・稀勢の里と対談をした（かもがわ出版『人はともだち、音もともだち』所載）。同じ茨城県出身ということもあって実現した企画だった。掃除をすることも、ちゃんこを作ることも、すべて土俵につながっている、と先代の故・鳴門親方（横綱隆の里）から教えられたと言い、その師匠が好きだった宮本武蔵の「鍬《くわ》も剣なり」という言葉を引用した――畑仕事からも学ぶことがある。風、水、火にも学ぶことがある。何でも師匠だと思え、と。

いいじゃない？　素晴らしい！

信念がある。哲学がある。横綱は単なるチャンピオンではない。品行や人格の高さも求められる名士だ。国籍はどうでもいい。相撲という日本伝統の競技に真にふさわしい横綱の誕生と、僕は信じている。

（二〇一七年二月一三日号）

世界終末時計

つい先日、「終末時計」の針が三〇秒進められて「二分三〇秒前」になったというニュースに接した方は少なくないだろう。誰がそういう操作をしているのかと、不思議に思った人もいるんじゃない？

アメリカで発行されている「原子力科学者会報」が一九四七年に始めたものである。核兵器の危機、気候変動による環境破壊、生命科学の負の側面による脅威などを考えて人類の絶滅を午前〇時とし、そこまでの残り時間を示すもので、定期的に委員会が開かれ、時計の針の修正が行われる。「運命の日の時計」という呼び名もある。第二次世界大戦終結後間もないころに設定されたわけだが、その時点では「七分前」だった。

米ソの水爆実験が成功した五三年、「二分前」に修正される。フランスと中国の核実験が成功し、ベトナム戦争・第三次中東戦争・第二次印パ戦争が勃発した六八年には、なぜか「七分前」に戻った。しかし八四年、米ソの核軍拡競争が激化。時計は「三分前」に。そして九一年。ソ連の崩壊。冷戦終結だ。終末時計は「一七分前」になる。だが九五年、崩壊後のロシアに残る核兵器への不安ゆえに三分進み、「一四分前」に。さらに二〇〇七年、北朝鮮の核実験、イランの核開発そして地球温暖化を受けて、何と「五分前」になってしまう。しかし一〇年、オバマ米大統領の核廃絶へ向けた演説により「六分前」に。ところが一二年、前年の福島原発事故のせいで「五分前」、さらに一五年に「三分前」になり、そして今回の修正があったというわけだ。これには、アメリカのトランプ政権誕生が関わっていると思われる。あのキャラクターが「核のボタン」を持っていることへの不安は、たしかに大きい。

しかし、アメリカに関する限り、「核のボタン」という言いかたは該当しないらしいのである。大統領が持つのは「ビスケット」と呼ばれる核兵器の発射コードを記したカードで、側近である軍の将校が「フットボール」と呼ばれるブリーフケースを常に携帯。そこには、核攻撃発動のためのすべての情報と装置が収められていて、この側近は常時大統領とともにいる。同じエレベーターに乗り、出張時のホテルでも同じフロアに寝泊まりする。ということは、大統領自身が「核のボタン」を持っていることとほとんど同じだと思うのだが……。

だが、「核」はアメリカに限らない。他の核保有国ではトップが「ボタン」を持っているかもしれない。そのトップがどんな人か、これは全くわからない。終末時計が「一分前」「〇秒前」に直される日がやってこないと言い切ることはできない。旧約聖書のヨハネ黙示録には「ハルマゲドン」（最終戦争）についての記述がある。かつて僕が音楽を担当したアニメーション「未来少年コナン」は、核戦争後の世界が舞台だった。「時計の針を戻そう」という市民運動（ターンバック・クロック・オルガニゼイション）が生まれている。残念だが、僕たちが怖ろしい時代に生きているという実感は、拭《ぬぐ》えない。

（二〇一七年二月二〇日号）

米軍基地の問題

トランプ米大統領の過激な発言が、毎日世界中を飛び回っている。在日米軍基地の費用を日本が全額負担すべきだ、とも言った。だが、来日したマティス米国防長官は、日本はお手本だと発言。政権内で言うことが違うじゃない？　どうなってるの？と思っていたら、世界各地に米軍が置いている基地の駐留経費を各国がどのくらい負担しているかの数字を、チェックすることができた。

ドイツ＝三二パーセント、韓国＝四〇パーセント、イタリア＝四一パーセント、スペイン＝五七パーセント、日本＝七四・五パーセント。うわぁ……。びっくり。お手本とマティス長官が言うわけだ……。で、その負担額を駐留米兵一人当たりの年額で見てみると、日本＝一〇万六〇〇〇ドル、二位のイタリア＝二万八〇〇〇ドル。またまた、びっくり。

我々の税金から、これほどの多額がアメリカの軍隊へ流れているなんて……。
日本における米軍基地がどれだけの都道府県に置かれているか……。列挙すれば――北海道、青森、岩手、宮城、山形、福島、茨城、群馬、埼玉、千葉、東京、神奈川、静岡、山梨、新潟、岐阜、石川、滋賀、京都、兵庫、広島、山口、福岡、佐賀、長崎、大分、熊本、宮崎、沖縄。何と、その数は二九にものぼる。米軍基地は、日本の半分以上の都道府県にあるわけだ。その土地面積のトップは沖縄県で二二万九二四五平方メートル。次の青森県はぐんと小さくなって二万三七四三平方メートル。次が神奈川県＝一万八一八三平方メートル。

ところが都道府県全体に対する基地の土地割合のトップは北海道で、三三・五五パーセント。沖縄県はその次。二二・六八パーセント。日本における米軍基地は、その七五パーセントが沖縄県に集中しているといわれるが、それは間違いだと叫ぶ人がいる。自衛隊と米軍の共用の基地――佐世保、横須賀、厚木など――を含めれば沖縄は二二・七パーセントだというのである。だが、米軍専用の基地は七五パーセントが沖縄。これは、厳然たる事実だ。

中国の尖閣諸島進出が問題になっている今、アメリカはこれを安全保障条約の適用範囲とした。すなわち、防衛に関して沖縄の位置はますます重要だということだ。しかし、アメリカと中国は、いかにも遠い。遠距離の眼差しになるのは否めない。だから喧嘩腰になってしまう。そこへいくと日本は、中国と近隣の眼差しで眺めあえる。アメリカに頼ることなく日本の考えかた、やりかたで尖閣問題に対応する方策を、日本は探るべきだ。

沖縄県民そして基地建設反対のたくさんの声を無視して、辺野古の埋め立て作業が本格的に進行しはじめた。世界一危険といわれる普天間基地をたたみ、どこかに移すには辺野古埋め立ても仕方ないんじゃないかという意見が、沖縄県民の中にもある。しかし、サンゴ礁の美しい海に建設するという選択を許すわけにはいかない。のみならず、日本での米軍基地の問題を、今こそ、根底から考え直すべきなのではないか。

（二〇一七年二月二〇日号）

微笑みの裏に刃

イスラム圏七か国の入国を禁ずるというアメリカのトランプ大統領の政策に反対・抗議する声明を、日本学術会議が出した。この入国禁止令は、アメリカの建国以来の基本的なポリシーをくつがえすもので、僕ももちろん反対だが、今回はその問題ではない。

「日本学術会議」は国立アカデミーで、内閣府特別機関のひとつ。科学の向上、行政、産業及び国民生活に科学を反映・浸透させることを目的とする。所轄は内閣総理大臣で、経費は国の予算で負担される。設立は一九四九年。八二万人の科学者の代表として二一〇人が会員として選考される。

というところでいったん話を移動させます。「世界平和アピール七人委員会」の話。一九五五年に故・湯川秀樹博士らの提唱で発足し、平和アピールを世界に発信し続けてきた。

武者小路公秀（国際政治学）、土山秀夫（病理学）、大石芳野（写真家）、小沼通二（物理学）、池内了（宇宙物理学）、高村薫（作家）と一四年七月に加わった僕が、現在のメンバー。定期的に委員会を開いている。その、つい先日の集いの内容を、今回是非皆さんにお伝えしたい。

ここで、話がひとつにまとまる。日本学術会議は発足直後の総会で、「これまでわが国の科学者たちがとりきたった態度を反省し」、翌五〇年の総会で、「戦争を目的とする科学の研究には絶対に従わない」と宣言した。この姿勢ゆえに、公然と軍事に関する研究は日本ではおこなわれずにきた。平和憲法のポリシーが、学術の場でも体現されてきたのである。

しかし二〇一五年、防衛省は「防衛装備品」の開発研究を目的とした「安全保障技術研究推進制度」という委託研究制度を開始した。「防衛装備品」とはつまり「武器」だ。そういわないところが、政治のずるさ。先日の「世界平和アピール七人委員会」では、ここに焦点が合わせられた。そして……。

防衛省は、この制度に参画希望の研究機関を選考・採択するが、そこへは同省派遣の人員を配置し、研究に介入させる。研究の自由は保障されないわけ。驚くのは、このための予算。二〇一五年には三億円だった。一六年は六億円。そして一七年の政府案は一一〇億円！

すべての（といっていい）学術研究機関は、貧しい。研究補助金は、喉から手が出るほど欲しい。そして、科学は常にデュアルユース。つまり民生利用目的でも、いつでも軍事利用に転化しうる。原発が、その好例だ。

かくして、防衛省からの委託研究を受け入れる機関が出てくるであろうことは否めない。結果として、学術界が政府に迎合して軍事研究に加担するシーンは、十分に想像できてしまうのである。怖ろしいことだ。私たち七人委員会は警告のアピールをする（ＰＣで見てください）。武器、軍事といった危険な用語を使わずに、じわじわと軍拡を意図する……微笑みの裏に刃《やいば》を隠す政治。放置していたら、大変なことになるぞ！

（二〇一七年三月六日号）

※（付記）二〇二〇年一〇月、菅義偉首相は学術会議会員の任命にあたり、同会議が決めた推薦者名簿から六人だけを任命拒否。学問への政治の介入として問題になっている。

過去のパノラマ

大型の列車でなく、いちばん普通に見かける電車の場合だ。最前部に陣取って前方に目を凝らす子どもを、よく見かける。いや、子どもとは限らない。運転士の気分になりたいのは誰しも同じ。大人も、見かける。かくいう僕も「電車の最前部」は大好きだ。

そういえば、在来線では全国に今も幾つかあると思うが、「スイッチバック」。車掌のアナウンスが流れる――「座席を回転させてください」あるいは「座席の背を反対方向に直してください」と。そういう時、いつも思うのだが……そのままでもいいじゃないか。ウシロ向きも案外面白いじゃないかと。

この話も、前記「電車の最前部」も……人はなぜ前を向きたがるのか。これから通過する風景を先取りしたいのだろうか。あ、川が見える。これからあそこを渡るんだな。あ、その川だ。渡ってる。よかった！　と、そんなふうに思いたいのかな……？

　そういえば、椅子というものには「方向」があるのだ。もう現役を退かれているが、音楽のステージ・マネジャーで、Ｍさんというかたがいた。彼は、オーケストラ・プレイヤー個々の椅子の高さ、微妙な向き、また譜面台の高さと傾度に至るまで好みを承知していて、開演前にそのように設置を済ませる。ピアニストが、いざ演奏の時に、椅子の高さを入念にチェックするのを目の当たりにしたことがあるだろう。中にはどうしちゃったかと思うほど、椅子と格闘して、なかなか弾きはじめないピアニストもいますな。


　おっと、方向の話だった。先日、列車のデッキにいて、たまたま視線の方向がウシロ向きだった。つまりすでに通過した風景を見ていた。すると、これがなかなか面白いのだ。「今は山なか、今は浜、今は鉄橋渡るぞと、思う間もなくトンネルの、闇を通って広野原……」という古い唱歌、知ってる？　一九一二（明治四五）年に刊行された文部省唱歌（作曲は大和田愛羅）だ。あの感じは、ウシロ向きのほうがよく出るんじゃないかな？　前方を見るより、パノラマが広がる感じがあると思う。

　何の話をしているかというと、この列車の風景展開は瞬時のものだが、歴史と向き合う僕たちの姿勢に敷衍《ふえん》できるのではないか、とふと考えたのである。

前すなわち未来を、私たちは見つめなければいけない。だが、「これまで」というパノラマは、後方すなわち過去に広がっている。そちらもきちんと眺めなければいけない。過去は消えるものではない。むしろどんどん広がるものだ。アルゼンチンのサッカーの名選手だったディエゴ・マラドーナ（フォワードまたはミッドフィルダー。のちに監督も務めた）は、「背中に目がある」といわれていた。僕たちも、時にはマラドーナにならなければいけない。行き先が不明瞭な「今の時代」においては、特に。

（二〇一七年三月一三日号）

古を稽える

劇団・青年劇場の公演「原理日本」を観た。演劇の音楽を五〇〇本近く書いてきた僕は、当然ながら芝居好きだし、自分が関わっていなくても、よく観に行く。が、どうしても自分が関わる機会の多い劇団――文学座、俳優座、民藝、東京演劇アンサンブルなどのものが多くなる。青年劇場公演を観るのは初めてだった。が、その活動は熟知している。劇作家・秋田雨雀（一八八三～一九六二年）、演出家・土方与志（一八九八～一九五九年）の名を冠していること。「澪《みお》つくし」「独眼竜政宗」ほか僕がたくさん協働したジェームス三木さんの脚本で、現行憲法成立の舞台裏を描く「憲法はまだか」「真珠の首飾り」や戦前の旧満州国を描く「太陽と月」などを上演したこと等々。

僕の演劇音楽は、学生時代の学内演劇クラブ、千葉のアマチュア劇団、劇団俳優座の内部研究公演に書くことで始まった。プロ劇団の本公演の仕事をすることになったのは一九七〇年。僕はまだ東京藝大大学院生だ。それが、劇団俳優座「原理日本」だったのである。この芝居の初演だ。久板栄二郎（一八九八～一九七六年）の書き下ろし。多くの演劇作品のほか黒澤明「わが青春に悔いなし」（一九四六年）、「白痴」（一九五一年）、「悪い奴ほどよく眠る」（一九六〇年）、「天国と地獄」（一九六三年）の、また木下恵介、衣笠貞之助、中村登、若杉光夫など大監督たちの映画シナリオで知られた人物である。

「原理日本」のモデルは、戦前の右翼・国粋主義者、蓑田胸喜《みのだむねき》。滝川事件（一九三三年、京大教授・滝川幸辰《ゆきとき》による無政府主義講演が発端）や天皇機関説（一九三五年、美濃部達吉による）を排斥するとともに、天皇を国の統治者とする「国体明徴論」を主張して日本の軍国化を推進した。「原理日本」は、当時彼が主宰していた雑誌の名である。

七〇年俳優座公演は、故・木村鈴吉の演出、主演はそれまでもっぱら脇役に徹してきた佐伯赫哉《かくや》（やはり故人）だった。安保闘争、学生運動のまっただなかで、右傾思想を真っ向から批判する公演だったが、大不評だったと聞く。しかし、あれから四七年……この芝居の発言力はきわめて大きいと、僕は感じた。

自衛隊の活動拡大、「八紘一宇《はつこういちう》」など与党議員の不穏な発言、特定秘密保護法、憲法改変への動き……。今、じわりじわり、だ。重なるのが一九二五年の治安維持法制定、満州事変、日中戦争、国家総動員法、紀元二六〇〇年、日米開戦……やはりじわりじわりとこの国の色を染め変えていったあの時代。僕たちは真剣に、もう一度考えなければならない。青年劇場「原理日本」は、猿田彦一（つまり蓑田胸喜）役の島本真二、その息子・彦太郎（三島由紀夫がモデルらしい）役の安田遼平ほか充実した好演で、集中して観ることができた。そのプログラムに、演出の大谷賢治郎氏が書いている。――「古《いにしえ》を稽《かんが》え、今に照らす」。中国の「書経《しよきよう》」によれば「稽古」とは本来「古を考える」ことなのだという。現下の情勢に鑑《かんが》み、時宜を得たこの上演、まさに警告であった。

（二〇一七年三月二〇日号）

コンクールについて　その1

この一月に第一五六回直木賞を受賞した『蜜蜂と遠雷』という小説を読んだ（幻冬舎刊）。いくつもの作品で知られ、すでに本屋大賞なども受賞している恩田陸の作。まだ五〇歳を越えたばかりのひとだ。二段組みで五〇〇ページ以上の浩瀚《こうかん》な一冊だが、一気に読破した。

吉ヶ江という日本の架空の都市で開かれる国際ピアノコンクールの物語である。小説の章が「エントリー」「第1次予選」「第2次予選」「第3次予選」「本選」と、時系列で語られていく。当然、バッハからモーツァルト、ベートーヴェン、ショパン、リスト、シューマン、ブラームス等々さまざまな曲が出てくるが、作者がそれぞれの曲を、というより音楽を熟知しているのに驚いた。加えて「演奏」の機微——その技術的視座から心理的側面まで——についても細かい、というより熱く迫っている。呆気《あっけ》にとられつつ、読み進んだ。以前話したが、出たばかりの本にすぐには手を出さないのが僕の（大げさにいえば）主義である。ところが、俳優にして友人の山本亘君から、一月末だったが、この書についてメールが来た——今、熱中して読んでいる。とても面白い。この中に出てくる作曲家は君がモデルなんじゃない？　と。

第2次予選で、このコンクールのために書かれた「春と修羅」という宮沢賢治に基づく新作が課題の一つになる、その作曲家だ。もちろん僕はモデルなんかじゃない。登場する菱沼忠明という作曲家のキャラクターも僕とまったく違う。とはいえ、僕もかつて第四回日本国際音楽コンクール（一九八九年）ピアノ部門や、第八回浜松国際ピアノコンクール（二〇一二年）などに委嘱されて新作を書いているし、来年（二〇一八年）第四回を迎える高松国際ピアノコンクールでは初回から審査員の一人だから、ピアノのコンクールとの縁は浅くない。なので、この小説は面白いだけではなく、身につまされることも少なくなかった。

音楽の中に豊饒《ほうじょう》な情緒や風景を見いだし、そして育てる作者の感性にも感じ入った。

それで思い出すずいぶん前の話。ある時、ある若いピアニストが言った——ラヴェルの協奏曲を弾いていると、海が見える、と。だが彼は眼が不自由で、おそらく海を見たことはないはずなのだ。僕は感動し、何かの折の雑談で当時日本の最長老だったピアノのS先生にこの話をした。と、何を言っとるんだ！　あの曲と海は何の関係もない。そんな話をいいなどと思う君も君だ！——叱られてしまった。

かつてエドゥアルト・ハンスリック（一八二五〜一九〇四年）という音楽学者がいた。音楽の自律性を主張した。わかりやすくいえば、音楽は音楽以外のものを描写しえない、という論である。ところが……少し長くなるがいい機会なので、話をしよう。古くはジャン＝フェリ・ルベル（一六六六〜一七四七年、仏）という作曲家に「四大元素」というバレエ音楽がある。もちろんあの時代の様式の枠内とはいえ、見事な描写音楽だ。（つづく）

（二〇一七年三月二七日号）

コンクールについて　その2

（承前）音楽で音楽以外の何かを描写する試みは、古典派時代にもたくさんなされている。ハイドンのオラトリオ「天地創造」など、その好例だし、ヴィヴァルディの有名な「四季」には犬の吠える声が登場する。ベートーヴェンの交響曲第六番「田園」も、明確な意図のもとに書かれた標題音楽である。やがてリストが確立したのが「交響詩」。シューマンの詩的なピアノ曲やベルリオーズの劇的な管弦楽曲も同類。さらにワーグナーが現れて頂点を築く。これらを批判したのが、前回話したハンスリックだ。他方、彼は、ブラームスを擁護。ワーグナー派とブラームス派は激しい論戦を繰り返す。ワーグナー派だったブルックナーが「ハンスリックの批判をやめさせてください」と皇帝に嘆願したほどである。

だが……と僕は考える。音楽を聴くと人は、さまざまなことを想うのではないだろうか。少なくとも日本人は、音楽を音楽のみで捉えてはこなかった。例外はある。江戸期、八橋検校《けんぎょう》の箏曲《そうきょく》「六段の調《しらべ》」は、日本では稀《まれ》な純器楽曲だ。しかし、平曲、能、歌舞伎……。舞踊、語りや演劇的なものと結びつけてきたではないか。従って『蜜蜂と遠雷』（これが話の発端だった）に登場するたくさんのピアノ曲に、作者の恩田陸が豊饒《ほうじょう》な想念を盛り込んだのは、きわめて自然なことだと、僕は思う。

ところで、コンクールなんて無意味だとか好まない、という意見もある。たしかに、音楽に点数をつけ、優劣を評価するのは必ずしも正しくはないかもしれない。演奏を聴いて、一位と二位の差をどう説明する？　論理的かつ完璧な説明は不可能だ。にもかかわらず、コンクールには意味があるのではないだろうか。僕は今、日本で最も伝統のある「日本音楽コンクール」（毎日新聞社、ＮＨＫ主催。今秋〔二〇一七年〕、第八六回を迎える）の委員長なのだ。これを説明する義務がある。

音楽、なかんずく演奏は、スポーツに似ていると思いませんか？　本番のために訓練・練習を積み重ね、そして一発勝負。緊張したりあがってしまっては、最高の結果を出せない。

コンクールの場を通過することにより、大きく深い体験が得られる。言葉は悪いが、いわば「試練」と捉えたっていい。

個人の演奏でも、合唱や合奏でも同じである。「うたごえ」の大会にはコンクールがあるが、全日本合唱連盟のコンクールも、僕は都道府県、地区（関東、関西など）、全国、各大会の審査をしてきた。これは、きわめて高い水準ゆえに審査員の評価はまちまちだ。いうなれば、「個人的好み」の段階である。しかし、声楽家の審査員は声や発音を焦点にし、作曲家は構成や表現を問題にする。視座の異なる審査員の評価を受けるからこそ、意味があり、体験になるのだ。

『蜜蜂と遠雷』読後感から話が飛躍してしまった……。とはいえ音楽は何かと結びつくか、コンクールとは何かを考えることになったのは、我ながら興味深かった。

（二〇一七年四月二日号）

沖縄の基地で働く

演劇や読書の感想がつづくが、もう一回。三月一五日、東京演劇アンサンブル公演「沖縄ミルクプラントの最后」を見た。松下重人演出。「ブレスレス」「だるまさんがころんだ」などの戯曲で知られる気鋭の劇作家・坂手洋二氏が、一九九八年にみずから主宰する劇団・燐光群で初演した作品である。今回は、僕がこれまで何十本と協働してきて親しい劇団であることと、そのテーマに対する関心ゆえに、僕の家から決して近くはない練馬区武蔵関の「ブレヒトの芝居小屋」（すなわち同劇団の本拠）へ出かけていった、というわけ。

舞台は、沖縄米軍基地の一つ、浦添・キャンプキンザー内のミルクプラント工場。ミルクやアイスクリームを生産し、基地内の米軍とその家族を、またかつてはベトナム戦争へ行く兵士を支えてきた。働いているのは日本人。

基地の従業員は、日米安全保障条約と日米地位協定に基づくＭＬＣ（基本労務契約。日本政府による間接雇用）によるが、ミルクプラントだけは、入札によって決められるアメリカの民間業者の請負契約だ。きわめて不安定な雇用で、契約が切れて業者が変わるたびに解雇され、あらためて雇用されるという悪条件の繰り返し。そのために、組合を結成してたたかってきた。

終戦後、ＧＨＱの労働組合育成政策のもとで、次々に組合が結成されたのは本土。米軍の激しい弾圧と差別にさらされた沖縄では、全軍労（全沖縄軍労働組合）のスタートは一九六一年である。最盛期には二万人を超える組合員がいた。うち、ミルクプラント従業員は八二人だった。前記ＭＬＣへ切り替えられたのは、沖縄が日本へ復帰した七二年である。その時ミルクプラントだけが、民間の請負雇用のまま据え置かれたのだった。この悪条件の中で苦悩を耐えてきたミルクプラントは、九六年の工場閉鎖をもって幕を閉じる。職を失う不安は消えることがなく、そのため、九八年以降、沖縄の労働組合は、米軍基地撤去を組織の方針として掲げるのをやめたのだという。

この芝居を観て、僕は考えさせられた。沖縄の基地撤廃を、僕たちは切望している。辺野古、高江……反対運動を懸命につづけているつもりだ。だが、基地で働く日本人について、考えなければならない。基地で働き、生活の糧を得ながら、他方、基地に反対を叫ぶ。「戦争は嫌！」と言いながら基地で働くことで戦争に加担している……。これらの矛盾に日々苦しんでいる人たちがいるのだ。

もちろん、坂手洋二氏は基地反対を標榜《ひょうぼう》する人である。その思いは、表層地点のそれではない。「私たちはいったいいつ、自分で立てるようになるのか」。苦しみの中のウチナンチュ……。芝居の中で、長老の平良清信《たいらせいしん》が言う。――ナンクルナイサ（何とかなるさ）。矛盾に苦悩する人たちは、各地の原発立地自治体にもいるだろう。沖縄米軍基地の問題は、原発にも敷衍《ふえん》できるのだ。ナンクルナイサ……そう、何とかしなければ……！

（二〇一七年四月一〇日号）

思想は「五度圏図」その1

毎年つづけられている「《悪魔の飽食》全国縦断コンサート」は、今年（二〇一七年）も七月二日に名古屋で開催される。第二七回である。これまで公演のたびに、当該都市と都道府県の教育委員会の名義後援がついた。今回も名古屋市教育委員会の後援があるが、愛知県教育委員会は後援を断ってきた。現体制批判にあたるから、という理由。教育委が後援しないのは初めてだ。しかし一昨年の前橋公演後の群馬県議会、昨年の福岡公演に参加した久留米信愛女学院中・高校合唱部への妨害……。これまでなかった問題が起きている。前者は知事、後者は校長の正鵠《せいこく》を射た判断でおおごとには至らなかった。前橋と福岡のことについては、すでに第一〇三二回「限りなく暗黒に……」でお話ししている（本書二六二ページ）。

話は変わるが、今大騒ぎになっている大阪・豊中市の元国有地への「森友学園」建設をめぐる事件にも、前述と同じ吹き方の風を感じるのである。同じ経営の既存の幼稚園（塚本幼稚園）の幼児虐待、払い下げの安値、実情不明の寄付金、金額の異なる契約書、「修身」及び教育勅語の復活、「安倍首相万歳！」その他いろいろ。

胡散臭《うさんくさ》い風ばかり……。けれども……。

国政に携わる人間の「ナチスの手口に学べ」「八紘一宇《はっこういちう》」など一連の発言も、前記の胡散臭い風も同じ根っこだ。以前は、そう考えたとしてもおおっぴらな発言まではいかなかった。そりゃ、アナクロ（時代錯誤）としか思えない泡沫候補は、選挙のたびにいた。だが今、そのような発言が大手を振っている。

前世紀末、ベルリンの壁が崩壊し、東西の睨《にら》み合いが終焉《しゅうえん》。ルーマニアやアラブ地域の独裁政治にも終止符が打たれ、それらの地に春がやってきた。そして何年か……。人々の自由な声は、民族、宗教、領土その他をめぐる闘争へと姿を変えてしまった。アフリカやアラブでの、終わりの見えない戦い。貧困、飢え、難民、そしてテロ……。世界各地に火種の絶えない日々がやってきてしまった。

その帰結のひとつが、欧米各国の右傾化路線だ。独裁や抑圧から逃れ、新しい道を歩んでいたら、右へ右へ動くことになってしまったのだ。第一〇〇六回「左右の翼」（本書一八四ページ）でも話した、音楽の「五度圏図」を、再度お話ししよう。

真ん中すなわち時計の一二時の位置にハ長調。ハ長調から左回り↓ヘ長調（♭×1）↓変ロ長調（♭×2）↓中略↓変ニ長調（♭×5）↓変ト長調（♭×6）↓変ハ長調（♭×7）。

ハ長調から右回り↓ト長調（♯×1）↓ニ長調（♯×2）↓中略↓ロ長調（♯×5）↓嬰ヘ長調（♯×6）↓嬰ハ長調（♯×7）。

この円形の表示が「五度圏図」である。すると、♭系の調も♯系の調も、たくさんついた所で（平均率においては）異名同音的に同じになるわけ。いったい何のことかというと、この図は「思想」に似ていると僕は思うのである。「左へ左へ」イコール「右へ右へ」なのだ。次回に少し詳しく。

（二〇一七年四月一七日号）

思想は「五度圏図」その2

（承前）かつて、北一輝《きたいっき》という人がいた。一八八三年生まれ、一九三七年没。社会主義者として幸徳秋水、堺利彦らと「平民社」で活動し、昭和に入って皇道派の中枢として「二・二六事件」に関わり、銃殺刑になった人物。この人、いったい左なのか右なのか……。ほかにも、一般的に知られている名を挙げれば、赤尾敏、西部邁《にしべすすむ》、渡邊恒雄（通称ナベツネ）などは、若い時代に左派として活動し、ある時右へ「転向」した人たちだ。元都知事の猪瀬直樹も、ややそんな感じである。

その思想的変遷を問題にしているわけではない。人間は生涯同じ思想でいるとは限らないから「転向」はあり得ることでもある。転向という言葉は、もともと切支丹《きりしたん》が踏み絵などを強要されて棄教する際に使われたものだが、今やほとんど思想の用語になった。

現下の北朝鮮（朝鮮民主主義人民共和国）は朝鮮労働党が支配政党で、国務委員長・金《キム》正恩《ジョンウン》の独裁体制になっているが、本来、社会主義国家である。だが現実には、ほとんど右翼的な独裁国家と受け止められているだろう。ルーマニア社会主義共和国議長、さらに大統領そして同国共産党書記長だったが、八九年に崩壊、処刑されたチャウシェスクの長くつづいた独裁も同様。ソ連時代のスターリンもそうだ。スターリンが聴きたいと言ったレコードが存在しなかったので、深夜にオーケストラを集めて大急ぎでレコーディングをし、翌日スターリンへ届けたという話がある（『ショスタコーヴィチの証言』中公文庫）。スターリンの意に添えなかったら……という恐怖だ。だが、ソ連は社会主義国家だったのである。左傾路線を徹底させていくと右的になるということの証左ではないか。

全く話が変わるが、「五度圏図」でハ長調から左回りに♭が増えていく調は、柔らかさ、穏やかさの度合いを増していく。他方、右回りで♯が増えていくと、明るさ、輝きが増していく。が、それは♭♯それぞれ五つくらいまで。六つ付くと♭系は変ト長調。♯系は嬰へ長調。この時、変トと嬰へは、平均率では同じであること、わかりますね？　つまり左回りと右回りは、どんどん進んでいったら、同じになってしまうのだ。

そこで僕は、「五度圏図」は思想に似ている、といつも思うのである。というか、音楽理論というものは、人間が勝手に考え、勝手につくり上げたものではなく、自然界の森羅万象のように、人間より前から存在しているものなのではないか……。実は「五度圏図」に限らない。旋律や和音の仕組み、音楽の構造に至るまで、同様に感じるのである。

調性には性格そして色彩がある。ベートーヴェン「交響曲第五番」(通称《運命》)はハ短調。メンデルスゾーン「ヴァイオリン協奏曲」はホ短調。モーツァルト「交響曲第四一番《ジュピター》」はハ長調。これらみな、曲の性格と密接にリンクする。思想も、「何調に当てはまるか?」と考えてみたらどうだろう。

(二〇一七年四月二四日号)

雪崩のこわさ

栃木県那須市で、高校生らが山岳スキーの訓練中に雪崩《なだれ》に巻き込まれ、八人が犠牲になった。この事故の実態が明らかになるにつれ、見通しの甘さ、不完全な装備などが次々に判明。これはまさに「人災」である。

大田原高校……実は、僕は大田原市歌の作曲者なのだ。僕とはたくさん協働している村田さち子さんの詩で、二〇〇六年に書いた。何度か当時の市長と会ったが、面白い人で、「大田原といっても知らない人が多いので、こう言うんです――小田原という有名な所がありますね。あの大きいのがウチです」と。

市歌作曲の折に、那須与一の墓へも詣《もう》でた。平家物語の壇ノ浦合戦のくだりでよく知られている人物。ハーン「耳なし芳一」では、亡霊の前での芳一の琵琶弾き語りだ。これをオペラにしている（一九八二年作曲）僕には、与一は親しい名。このことのみならず、大田原には懐かしい思い出があり、今度の雪崩事故には深く心が痛んだ。

山はこわい。僕は登山愛好者ではないが、登山経験はある。高校時代の夏、友人たちとテントを担いで八ヶ岳縦走をした。大学時代の毎夏は、北アルプス鹿島槍の中腹に建つ東京藝大の山小屋で何日かを過ごした。同級の作曲科の友・川井學（のちの藝大音楽学部長）が山岳部（部活）だったからだ。

「飯《いい》豊《で》山《さん》」そして「YATSUGATAKE」（八ヶ岳である）という合唱組曲も書いた。ともに二〇〇八年。ともに村田さち子さんの詩。ともに、その地で仕事をつづけていたら作曲委嘱の依頼があったわけ。

カンヌ国際映画祭で「パルムドール」（グランプリ）を獲得した今村昌平監督「楢山節考」（一九八三年）の音楽を担当した際は、山奥のロケ現場まで行った。北アルプス。三月だった。スタッフとともに三時間以上かけて登った。下山の折のおかしなエピソードは、はるか以前のこの欄でお話ししている（『空を見てますか　1』四三ページ「クマに食われた（かもしれない）作曲家の話」）。

また、近年僕は山に関わる二本の映画の音楽を担当した。「劔岳・点の記」（二〇〇九年）と「春を背負って」（二〇一四年）。両方とも木村大作監督。猛烈な嵐や吹雪のシーンがある。打ち合わせでラッシュ（未編集フィルム）を見るたび、背筋が凍りついた。

というわけで、山の間接的体験はけっこう豊富と自認する僕。毎年二月の富山県魚津市の仕事、また頻繁に行く金沢への北陸新幹線は、車窓からの妙高や北アルプスの光景が楽しみ。山は、好きだ。

だからというのも早計だが、山の恐ろしさについての知識も、それなりに蓄えているつもり。山に限らない。自然を侮るのは禁物だ。自然の猛々しさの前で人間がいかに無力かについては、「3・11」で十二分に学んだはずではないか。那須の高校生のスキー訓練は、そこを失念していた。無念としか言いようがない。

（二〇一七年五月一日号）

失言の裏の本音

あ〜あ。

あ〜あ。

あ〜あ。

あれ？　と思った方がいたら、その方、すごい……！　心から感服し、同時に感謝します。つまり、この書き出しは、第八〇二回「浮かれ大臣」の時と全く同じなのだ（『空を見てますか　10』三七八ページ。なお実は本書一六九ページにも似た書き出しの項がある）。

あの回では、当時の民主党（現民進党）野田内閣の経済産業大臣・鉢呂吉雄氏が、原発被害周辺地域を「死の街」と表現したメチャクチャ発言を取り上げた。

その少し前＝第七九四回でも「威張る大臣」というタイトルで、当時の防災担当大臣・

松本龍氏が被災地を訪れた際に、村井嘉浩宮城県知事を「長幼の序」という表現で叱責した暴挙についてお話ししている。

「あ〜あ」としか言いようがなかった。ところが、依然として同様の事態がつづいている。

昨年（二〇一六年）一〇月、沖縄県の米軍北部訓練場へリパッド建設工事を警備していた機動隊員が、抗議する人たちに「どこつかんどるんじゃボケ！　土人が」と怒鳴った。この隊員は戒告処分になったが、沖縄北方担当大臣の鶴保庸介氏は「差別とは断じられない」として、謝罪にも応じなかった。

次。つい先日、四月四日の記者会見で、今村雅弘復興大臣が質問した記者に対して突然切れ、机を叩いて「出ていけ。二度と来るな！」と罵声《ばせい》を浴びせた。また、今村大臣は「自主避難者は自己責任」と発言。これは明らかな責任放棄だ。原発子ども・被災者支援法（通称）では「原発を推進してきた国に、自主避難者も含め被災者救援の責任がある」（意訳）となっているのだから。暴言を浴びせられたフリージャーナリストの西中誠一郎氏が言う――「復興の加速化の一方で、避難者の姿がどんどん見えなくなり、責任の所在がうやむやになってきている」。その通りだ。この三月末で、避難指示区域の大半が解除されたが、同時に区域外避難者への住宅無償提供も打ち切られたのである。こうして、これからもっと、あらゆることの責任が希薄化していくだろう。「時間」という最強の武器を用いて逃避を図る為政者のやり方を、監視しつづけなければいけない。

次。地方創生担当大臣・山本幸三氏。オリンピック・パラリンピック開催を控え、外国人向けの日本の観光政策の不備についての四月一六日の発言――「一番の癌《がん》は文化学芸員。この連中を一掃しなければダメだ」。

何ということを……。博物館・美術館・動物園ほかで文化財の調査・研究・保存・展示等に携わる専門職としての学芸員は、全国で約七八〇〇人。彼らは観光ガイドではない。不備があるなら施策を講じるべきは国ではないか。文化財保護予算がイギリスやフランスの五分の一という国だから、こんなことを言う大臣が現れるのだ。

「失言」というが、どうだろうか。本音だから、外へ飛び出したんじゃない？

（二〇一七年五月八日号）

香り？ 匂い？

男性諸君、髭剃りのあとローションなどつけますか。つまり、アフターシェイブのケアである。放っておくと荒れたり、吹き出物ができたりしかねない人は、使わないとネ。僕も使います。でも江戸時代の人はローションなんて知らなかっただろうな。何ごともなかっただろうか。

しかし、使っている僕でも、ローションの香りが気になることがある。化粧品メーカーは香りを宣伝材料に使うが、本当は無臭がいちばんいい。「何の香りもしません」というアフターシェイブローションが出ないかなぁ……。

むかし（一九八〇年代）僕はエジプトへしばしば行っていた。無償援助でカイロに日本がオペラハウスを建てることに関わる一連の仕事が、六〜七年つづいた。時として、滞在が一か月に及ぶこともあり、持参したもろもろを使い切ってしまって困ることがあった。ある時、かの地でアフターシェイブローションを購入しなければならなくなった。カイロには、ハン・ハリーリという大きな市場があり、何でも売っている。観光客も大勢来ているが、女性客のお目当ては香油。香水ではない。その原料だ。強烈な香りである。市場にはその香りが満ちている。そういう国だということを忘れていた。

カイロで求めたローションを何気なく顔に塗り、そのまま帰国した。当時、カイロ―東京間は南回りで二〇時間以上かかる。成田に着いたって、世田谷の我が家まで、二時間以上。

それだけの時間が経っているにもかかわらず、玄関のドアを開けたとたん、家人はワッと驚いた。すごい匂い！　どうしたの？　と言われ、言われたほうもびっくり。

高校時代の親友Kが亡くなって、もう二〇年以上が経つ。一緒によくコンサートへ行き、よく飲んだ。東大を出て一流の会社で重要な仕事をし、海外出張も多かった。彼は、若い頃からなぜか漬物がダメ。タクアンも野沢菜も、しば漬けも食べられない。韓国へもしばしば行っていたようだが、空港に着いた途端からキムチの匂いで悩まされたという。韓国へは僕も何度か行っているが、匂っていたかなぁ……。が、もし匂っていたとしても、キムチ大好き人間だから大歓迎だけど。

某オーケストラ事務局の人に聞いたが、コンサートで近くの席の女性の香水の匂いが強すぎる、とクレームをつけてくる人が時折いる由。たしかに、電車内などで感じることはある。でも、だからといって苦情を言おうとは思わない。エジプトのローションをつけていたら、何か言われるかもしれないが……。社会生活をしていれば、個人の嗜好の違いというものは必ずある。人はみなちがうのだから。重要な問題での主張のちがいについては議論するべきと考えるが、生活上の些細なこと――には限らないが――は、時には我慢、時には放任する器量が必要なのでは？　昨今の風潮に鑑《かんが》み、ちょっと言ってみたくなった。

（二〇一七年五月二二日号）

大島共和国

先日NHKで放映された大島共和国に関する話、観ました？　大島は日本全国にたくさんあるが、これは伊豆大島すなわち「伊豆七島」に属する島。戦後、もしかしたら伊豆大島は日本から離れ、独立した一つの国になっていたかもしれないという話である。

日本は、敗戦とともにポツダム宣言を受諾。ただちに、連合国軍最高司令官総司令部（GHQ）の統治が開始される。日本が国権を回復するのは、一九五一（昭和二六）年九月八日のサンフランシスコ講和条約締結を待たなければならなかった。この間、GHQの圧力があらゆる場所、あらゆるシーンに及んだことは、多くの知る通り。

終戦と同時に日本が占領していた地域をことごとく返還することになったのは、当然。一九四六年一月二九日のGHQ覚書により、日本の主権の及ぶ範囲は本州、北海道、九州、四国と、連合国軍が決定する対馬、南西諸島の一部と定められた。いっぽう、日本の領域から除外される地域も定められ、伊豆七島はそこに含められた。これらのことは、実は終戦にさかのぼること二年＝一九四三年一一月二二日の「カイロ宣言」で決められていたという。アメリカ大統領ルーズベルト、中国国民政府主席・蒋介石、イギリス首相チャーチルがエジプトのカイロに集まって出した声明である。

伊豆大島は独立を強いられた。当時六つの村から成っていた人口約一万の島は、当然ながら大騒ぎ。大急ぎで「伊豆大島暫定憲法」を策定。正式には「大島大宣言」と称した由。憲法の専門家は島にはいなかったというが、島民は額を集めて頑張った。

小さな島が独立国なんて「ひょっこりひょうたん島」みたいで、ちょっとメルヘンティックではあるが、現実にはオオゴト。国会は、議員を島民五〇〇名に一人の割合で選出することに。島民たちは、目と鼻の先の東京や静岡と違う国になる覚悟をした。しかしまもなくGHQは決定を覆し、独立の話は立ち消えになる。わずか五三日間だった「大島共和国」……ほとんど知られていない話だろう。

戦後すぐのころ、何があったのか……その記憶がおぼろげになっている。その「おぼろげ」を「戦後は終わった」とか「戦後レジームからの脱却」などと言い換えて都合よく利用しようとしているのが現下の為政者たちだ。二〇二〇年までに憲法を変える、と安倍首相は明言。希薄な歴史認識を自分たちのモチヴェイションへと、巧妙にすり替えている。

歴史――ことに明治以降、一九四五年まで日本がたどった好戦的な道筋を、きちんと学び直し、整理し直さなければならない。一九七七年にＮＨＫが制作・放映した「日本の戦後」という記念碑的シリーズがある。各回六〇分で、一〇本。実写を用いたドキュメンタリー部分と俳優によるドラマ仕立ての再現部分から成る。恩地日出夫、田向正健、柳田邦男など錚々《そうそう》たる顔ぶれが脚色。全回を通して、語り＝江守徹、音楽＝実は僕。この話、次回に詳しく。

（二〇一七年五月二九日号）

日本の戦後

（承前）一九七七年放送——ということは、仕事の依頼はその前年＝七六年だ。僕は三〇歳を超えたばかり。一年を通してのテレビ番組音楽担当なんて、初めての大仕事。しかし実は、この仕事、僕は引き受けられないはずだった。

この二年くらい前のことである。僕は現代作曲家の組織である「現代音楽協会」のメンバーになっていた。文化庁が若い音楽家を対象におこなっていた海外留学派遣制度に当時作曲家が含まれておらず、それに対する抗議の運動を同協会が起こした。その際、具体的な希望者がいなければいけないということで、同協会最若手の僕が「海外留学希望」の提出を求められた。東京藝大で、フランス楽派である池内友次郎、矢代秋雄、三善晃門下だった僕は、パリへ行くのが当然と周囲も考えたようだったが、僕が出した希望は、ケニアのナイロビだった。で、結局この運動は実り、作曲家も含めることが認められたのである。となると、僕はナイロビへ行くわけだ。まさにその時舞い込んだのが、翌年の「日本の戦後」音楽担当の依頼だった。どうしよう……。とにかく、貧乏。金が欲しい。ナイロビは今行かなくてもいい。いつか、行ける。今は稼がなければ……。引き受けよう！

という経緯があった。僕は、一年間一〇本（各回六〇分）の特別番組の音楽を書く。テーマ音楽は外山雄三指揮N響で録音。以後、各回ごとに十数曲を作曲、その都度録音。全一〇本を説明しておこう。脚本家名をカッコ内に。

1「日本分割～知られざる占領計画」（恩地日出夫）
2「サンルームの2時間～憲法ＧＨＱ案の衝撃」（別役実）
3「酒田紀行～農地改革の軌跡」（山田正弘）
4「それは晩餐から始まった～財閥解体への道」（田向正健《たむかいせいけん》）
5「一歩退却二歩前進～2・1スト前夜」（鈴木肇）
6「くにのあゆみ～戦後教育の幕あき」（盛善吉）
7「退陣の朝～革新内閣の九ヶ月」（柳田邦男）

8「審判の日〜極東国際軍事裁判」（鈴木肇）
9「老兵は死なず〜マッカーサー解任」（北村充史《みつふみ》）
10「オペラハウスの日章旗〜サンフランシスコ講和会議」（別役実）

重い意義に満ちた、画期的かつ優れた番組だった。この仕事の少し前に、芝居の仕事や「6つの子守歌」（歌曲。のちに合唱曲集）という拙作でつき合った別役実さんが二本書いているのが興味深い。実はこのシリーズ、つい最近DVD化され、発売された（NHKエンタープライズ刊）。為政者が憲法改変へ強硬な姿勢を示す今、戦後の歩みを振り返り、初心を思い返すことが肝要だ。「戦後七二年も経った」のか、「まだ戦後七二年」なのか、七三年め以降の道を間違えないために、ここでしっかり立ち止まり、熟考してみよう。

（二〇一七年六月五日号）

その遺志を守り……

泥憲和《どろのりかず》さんが亡くなった。姫路の人である。訃報《ふほう》は、姫路でピアノの先生や合唱活動をしている大上紀子さんから、そしてかもがわ出版・松竹氏からだった。

僕は一九八九年に市制一〇〇年を記念する「交響詩ひめじ」を作曲して以来、同市との縁が深く、さまざまな仕事をしている。「希望」という合唱団とも関わりを持っている。泥さんは、その「希望」で歌っていたので、幾度となく会い、語り合った。泥さんは陸上自衛隊高等工科学校を卒業し、自衛官をしていたが、退官したのちは弁護士事務所で働いていた。反戦・平和・護憲の運動を積極的に展開し、講演も頻繁におこなっていた。レイシスト（差別主義者）やヘイトスピーチに対する反対運動の先頭にも立っていた。『安倍首相から「日本」を取り戻せ!!』（かもがわ出版）という本を上梓《じょうし》したのは数年前。タイトルはやや過激だが、非常に説得力のある語り口で、読めばみな納得させられるだろうと思った。癌《がん》で亡くなったのは、何と五月三日。憲法記念日だ。六四歳だった。

そのすぐあと、五月一二日に届いたのは福田光雄さんの訃報。電話で知らせてきたのは、在日朝鮮の作曲家・金学権氏だった。福田さんは神奈川新聞記者だったが、その傍ら「かながわ音楽コンクール」を設立するなど音楽活動も展開。同新聞社退職後、三響堂という音楽企画を兼ねた楽器店を立ちあげ、音楽ライターとして健筆をふるった。他方で護憲運動も展開、昨年（二〇一六年）は横浜の「港南九条の会」に僕を呼んでくれた。『第九条は日本人の誇り』という本を上梓している（鳥影社）。泥さんの著書とは逆に、タイトルは穏やかだがかなり過激な論調。七八歳だった。

元朝日新聞記者で日本ジャーナリスト会議メンバー、柴田鉄治さんが「地球の九条もしくは南極讃歌」という詩を書き、作曲されることを望んだ際、僕との間を取り持ってくれたのが福田さん。横浜だけでなく、「調布・憲法広場」の二年前の集会で合唱に取り組もうということになった時、コーディネイターとして動いてくれたのも福田さんだった。前記「地球の九条〜」も演奏されたが、そこでは作詞者の柴田さん、そして同曲の成立にやはり関わった元河北新報社記者で同じくジャーナリスト会議メンバー、小島修さんも歌っていた。

さて、その調布のイヴェントは二〇一五年一月二五日で、前述の合唱と憲法についての鼎談だった。その顔ぶれは、教育研究家・堀尾輝久さん、憲法学者・奥平康弘さんと僕だったが、奥平さんは何とその翌朝急逝されてしまったのである。享年八五歳。ショックだった。そのことは第九二五回のこの欄でお話しした（本書二二五ページ）。

日本の憲法を「こわしてはいけない」（昨年初演した窪島誠一郎さんと僕による合唱組曲のタイトルだ）。現下の政権の危険な方向を断ち切らなければ。大切な仲間が次々逝ってしまい、肩を落としたくなるが、踏ん張って、その遺志を守り、育てなければ。

（二〇一七年六月一二日号）

ロバの罪

僕の部屋は紙媒体だらけ。火事になったらよく燃えるだろうという話を、この連載の第一〇〇三回でしました（本書一七五ページ）。「整理整頓個人史」というタイトル。ところで、日々送られてくるあちこちの文化財団や音楽ホール、美術館その他がつくるいわばミニコミ誌にも、キラリと光るエッセイが載っていたりする。昨今は街の商店街などでも雑誌というか冊子をつくる。先日も、東京の「上野のれん会」なるところのミニコミ誌をたまたま読み、捨てられなかった。載っていたのは、詩人のアーサー・ビナードさんのエッセイ。そのナカミをぜひとも皆さんにお知らせしたい。出典を明らかにしているから、引用も許されるだろう。

「ロバ予備罪」というタイトルのエッセイだ。ビナードさんが紹介するのは、エチオピアの昔話。

ある年、ひどい旱魃《かんばつ》があり、食料も底をついた。動物たちが集まって、対策を協議する。これは天罰だ。皆で懺悔《ざんげ》しなければならない。ライオンが懺悔する――いつだったか、谷間で若い牡牛を見つけ、思わず噛み殺して食ってしまった。罪を犯したんじゃないかな……。ライオンの牙と爪を気にしながら聞いていたほかの動物たちが言った――それは、罪というほどのことでもないんじゃないか。

ライオンが無罪になると、ヒョウが口を開いた。山の中で一匹のヤギに出会い、そいつを噛み殺すと木のてっぺんまで運び、たらふく食ってしまった。罪を犯した……。すると、やはり怖がりながら聞いていたほかの動物たちが、「それだって、罪とは言えないんじゃないか」とささやいた。かくしてヒョウも、無罪。

次はハイエナだった――このあいだ草原で、うまそうな鶏に会って、我慢できずに食いつき、飲みこんでしまった。罪を犯したかな……。それも罪とはいえないな――ハイエナが怖くて、おっかなびっくりで皆が言った。ハイエナも無罪になった。

次はロバだ。「重い荷物を背負って主人とともに山道を登っていた時、偶然主人は友達に出会い、立ち話になった。そのスキに私は、道ばたへ首を伸ばし、草を二、三本かじってしまった」。他の動物たちは顔を見合わせると、厳しい表情になり、言い始めた。「なんてことをしたんだ」「とんでもない罪だ」「大罪だ」「天罰の原因はロバだ！」

ロバは、有罪。たちまち刑の執行人であるライオン、ヒョウ、ハイエナが嚙みつき、骨まで食べ尽くしましたとさ。

永田町は「ロバの大罪」ならぬ「テロの大罪」を取り締まろうとしている。権力の牙と爪を使える立場の人が、ロバのような市民を裁こうとしている。準備行為まで取り締まりの対象だから、「道ばたへ首を伸ばした」時点で逮捕される可能性もある。しかもライオンやヒョウは、おのれのやましい行為を「特定秘密保護法」で包み隠すことができる。こうなればロバに使えるのは「蹴る力」だけだ。

そうだ！　蹴ろう！　僕たちには蹴る力がある。しかも一頭のロバじゃない。僕たちは、大勢だ！

（二〇一七年六月一九日号）

思いやりの裏がわ

「平和・民主・革新の日本をめざす全国の会」という運動体があり、僕もメンバーの一員である。ふだんは「全国革新懇」と呼び、呼ばれている。その「ニュース」が毎月送られてくるが、この五月号のトップ記事は、アメリカ人映画監督リラン・バクレーさんへのインタヴューだ。ドキュメンタリー映画「ザ・思いやり」を撮った。第一弾を二〇一五年に制作。このほど完成したのは第二弾「希望と行動編」である。前項に引き続き、僕が読んだ記事を、皆さんにお知らせしたい。

バクレーさんは一九六四年テキサス生まれ。高校時代に来日、ホームステイして日本文学を専攻した。現在英会話スクールを経営しつつ大学の英語講師をしている。ある時インターネットによる米軍のイラクでの無差別殺戮《さつりく》の映像を見て、反戦と平和の思いが強まった。

日本が在日米軍駐留のための経費、いわゆる「思いやり予算」として、どれほどの額を使っているか——七八年以降、なんと六兆円以上に達する。毎年八九〇〇億円。米兵一人あたり、年間一五〇〇万円。日本人は懸命に働いて税金を納めているが、米兵は住宅を提供され、光熱費もタダ。米軍機騒音の補償金も、日本政府すなわち日本国民の税金で賄われている。

今、辺野古で米軍新基地建設が強行されているが、そのための費用も日本国民の税金だ。「アメリカが自国の予算で基地を建設するなら、それを許しますか？」と辺野古で抵抗運動をする人に聞いてみたという。その答え——沖縄の米軍はベトナムやイラクのファルージャで多くの住民を殺した。戦争を仕掛ける基地は沖縄にいらない。お金の問題ではない。

私がこの映画で問いかけたいのはそこだ、とバクレーさんは言う。金の問題ではなく、倫理の問題。日本の基地を足場にして、世界で米軍が何をしてきたか。どれだけ多くの世界の子どもや女性、住民に被害を与えてきたか。そしてこれから何をしようとしているか。

バクレーさんは、映画の専門家ではないが、チームを組み、二年半をかけて八ミリカメラを回した。バクレーさんは言う――二割の日本人、二割のアメリカ人ではなく、その真ん中の六割の日本とアメリカの人たちにアピールして、戦争の愚かさと平和のすばらしさをしっかりと伝えたい。笑っても泣いても、怒ってもいい。コミカルな映画にしたかった。そして、あの変なアメリカ人がつくった映画が面白そうだから見てみよう、とこれまで社会運動や基地問題に縁がなかった人たちを誘いやすい映画にしたかった。

「思いやり」と、最近しきりに言われるが、その裏がわに何があるかを知らなければいけない。ついでに言えば、東京オリンピック・パラリンピックを控えて、「おもてなし」という言葉も飛び交っている。おもてなし（表なし）ということはすなわち「裏ばかり」と誰かが言っていた。「思いやり」も裏ばかり……こんな皮肉が通用しない世界が、本当は大切だ。バクレーさんの思いに、連なろう！

（二〇一七年六月二六日号）

人心が変わる……

この六月一五日、参院で「共謀罪」に関する法律が強行採決で成立。正式には「組織的な犯罪の処罰及び犯罪収益の規制等に関する法律等の一部を改正する法律」。政府は「テロ等準備罪」と呼んでいる。これが施行されたらどうなるか。未来の会話を、想像してみた。

母：ねえ、お隣のAさんとこのBちゃん、今年の四月から大学生になったのよね。なのに、夏休みに、警察に捕まっちゃったんですって。

息子（高校生）：反政府のデモに参加したんだってさ。ほら、先週、国会前に大勢集まって、「沖縄の米軍基地を撤去しろ！」なんて叫んでいたでしょ。B兄ちゃん、あの中にいたんだ。でも、大勢が逮捕されたわけでもないのに……。運が悪かったな……。

娘（中学生）：Bお兄ちゃん、この前も私に中原中也の詩集を貸してくれたわ。いい人なのに、かわいそう……。

母：でもね、あのデモ、反政府でしょ。ということは政府をひっくり返そうという考えの人たちなのよ。しかも組織的でしょ。それはしちゃダメ、と法律で決まってるんだから、やっちゃいけないことなのよ。

息子：そんなの、おかしいよ。全然犯罪に関係ないじゃないか。集会の自由は憲法二一条で保障されてるし、だいたい日本国民には思想の自由があるんだから。これも、憲法にあるよね。

父：ある。第一九条は「思想及び良心の自由は、これを侵してはならない」だ。しかし「侵してはならない」ということは、人間が本来持っている自由、という解釈で、これを「天賦人権」説というが、自民党がつくった憲法改変案はちょっと違う。「第一九条」ではあるが、条文は「思想及び良心の自由は、保障する」なんだ。これはすなわち、公益や公の秩序に照らした時、制限があり得る、ということだ。で、しかも「共謀罪」であるかどうか決めるのは、その時の捜査当局だ。法律にはそこまで書いてない。細かく書いておくと抜け穴が必ず出てくるから、ということらしい。つまり、捜査当局が犯罪と決めたら犯罪になってしまうというわけだ。

娘：ひどい！　おクニの意向に逆らっただけで捕まっちゃうの？

息子：おクニはむかしおカミともいったんだよね？

母：そういえば、カドのYさんの奥さんが言ってたわ。AさんのところのBくん、おカミに逆らって捕まった悪い人だったのね、って。

娘：おカミって、お上？　それとも、まさか、お神？　国って、そんなに偉いの？

父：こういうのが、怖いんだ……。国に反対して悪人にされてしまう。あの戦争前にあった「治安維持法」も、施行されるやじわじわと人心を変えていった……。気がついた時は、もう遅い。しかし我が家では、何が正しくて何が正しくないか、いつでも、きちんとわかっているようにしよう。いいね。

息子・娘・母：人心が変わる……。怖い。

（二〇一七年七月三日号）

カボチャの茎の中に

「カボチャの茎の中に、どんなふうに水が入っていくか、誰が知っているでしょう？」
――いったいだれがこの難問をきちんと説明できるか、という意味の、ナイジェリアのイボ族のことわざである。

「水が半分しか入っていない壺《つぼ》のほうが水がよくはねる」というのは、インドのヒンディー語のことわざ。よくわかっていない人に限って、必要以上に大声で、大げさに語る、という意味だそうだ。英語にも「カラの容器のほうが大きな音をたてる」という、似たような意味のことわざがあるという。

「私のサーカスではないし私のサルでもない」はポーランドのことわざ。つまり「私の問題ではない」ということで、さらにつまり「話しても仕方がない」ということらしい。

このところの国会の顚末《てんまつ》を想うと、これらのことわざが現実化、具現化していると思わざるをえない。

どうして、ちゃんとした議論ができないのだろう。体制側の答弁はほとんどの場合、質問の本意から外れ、都合のいい方向へ捻じ曲げたもの。しかし言葉の腕力で捩《ね》じ曲げるのはまだいいほう。多いのは、ただのらりくらりと逃げ回る答弁だ。

本来、国会は「議論」の典型であり、見本であるべきだと思う。ところが、我々国民に見えてくるのは、相手の発言を正面から受けず、いかにかわすか、いかにはぐらかすかの手本ばかりだ。

日本では教育課程に「ディベート」という科目がない。ディベート（debate）とは議論・討議のこと。ひとつのテーマを設け、それに賛同する側と反対する側に分かれて意見を言い合い、時にはジャッジがいて勝ち負けを判断する——そんな授業、僕は受けたことがないし、どこかの学校で実施していると聞いたこともない。しかし、僕は僕の小学校時代を思い出す。五、六年生のころだったと思う。朝のホームルームの時間に、誰か一人がその日の朝日新聞朝刊の「天声人語」を読む。それからクラスの皆で、それについて語り合った。ディベートと呼ぶほどのものではなかったが、国語専門の担任T先生は画期的な授業をしたものだと顧みる。古代ギリシャの政治家＝デモステネス（紀元前三八四〜三二二年）は、「話すことの二倍、人から聞くべきである」と言った。これを実践するのはむずかしい。現下の国会議員を目の当たりにすれば、誰もがそう考えるだろう。

「祇園精舎の鐘の声、諸行無常の響きあり。沙羅双樹の花の色、盛者必衰の理《ことわり》をあらわす」（平家物語）。

「行く川の流れは絶えずして、しかももとの水にあらず」（方丈記）

むかしの人は、すごいですね……。まさに普遍的。きちんとした議論もせず、のらりくらりの答弁と数の力でメチャクチャな法律を成立させてしまう政治は、いつかしっぺ返しを食らう。むかしの人の言葉に、もう一度真剣に耳を傾けるべきだ。

（二〇一七年七月一〇日号）

夏と共通認識

――ぼくはそのとき見てしまった　あんなにも熱く　あんなにも激しく燃えた夏が　いま　遠く旅立ったのを――もうずいぶん前だが、一九八四年の拙作混声合唱曲集「風の航跡」（音楽之友社刊）の中の一曲「夏の挽歌」の一節。片岡輝さんの詩だ。そう、夏ってそうなんだ……とあの時僕は感じていた。夏はいつも激しく、そして短い。重く、そして長い冬と対照的に。

――暑い八月がくると　私たちの心までがヒリヒリと焼けつくのは　なぜですか――これは、昨年（二〇一六年）作曲した混声合唱組曲「こわしてはいけない」の五曲め「なぜですか」の一節。窪島誠一郎さんの詩である。そう、八月ってそうなんだ……と僕はまた感じていた。

八月が暑いのは、気温のせいだけじゃない。心も、そう、まるで火傷を負ったように熱くなる……。心までが凍りつく冬と対照的に。

中原中也詩集「山羊の歌」の中に「夏」という詩がある。――血を吐くやうな　倦《もの》うさ、たゆけさ　今日の日も畑に陽は照り　麦に陽は照り　睡《ねむ》るがやうな悲しさに、み空をとをく　血を吐くやうな倦うさ、たゆけさ――

夏は、なぜか、悲しい。あんなにも太陽が輝くのに、なぜか、悲しい……。

立原道造の「夏の弔い」という詩も好きだ。――逝《ゆ》いた私の時たちが　私の心を金《きん》にした　傷つかぬやう傷は早く復《なお》るやうにと昨日と明日との間には　深い紺青の溝が引かれて過ぎてゐる――

夏の、時の流れは速い。すぐに逝ってしまう。そう、夏はたしかに傷つきやすいが、それを癒《いや》そうとでもするかのように、時は早く過ぎていくのだ。

北野武監督の、僕が思う最高傑作は一九九一年の「あの夏、いちばん静かな海。」という映画。僕が音楽担当をした「監督ばんざい」（二〇〇七年）ではないのが残念だが……。ほとんど沈黙のまま進行するこの映画は、「夏」のすべてを描き、語りきってすばらしかった。
ことほどさように、人間は夏に魅せられ、熱せられ、感覚を鋭く突かれるのだ。「さみだれのそそぐ山田に、早乙女が裳裾《もすそ》濡らして……」（「夏は来ぬ」日本唱歌、一八九六年）と描かれた里山の気分はもはや失われた感があり、そしてこの七十余年、私たちにとっての夏は特別な季節になった。

泥濘《でいねい》の沖縄で苛烈な地上戦があり、広島で、長崎で、各地の空襲で多くの命が奪われ、敗戦の苦悩が日本中を覆い、人は放心し、疲れきり、悲しみのどん底に突き落とされた。あの苦しみを二度と味わいたくない……、これは、実際に味わった人だけの感慨ではなく、「追体験」した多くの人の共通認識だ。しかもそれは国を越え、人種を越えて、グローバルに広がっている。文学に、映画に、音楽に、絵画に……たくさんの芸術作品が、世界の人々にこの「共通認識」を抱かせている。夏に本来の魅力を！　短くてものどかな夏、デリケートに感覚が突かれる夏を、取り戻したい……。

（二〇一七年七月一七日号）

マス・サーベイランス

スノーデンという名前を覚えている？　二〇一三年六月、アメリカの「ワシントン・ポスト」、イギリスの「ガーディアン」などの新聞が、アメリカ政府の内部資料の内容を報道し、それがNSA（国家安全保障局）の下請けのコンサルタント会社＝ブーズ・アレン・ハミルトンでシステム分析官をしていたエドワード・スノーデンからのリーク（漏《ろう》洩《えい》）であることが判明。アメリカ司法局が出した逮捕命令に対し、ロシアが期限付きの滞在許可を出し、スノーデンは亡命した。一方では、この事件を踏まえ、ノーベル平和賞に推されたりもした。

この事件は対岸の火事だろうか？　いや、僕たちが今、大変な時代——これまで人類が想像もしなかったようなとんでもない時代に生きているのだということに気がつかされた事件なのだ。

そのスノーデン氏を迎えて、昨年（二〇一六年）六月四日、東京大学で「監視社会の〝今〟を考える」と題されたシンポジウムがおこなわれた。公益社団法人自由人権協会（JCLU）七〇周年プレ企画という催しだ。この実録が、集英社新書として刊行されている。これを読めば、誰もが戦慄を覚えるだろう。NSAは「監視プログラム」を持っていたのである。

まず、軍事的な防衛のためのプログラム。敵対する国や組織の電話内容を監視する。これはすでに長年実施されてきたことで、必要性は認知されているし、反対する人もいないだろう。次に、外交的、経済的、政治的目的のプログラム。同盟国であるドイツのメルケル首相の携帯電話をNSAが盗聴していたのは、これに含まれる。ジャーナリストを監視対象にすることもある。さらに、近年おこなわれるようになってきたのが、「マス・サーベイランス」すなわち無差別で網羅的な監視だ。

このために、政府は民間の通信事業者に協力させる。アメリカでは、グーグル、マイクロソフト、ヤフー、光ファイバー回線、衛星設備等々……。アメリカの憲法でも、私人の通信や家宅捜索などは、裁判所が発行する令状がなければ許されていない。換言すれば、悪事に関与していない限り、人は国に詮索されない権利を有している。しかし国は、入手した情報を秘密にすることができる。つまり、監視された個人が監視されたことを全く知らずにいることがある、ということだ。

日本では市民が政府を監視する力が低下している、とスノーデン氏は指摘する。二〇一三年に特定秘密保護法が制定されてしまったことは、その顕れだ、と。さらに、日本の報道機関は、今静かな圧力の脅威にさらされている、とも指摘する。政府の意に沿わない論調が外されてきているではないか、と。

電話も電子メールも、ネットも、すべて監視されているかもしれない。「個人」「自由」などの概念が消滅しつつある。「大量監視社会」が着々とつくられているのだ。だが「行動を怖がるな」とスノーデン氏は言う。その言葉を重く受けとめなければいけない。

（二〇一七年七月二四日号）

日野原重明先生

七月一八日朝、日野原重明先生逝去の報。一〇五歳。死因は呼吸不全の由。でも、死ぬときは呼吸不全に決まっている。本当は何だったのか気になるところだが、癌《がん》などではなかったみたい。そんな話は聞いていなかったから。

日野原先生に初めてお会いしたのは、僕がＮＨＫ教育テレビで「Ｎ響アワー」という番組を担当していた時だ。ゲストとして出演していただいた。忘れられないのは、その時先生は手書きの楽譜を持ってこられて、むかし作曲したものですとおっしゃる。もちろん専門的なものではないが、魅力的なピアノの小品で、これは今も僕の手元にある。

日野原先生の作詩で僕が作曲ということもあった。毎年四月に開催されている「国際シニア合唱祭ゴールデンウェーブ in 横浜」のテーマ曲で、開催場所である横浜みなとみらいホールの館長をしている僕が作曲することになったのである。シニアすなわち熟年の合唱団の祭典ゆえ、その世代のカリスマ的存在である日野原先生が作詞。「世界を築く平和の心　大桟橋に虹の輪かけて　我らと子どもと手を取り合って　歌おう　愛と平和の歌をピース　ピース　ピース　世界の平和」と歌う二部合唱である。音楽センター刊『池辺晋一郎合唱曲集Ⅲ』に所載されていて、それに記載のコメントによれば——作曲は同合唱祭第一回が開かれる二か月前＝二〇〇八年二月一一日脱稿。その翌日が前記「N響アワー」の収録で、書き上げたばかりの「我らが歌う　平和の心」の楽譜を、先生に直接お渡しした、とある。

この「ゴールデンウェーブ」のレセプションでも何度かお会いした。いつもお元気！

また、これは二〇〇九年九月だ。日本音楽療法学会の全国大会が愛媛県松山市で開かれ、依頼されて僕は講演をした。音楽療法について専門的なことはわからないが、音楽に携わってきた者としてその周辺の話はできるかも、ということで引き受けたのだった。ところが、僕の前に同学会の会長である日野原先生が講演。当時九八歳。何と九〇分！　立ちっぱなしでよどみなく話された。その次の僕、座るわけにはいかないじゃないですか。立ったまましゃべった。宿は道後温泉のしゃれたホテル。僕にとって松山は親しい街なので、よく知っている店などへ行き、夜中に帰館。ロビーに日野原先生が……。「先生、こんな時間にどちらへ?」「温泉に入るの」「え? 危ないですよ。ご一緒しましょうか」「大丈夫、大丈夫、心配いりません」。

「高齢を生きる」だったかのシンポジウムが予定されていて、僕もパネリストを要請されていたが、急遽《きゅうきょ》中止。先生に何かあったかな……懸念した。しかし、どうせやるなら私が一〇〇歳になってからにしようということだったと判明。安堵《あんど》。こういった、いわば常に肯定的な生きかたゆえの長命だったと思う。だがいっぽうで無理はなかったのだろうか。いや、あれが先生の自然体だったのだ。すばらしい生きかただったと、あらためて思う。

(二〇一七年八月七日号)

作曲のからくり　その1

自分の作曲の方法論——なんていうと大げさだが、要するに作曲にあたり何をどう考えるかという話、したことないですね。昨年（二〇一六年）作曲した混声合唱組曲「こわしてはいけない」（音楽センター刊）が、あちこちで歌われている。私たちが大切にしてきた現行の憲法をこわそうとする人たちがいるということが、歌われている最大の理由だろう。この曲をどんなふうに作曲したか、二回に分けてお話ししてみよう。

まず、詩が届いた。これで始まるのは毎度のこと。今回詩を書いた窪島誠一郎さんはかねて知己で、その詩で歌曲を作曲したこともある。お父上＝作家の水上勉さんとたくさん仕事でご一緒させていただいた僕としては、親子二代におつきあいするとは予想もしなかったゆえ、ちょっと不思議な気分でもある。詩は六篇。組曲の場合いつも同じだが、まず全体の核となる調を考える。

考えるというより、詩を熟読していると特定の調が聞こえてくる感じなのである。今回、変ロ長調だった。柔らかいが幅が広く、包容力を持つ調だ。一曲め「人は絵を描きたい」は、無言館を主宰する窪島さんの心が叫んでいる。その意志を示すピアノの前奏。それを受ける合唱は、まずア・カペラ。窪島さんの言葉を一人ひとりが一人称として、フォルテッシモで歌う。

やがて、戦車や武器といったキナ臭い言葉が出てくるところで、暗いホ短調に転じる。だが「生きるものすべての笑顔を描きたい」で、明るさが戻ってくる。ラストのピアノは、最初と拍点が逆だ。一曲めを歌いきったことで、歌う人たちの心に前進力を届けようと考えた。

二曲め「こわしてはいけない」は変ト長調。一曲めの長三度下の調だ。穏やかで柔らかな響き。こわしてはいけない懐かしいものの列挙に、この調がふさわしい。だがここは、最も肝心な「こわしてはいけない私たちの憲法」を歌う曲である。変ト長調であっても強いインパクトが必要。そこで考えた——「ケンポウ」という語のアクセントは「ケ」。だがケを高くし、次に下がる音型にすると、歌う人のンの口型は必ずしも強く結ばれない。しかしケからンに上がる音型にすると、その時のンは、唇を強く閉じる形になる。そのほうが、強い意志を表せるのではないか……。

詩を旋律化する際、言葉のアクセントに忠実にということはよくいわれるし、その通りと僕も思う。が、時にもっと大切なことがある。たとえば武満徹さんの名歌「死んだ男の残したものは」（谷川俊太郎詩）は、「シンダ」「オトコ」「ノコシタ」「モノ」……ことごとくアクセントが不正確だ。だがそれゆえに、何か不貞腐《ふてくさ》れたような、あるいはヤケクソのような感じが出てきて、印象が強い。もしアクセントどおりだったら、品行方正で健康的な、つまらない歌になっていただろう。

この二曲めのインパクトは、強くなければ……。アクセントを、あえて変えよう！　僕は、そう考えたのだった。（つづく）

（二〇一七年八月一四日号）

作曲のからくり　その2

（承前）三曲め。「半分の自画像」は嬰《えい》ヘ短調。前曲の変ト長調異名同音同主調だ。この詩はせつないが厳しく、限りなく深刻。シャープ系調の鋭さが必要だ。といって♯がもう一つ多い嬰ハ短調になると、センチメンタルな方向へ傾きすぎてしまう（ショパンのイメージだ）。嬰ヘ短調がぴったり。ラストで合唱がピアニッシモのユニゾンで歌うと、ピアノが強烈な不協和音を一発、フォルテッシシモで響かせる。この大きな落差に、この詩の意味を託したかった。

四曲め「マフラー」は悲しく、温かい思い出の歌。そうなるとフラット系がいいが、柔らかすぎ、悲しすぎ、暗すぎの歌にはしたくない。あえてシャープ系のニ長調にした。前曲の嬰ヘ短調の三度下である。優しい三拍子。詩の、はじめの二つのパラグラフは有節

（一番・二番という）扱い。三つ目パラグラフから本当はつぶやきたいが、それでは合唱になりにくいので「レチタティーヴォ」にした。楽譜には quasi recitativo と注釈。「叙唱」と訳されるが、オペラなどでアリアのように歌うのではなく、しゃべる感じになる部分をいう。合唱ではなく、パート別。次の「でも、おじいちゃんは」のパラグラフで、はじめの感じに戻り、「マフラーにさわると」で、初出の旋律になる。最も大切なメッセージの開始だ。そのあと、ピアノははじめのイメージへ戻ろうとするが、合唱は戻らずに「戦争はぜったいにイヤだ」というおじいちゃんの声を繰り返す。そのバックでピアノだけがマフラーを思い出すように、最初の形を聴かせて、消えていく。

五曲め「なぜですか」は、鋭い問いかけである。前曲の同主調＝ニ短調だが、まず、やや大仰なピアノのカデンツァ。これは属音上の一三の和音の長九度音と短九度が同居し、根音がない（これじゃわからないだろうが、詳細は省略）という複雑な不協和音で開始する。合唱は鋭い問いをフォルテで発するが、肝心の「なぜですか」はピアノだ。眼前の相手の胸に指を突きつけて詰問する時、小声のほうが真剣度が増すと考えたから。詰問がやや感情的になる中間部は、それに見合うホ短調。「自虐」について問う部分はハ短調で、ここで初めて「なぜですか」がフォルテになる。そのあと二短調に戻り、最後に再度、今度はフォルテッシモで「なぜですか」が歌われる。

最後は「抱きしめたい」。モトに戻って、変ロ長調だ。詩の構成に従った三番までのソングの形である。この曲は何といっても、クライマックスの「両手でギュッと　ギュウッと」の箇所をどんな響きにするかで腐心した。試行錯誤の末、「増三和音」（オーギュメント）を選んだ。指向力の非常に強い和音だ。歌う人の、そして聴く人の心をギュッと摑《つか》むだろう。それがこの曲の生命になるだろう。

全曲は変ロ長調に始まり、そこへ回帰する円環の形。組曲の場合に僕がしばしば執る構成法である。以上、「こわしてはいけない」作曲に関するつくり手の告白でした。

（二〇一七年八月二一・二八日号）

懺悔・七三一部隊

この八月一三日のNHKテレビ「NHKスペシャル」で「七三一部隊の真実」が放映された。僕が合唱組曲「悪魔の飽食」を作曲したのは一九八四年。その三年前から一年ごとに、下里正樹氏の協力を得た森村誠一氏がノンフィクション「悪魔の飽食」第一～第三部を発表した。戦後長い間秘匿《ひとく》されてきた日本の戦争加害の実態が明るみに出たのである。

だが、これを捏造《ねつぞう》だと批判する意見も少なくなかった。昨年(二〇一六年)、福岡での「悪魔の飽食・全国縦断コンサート」の前半のステージで歌った久留米信愛女学院中等部・高等部へは、「ウソによるコンサートに純真な女学生を参加させるとは何ごと!」という匿名のファックスが届いたという。しかし同校はこれを無視し、コンサートは変更なく実施された。とはいえ、二〇年以上つづけられている同企画への、外部からの中傷は初めてだったので、そのような考えが跋扈《ばっこ》しはじめてきている風潮に憂いを禁じえなかったこともたしかであった。

捏造論者は、今回の放映を見てどう思っただろう。「悪魔の飽食」を歌いつづけている全国の合唱人にとっては、自分たちが歌ってきたことが実証された思いだ。僕たちは中国ハルビン郊外の部隊跡を、二度訪れている。ついでに記せば、南京や平頂山の大虐殺現場も体験した。過去の現実を実感したのである。

このたび、ロシア国立音声アーカイブで、戦後（四九年）おこなわれたハバロフスク裁判の二二時間に及ぶ記録が見つかった。七三一部隊所属の一二人が含まれている。彼らの証言からチフス菌をスイカなどに注射して囚人に食べさせたこと、ペスト菌散布、囚人に絶食や不眠を強制したあと〇℃の水につけて凍傷にさせたこと等々、凄《すさ》まじい人体実験の実態が明らかになった。さらには細菌爆弾の研究も進められ、ついには一九四一年以後、中国中部の複数都市で少なくとも三度実践に使用したことも判明。国際条約で禁止されていたにもかかわらず、日本は批准せず、密かに用いたのである。

七三一部隊員はのべ三〇〇〇人。部隊長は軍医・石井四郎。諸大学から優秀な医学者が送られていた。京大から一一人、東大から六人……。国から、膨大な額の研究費を与えられていた。たとえば四〇年には、現在の金額で約三〇〇億円！

日本が傀儡《かいらい》国家を建設したあの地域では、現地の抵抗が激しかった。七三一部隊の人体実験には、それら匪賊《ひぞく》の蛮行への対抗という理由もあったらしい。旧厚生省民族衛生研究会の、四〇年の講演記録も北海道大学で発見――満州の匪賊の捕虜を生きたまま実験材料にし、人類の染色体の研究をおこなっていた……。

元部隊員・柄沢《からさわ》十三夫氏の言＝戦後、懺悔《ざんげ》している。生まれ変わったら人類のために尽くしたい。少年兵で四五年八月の撤退後、囚人の焼却処理を命じられた三角《みすみ》武氏は涙とともに言う。「戦争は絶対するもんじゃない」。歴史を直視しなければ。捏造という誤魔化しに屈してはならない。

（二〇一七年九月四日号）

戦前回帰を許すな！

一〇四六回「微笑みの裏に刃」（本書三〇四ページ）で話したことだが、その後ここに至って緊迫度がいや増している。なので、再度触れることにしたい。

歴史をひもとけば、科学による武器の開発が戦争と深く関わってきた事実が見えてくる。珪藻土《けいそうど》にニトログリセリンを染み込ませてダイナマイトを発明したアルフレド・ノーベル（一八三三〜一八九六年、スウェーデン）は、その莫大《ばくだい》な遺産を平和思想と科学の進歩のために、とストックホルム科学アカデミーに寄贈した。ご存知、ノーベル賞である。だが実際にはダイナマイトは武器として戦争のたびに大いに活用されてきた。

軍人に新兵器の発明はできない。軍人は、より強力な武器の開発を科学者に要求し、それを用いてきた。それをいやというほど味わった日本の科学者たちは、軍事に関する科学研究はいっさいしないという二度にわたる宣言（一九五〇年と六七年）を出した（日本学術会議の声明）。そして今年、同会議は三度めの声明を発表した。

科学研究への国からの助成金はきわめて厳しい。国立大学の場合を例にとれば、二〇〇七年度の国立大学運営交付金は一兆二〇四三億円だった。それが一七年度には、一兆九七〇億円。数字が大きくて、減少の度合いがよくつかめないが、かなりの大きさの締め付けなのだ。

締め付けておいて、さて、次に国は何をするか。二〇一五年度、防衛省は「安全保障技術研究推進制度」を立ち上げた。この制度の予算は、初年度（一五年度）三億円。それが一七年度には、何と一一〇億円！　具体的に、これがどんな制度かを知ると、怖ろしい。

科学学術研究機関の助成金として、この金は使用される。その実態は「防衛装備品開発研究」だ。防衛装備品とは、早くいえば武器である。武器の開発研究をするならお金をあげましょう、と言っているわけ。で、お金が必要になるよう、前もって締め付ける。軍事研究はしないと言ったものの、研究費がなくちゃどうにもならない……。仕方なく武器開発に手を染める……。為政者は、ほくそ笑む。

ひどいと思わない？　窮屈なところに押し込めておいて、たらふく食わせ、太らせてから利用する――鶏のブロイラーと同じじゃないか。以前行った中国・広州の食品市場を僕は思い出した。小さな檻《おり》に前後の足を伸ばしたまま平たくなっている食用猫が売られていた。同行の弦楽四重奏団の女性ヴィオラ奏者は、それを目にして泣き出してしまった。

前回、戦前の日本軍七三一部隊が、国から莫大な金を支給されていたことに触れた。しかし、あの時代の軍政下では、そのことへの疑問や反対意見はなかったか、あっても言えなかった。あるいは抹殺された。今は違う。だから国は別な手を使う。しかし、やっていることは戦前と同じではないか。じわじわと戦前の様相に回帰させつつ、憲法改変を目論《もくろ》む現下の為政者たち。冗談じゃない。それは、絶対に許さないぞ！

（二〇一七年九月一一日号）

ゲートキーパーソング

幼いころから作曲をしていた加藤旭君のことを、連載の第一〇一二回でお話しした（本書二〇二ページ）。中学二年生の時に発症した脳腫瘍で苦しみ、しかしなお作曲をつづけたが、高校在学中の昨年（二〇一六年）五月二〇日、一六歳で逝去。残された膨大な手稿譜が僕の手元にあり、僕は折に触れてそれらを弾き、旭君を偲《しの》んでいる。旭君の作品は、その逝去後、師のピアニスト・三谷温《おん》氏の努力などで、二枚のCDに収められている（「光のこうしん」ジャメル制作／「光のみずうみ」アーツスプレッド制作）。

生前、旭君は、自分は多くの人に支えられている、自分の曲を世の中の役に立てたいと願っていた。お母さんの希さんと何度も連絡を取り合い、僕も何かできることはないかと模索。そんな時、厚生労働省が「ゲートキーパーソング」として旭君の遺志を形にしたいと考えたのである。同省自殺対策推進室のAさん（女性）が熱心な推進者となり、前記希さんと一緒に僕に打診をしてきたのは、昨年一二月。旭君の作品から一曲を選ぶことが、僕の最初の仕事になった。

ゲートキーパーとは「門番、監視者」といった意味だが、ここでは「自殺防止」という概念で使っている。「命を守る門番」と換言してもいい。いじめなどによる青少年の自殺が毎年あとを絶たない。悩みを抱える人に気づいて、声をかけ、必要な支援につなぎ、見守る役割を、キャンペーンとして展開しよう。そしてそのための歌をつくろう、ということになった。東日本大震災復興のための歌＝「花は咲く」のように。

僕は旭君の曲から「空の青いとり」というピアノ曲を選んだ。ヘ長調、四分の二拍子で六八小節の曲。曲尾に二〇〇六年四月八日とある。旭君は一九九九年一〇月生まれだから、六歳の時の曲だ。美しく、そして誰でも歌えるメロディ。心をすくい取り、伝える地点に同じ純度で立っている音楽、未来への旭君の伝言だと感じた。ピアノ曲だから、ソングとしてまとまるよう、僕が補作。変イ長調、四分の四拍子の曲に。だが、歌にするには歌詞が必要だ。これを公募。この六月、平野啓一郎さん、加藤登紀子さん、僕などが集い、審査の任にあたった。最終候補になっていた一〇点から二作を選び、音符との整合性を考慮してさらに補作と、合唱としても歌えるよう編曲も施した。

「青い空　流れゆく雲　見上げれば　きょうのほほえみ……」。加藤登紀子さんの歌による版、そして帯広三条高校合唱部による版。Youtubeで二種が聴ける。

自殺防止のためのキャンペーンとしての歌……どれだけの効力があるのか――と思う人もいるだろう。しかし、音楽には不思議な力があると僕は思うし、それを実感もしている。反戦、平和、米軍基地や原発への反対の意志を歌うことも同じだ。歌ったからといってただちに自殺がなくなるわけではないだろう。だが、絶望の中にいる人の心に希望と勇気を届け、気持ちを少しずつ変えていくことが歌にはできる。僕は音楽の力を信じていたい。

（二〇一七年九月一八日号）

お二人の死

この九月二日、被爆者で医師、そして元長崎大学学長の土山秀夫さんが亡くなった。享年九二歳。長崎平和宣言文起草委員、核兵器廃絶ナガサキ市民会議代表、核兵器廃絶・地球市民長崎集会実行委員会顧問、長崎県九条の会共同代表。そして、土山さんと僕はともに「世界平和アピール七人委員会」のメンバーだ。土山さんの思想や活動については、よく知っていた。だが、僕が同委員会の委員になってからは、東京での委員会には高齢ゆえにおいでになれず、お会いしたことがない。

一九四五年八月九日午前一一時二分に、土山さんはお母さんの疎開地である佐賀にいた。翌一〇日、長崎に戻って救護活動に奔走したが、翌日だから自身も被曝《ひばく》。山里町という爆心地から三五〇メートルのところで同居していたお兄さん一家四人は、全員爆死したという。

その少し前、八月三〇日には、日本原水爆被害者団体協議会（日本被団協）代表委員の谷口稜曄《すみてる》さんが、八八歳でなくなった。これまでの谷口さんの活動については、特にご逝去に際し数々の報道があったので皆さんもご存知だろう。当時一六歳だった谷口さんは、爆心地の北一・八キロのところを郵便配達のため自転車で走っていた。その瞬間、爆風で四メートル近く飛ばされた。熱線で皮膚が焼けただれ、四年近くの入院生活。退院後も、幾度となく皮膚の移植手術を受け、かたわら日本の被爆者二三万人のリーダーとして核兵器廃絶の運動をつづけた。

話は変わるが、地球史で最も成功した「種」は恐竜だといわれている。何しろ約二億四〇〇〇万年前の三畳紀からジュラ紀を経て白亜紀末期、ということは約六六〇〇万年前まで。想像を絶するあいだ地球を支配した恐竜がついに絶滅したのは、巨大隕石が地球に衝突したからだといわれてきた。しかし最近は、火山噴火の連続、海の酸性化、一時的な地磁気の消滅、二酸化炭素濃度の減少、主たる食べ物である植物の減少、地球の寒冷化など、さまざまな原因が取り沙汰されている。しかし恐竜自らの殺し合いという説は、ない。地球上に現れたあらゆる生物のなかに、その種自身が絶滅をまねいたというものは、おそらくないだろう。

さて、この七月七日、ようやく核兵器禁止条約が、一二二カ国の賛成で締結された。しかし、核兵器保有国は不参加だ。それどころか、アメリカの核の傘下に入るドイツ他のNATO加盟国やカナダ、オーストラリア、韓国も不参加。そして何と日本も！「核抑止」というおどろおどろしい考えをこの世からなくすために尽力するはずの「唯一の実戦被爆国」が、世界を牽引《けんいん》しない。しようともしない。人類は、地球史上前例のない、自ら絶滅へ向かう「種」になるのではないか。恐竜と比較にならない短い期間だったな……。

「七人委員会」は、この九月に兵庫県の篠山《ささやま》、一一月に鎌倉で講演会を持つ。そこで土山さんにお会いできるかと思っていたが、本当に残念。

土山さん、谷口さんの死を無駄にはできない。

（二〇一七年九月二五日号）

自然淘汰

前回、核兵器ゆえに人類の時代は恐竜よりはるかに短いことになるかも、という話をした。そこからちょっと広げてみよう。

先日、どこかの海の深いところで、ものすごい数の海老が泳いでいる映像を見た。ちょっとやそっとではない。すごい数！　しかし海老に限らず、魚は「無数」といっていいほどの卵を産み、そこから「無数」の稚魚が放出されるわけだ。もしあれがすべて成魚になったら、海は大変なことになる。しかし、無数の卵も無数の稚魚も、より大きな魚に、あるいは人間に食べられ、成魚になるのはほんの一部だ。いわゆる「自然淘汰《とうた》」である。

詳しくはないが、生物学には「共進化」という用語がある。一つの生物学的要因の変化が引き金になって、別の生物学的要因が変化することだそうだ。何のことか、よくわかりませんね。例を挙げるなら、ハチドリは生きるために花の蜜《みつ》に依存する、いっぽう花も、ハチドリが花粉を拡散してくれるので生殖が可能になる。そこでハチドリは花の形に合わせて嘴《くちばし》の形状を変化させた。

花も、その長い嘴で蜜を吸ってもらえるよう、花の形を深く進化させた――こういうのを「共進化」と呼ぶのだという。この「共進化」の一種に、「進化的軍拡競争」なるものがあるのだそうだ。軍拡なんて穏やかな用語ではないけれど。

生物の進化において、ある適応とそれに対する対抗の適応が競うように発達すること。その一つは昆虫の擬態。これは捕食者の目と擬態とのあいだに起きる進化的軍拡競争なのだそうだ。ますます難解だが、こんなふうに説明されればおぼろげにはわかる――植物は葉を食べられたら生きていけないので、葉に毒を仕込む。ところが虫のほうは、その毒物を解毒させる酵素を進化させる。こうして双方が競うようにして進化していく。

なるほど、軍拡か……。そう言われればそんな感じもしてくる。どこかの国が鉄砲を使いだした。ならばこっちは大砲だ。すると敵は高射砲を考案。ではこっちは遠距離爆撃だ。ついに敵はミサイルの実戦使用に踏み切った。ならば迎撃ミサイルで対抗しよう。このいたちごっこは果て知れないはずなのだが、核兵器に至って、さすがに、じゃ実戦使用というわけにはいかなくなってきた（その唯一の例外が広島と長崎であることはここで特筆するまでもない）。なぜなら、核兵器を使い、敵も核で対抗してきたら、双方が壊滅することは目に見えているからだ。

だから、軍拡競争はそこでストップする。あとは実験と情報戦。新たな核兵器を喧伝《けんでん》しあうのみだ。睨《にら》み合いである。これを「核抑止」と呼ぶことは周知のとおり。

世界各地での血なまぐさい戦い、地球温暖化による生態系の変化、そして少子化も……。おおいなる存在が人類に課す「自然淘汰」なのかも、などとつい考えたくなってしまう。人為淘汰であるはずの核戦争だって、実は「自然淘汰」なのかもしれない。

（二〇一七年一〇月二日号）

アルチンボルド

東京の西洋美術館で「アルチンボルド展」を観た。ジュゼッペ・アルチンボルドは「寄せ絵」で知られる。果物や野菜、あるいは動物や人体を寄せ集め、多くの場合、人の顔の形などにする、広義の「騙《だま》し絵」の一種。

これまで二度行ったフランスのリヨンは僕の好きなところだが、騙し絵の街。建物の高い窓から人が入ろうとしていて一瞬驚くとそれは絵、とか、ビルのドアが実は描かれているだけ、などが街じゅうにあふれている。二〇世紀シュルレアリスムの大家サルバドール・ダリ（一九〇四～八九年）は妻のガラを何度も描いたが、たとえば「リンカーンの肖像に変容する地中海を見つめるガラ」なんてタイトルは騙し絵的だ。二〇世紀表現主義の旗手オスカー・ココシュカ（一八八六～一九八〇年）は「アルチンボルドはシュルレアリスムの元祖だ」と言っている。だが日本にも、歌川国芳（一七九七～一八六一年）がいた。僕はこの天才の見事な寄せ絵が大好きである。

アルチンボルドは一五二六年ミラノ生まれ。はじめこの地で大聖堂の仕事などをするが、六二年にウィーンへ赴く。神聖ローマ帝国ハプスブルク家のオーストリア大公マクシミリアン二世（のち神聖ローマ帝国皇帝）の要請だった。ちなみに、これより約二〇〇年後、同皇帝レオポルト二世の末子ルドルフは音楽を愛し、ベートーヴェンに師事して、室内楽曲などをいくつも作曲している。ベートーヴェンもそれに応え、名曲「ピアノ三重奏曲《大公》」や「ミサ・ソレムニス」「ピアノ・ソナタ《告別》」などを書き、大公に献呈した。アルチンボルドはベートーヴェンにつながるわけ。で、ウィーンでアルチンボルドは寄せ絵の手法による王族の肖像画などを描く。マクシミリアン二世の帝位を継いだ長子ルドルフ二世も、アルチンボルドを宮廷画家として重用する。しかし、奇妙な寄せ絵の肖像画に、反発などはなかったのだろうか。宗教関係者から、邪悪な滑稽画という批判は実際あったようだ。しかし寄せ絵を低位から皇帝賛美の形式へ高めたのは、まさしくアルチンボルドであった。ルドルフ大公の肖像画は果物と花の寄せ絵。皇帝の側近である司書の肖像は、本の寄せ絵。晩年は故郷ミラノへ帰ってなお画業をつづけ、一五九三年に没した。

実は、小学校時代の僕は絵が大好きで、二科会のK先生の教室へ毎週通っていた。リンゴなど静物画が課題の時、先生は僕の椅子を逆向きにして、「君は静物じゃなく、好きに描きなさい」と言った。想像画ばかり描く子どもだったのだ。夏休みの宿題に、東京の祖父母宅の二階から見た風景を描いたが、かなりデフォルメしたもので、一面ただ屋根、屋根。その上に黒い空。図工の先生が「何だ、これは！」と言ったが、公害という言葉が生まれ始めたころ、東京の空気の印象を正直に描いたのだ。そのような子ども時代の体験を持つ身としては、アルチンボルドの精神がよくわかる。

寄せ絵はおふざけではない。物事の、また人の「奥」を見通したのがアルチンボルド。約五〇〇年前に、人間の自由な精神の具現があった！

（二〇一七年一〇月九日号）

下中弥三郎　その1

「GONSHAN《ゴンシャン》　GONSHAN　何処《どこ》へゆく　赤い御墓の　曼珠沙華《まんじゆしやげ》……」

子どものころから大好きな北原白秋の「曼珠沙華」という詩の一節だ。「マンジュシャゲ」または「ヒガンバナ」。山田耕筰の作曲による歌曲もすばらしい。彼岸のころに咲く。白秋の言を借りれば「血のように、赤い」。僕の合唱オペラ「ごんぎつね」（二〇〇一年）でも、村田さち子さんの表現が印象的だ――紅《くれない》色に生命紡いで燃え尽くす夕日のように悲しさ紡いで燃え　さく彼岸花……。

秋彼岸の中日は過ぎていたが、初秋のある日、僕は篠山《ささやま》市（二〇一九年五月、丹波篠山市に市名変更）へ向かっていた。新大阪発特急「こうのとり」。JR福知山線（二〇〇五年にいたましい事故があった路線だ。事故現場のマンションは建替工事中だった）である。宝塚を過ぎると、車窓からの風景は丹波の、まさに里山。そこここに曼珠沙華が咲き誇っている。篠山での僕の仕事は「世界平和アピール七人委員会」の講演であった。この地では、二〇一一年以来毎年、「七人」のうちの誰かが講演をしている。市長、教育長も参加する「市の行事」だ。なぜ篠山なのか。実は「七人委員会」の発足に関わるのが篠山なのである。

一九五五年の、この委員会結成時の初代メンバーは、日本ＹＷＣＡ会長・植村環、物理学者で東大総長・茅誠司、教育家・上代たの、日本婦人団体連合会会長・平塚らいてう、日本ユネスコ国内委員会委員長・前田多門、物理学者で日本初のノーベル賞受賞者・湯川秀樹、そして後述する下中弥三郎の七人だった。

その後の委員は、作家でノーベル賞受賞者・川端康成、物理学者で同じくノーベル賞・朝永振一郎、経済学者で東大総長・大河内一男、作家・井上靖、フランス文学者・桑原武夫、画家・平山郁夫、作家・井上ひさし、物理学者でノーベル賞・小柴昌俊、作家・辻井喬、そしてつい先日逝去された病理学者・土山秀夫氏など、のべ二五人。プラス現在の七人（国際政治学者・武者小路公秀《きんひで》、写真家・大石芳野、物理学者・小沼通二、宇宙物理学者・池内了《さとる》、作家・高村薫、宗教学者・島薗進の各氏と僕）である。

この委員会の立ち上げに尽力したのが下中弥三郎。一八七八（明治一一）年、現篠山市今田《こんだ》町に陶工の子として生まれた。二歳で父を失うが、陶工として働きつつ独学で勉強。師範学校の教師となり、「出版とは教育」というポリシーのもと、平凡社を創業する。労働運動に関わり、一九二〇年の第一回メーデーで演説もしたが、三〇年ごろから国家主義に傾き、大政翼賛会の発足に加わった。ために戦後、公職追放になるが、五一年に復帰。『世界大百科事典』（平凡社）を刊行するかたわら、平和運動を促進し、「世界平和アピール七人委員会」を結成した。六一年、八四歳で没。紆余《うよ》曲折《きよくせつ》はあれど、世界が互いの文化を尊重する平等と平和のために力を尽くした。この弥三郎のふるさとが篠山。「七人委員会」との縁が深いわけである。この話、次回へつづく。

（二〇一七年一〇月一六日号）

下中弥三郎　その2

（承前）篠山で「七人委員会」のコーディネートをしたのは委員会事務局長である物理学者・小沼通二さん。そして小沼さんも理事の一人である「公益財団法人下中記念財団」の方々――平凡社前社長・下中弘さん、現社長・下中美都さんなど――だった。講演の翌日、僕を含む一行は、まず「やさが塚」へ向かった。その生地に建立された弥三郎の顕彰塚である。

弥三郎の筆による「雲」の一字が、世界的彫刻家・流政之氏によって彫刻碑になっている。流さんを僕はよく知っている（『空を見てますか… 7』一七八ページ、「NANMOSA流政之展」）から、その素材が流さんのアトリエがある高松近辺の「庵治石《あじいし》」とひと目でわかったし、何だかなつかしく、うれしかった。そのそばに建つ石の標柱には「やさが塚」の揮毫《きごう》。これは、哲学者で法政大学総長などを務めた谷川徹三（一八九五～一九八九年）氏によるもの。そのご子息の詩人・俊太郎さんをよく知る者として、これまたとても嬉しかった。

この地に、今、弥三郎のひ孫の大西誠一さんが住んでいる。大西さんは丹波焼の名工だ。同焼窯元で唯一の「登り窯」で名作を次々と焼き上げ、たくさんの賞に輝いている。この塚の庭で落ちている団栗《どんぐり》を見つけ、思わず拾っていたら、「これ、ウチの庭で採れたもの」と、たくさんの栗をくださった。この辺り、丹波栗、丹波黒（黒大豆）、枝豆……日本中に知られた名産地なのだ。

そういえば、前回お話ししたが、弥三郎は幼くして父を失い、小学校を中退して陶工をしつつ学んだ。「やさが塚」の「やさが」とは幼少期のあだ名である由。大西さんが話してくれたが、弥三郎は一二歳の時に近隣の陶工たちに呼びかけ、今でいう組合を結成したという。一二歳が大人たちを牽引《けんいん》したわけ。明治の人たちはすごかったとしばしば思うが、この話にはただただ驚くしかない。

ところで、弥三郎が創業した平凡社は『大百科事典』で有名。三〇巻くらいから成るこれは、祖父母と同居していた学生時代、誰の蔵書か不明だが、我が家にあり、僕はおおいに助けられた。ほかに、廃刊になって久しいが、『太陽』という雑誌にも、僕はよく親しんだ。現在同社では隔月刊で『こころ』という雑誌をつくっている。これまで僕は同誌と何度か関わっている。最近では詩人・西脇順三郎について小論を書いたし、つい先日は「音楽はなぜ楽しいのか?」というロング・インタヴューを受けた（vol.39）。

平凡社、下中弥三郎、七人委員会……全く気がつかなかったが、実は僕はそこにつながっていたようだ。弥三郎は一九一九年に「教育改造の四綱領」を提唱。教育委員会制度、教員組合結成を呼びかけた。その精神は篠山市で生きつづけている。同市の「丹波古陶館」で年二回発行している藝術文化雑誌『紫明』に僕は二度書いているが、これは素晴らしい雑誌だ。偉大な人物はその地域を、またその後の時代を変革する、ということを、あらためて考えたのであった。

（二〇一七年一〇月二三日号）

政党ということ

衆議院選挙。僕は今回も期日前投票だった。日曜は不在か、あるいはメチャ多忙なのだ。選挙についての話は時機の選択がむずかしい。この小文が紙面に載るころはすでに結果が判明しているから。とはいえ、感じていることを少し話してみたい。

民進党のことだ。この九月末から一〇月にかけてのゴタゴタには、呆《あき》れた。かつては「民主党」。結党は一九九六年である。野党としての出発ではあったが、そもそも自民党から分かれた感じだったから、真正面から与党と対峙《たいじ》という印象ではなかった。それが昨年（二〇一六年）「民進党」と名を変え、弱体化へ向かい始めた。そしてここにきて、小池百合子都知事の「希望の党」が土俵に上がると、たちまち腰が砕けてしまった。都議会における小池知事の代表の「都民ファーストの会」が国政に進出すべく結成されたのが「希望の党」だ。結成は、この九月二五日。その三日後には、就任したばかりの前原誠司民進党代表が「名を捨てて実を取る」と、希望の党への合流を表明。しかしそれをよしとしない枝野幸男氏など同党リベラル派は「立憲民主党」を結成した。一〇月三日である。それもよしとしない人たちは無所属に転じた。こうして民進党は事実上の解党となったわけだが、実際は存続している。まだ両院に議員もいるし、地方でも依然民進党としての活動がつづいている。

何のことはない、小さな党がいくつも増えただけではないか。「野党共闘」(ミニ自民党みたいなニセ野党も含まれるが)というかけ声に、与党に立ち向かう護憲一大勢力の誕生を期待していた者としては、一連のこの動きにただただ呆れるしかなかった。

いったい「政党」とは何なのだろう。

人間ひとりひとり考えがちがう。何もかも同じ意見なんてことは、たとえ一卵性双生児でもありえないだろう。だから小異は見過ごして大同で結束を図る。なぜ結束するかというと、物事を決める手段が「多数決」だからだ。今や当たり前のように思われている多数決だが、そうではない時代があった。君主の決定が絶対という時代があったことは知っているし、今も近くにそんな国がある。

古代ローマには元老院などの議会があった。かのシーザーはその議会への登庁の際に刺される。「お前もか、ブルータス」と叫んで。あのころ、政党はあったのか……。フランス革命時にあった「ジャコバン党」は知っているが、すでに一八世紀末である。日本ではかつて村上党、児玉党などと呼ばれるものがあったが、これらはいわば武士団。江戸末期になって「天狗党」など政党に近い組織が出現した。明治七（一八七四）年、板垣退助を中心に「愛国公党」ができるが、これが日本の政党の始まりらしい。

暴走する現下の政権。多数決の原理を振り回して、何ごとも数で強行する政治。そんな今こそ、野党に力強く羽ばたいてほしい。政治を正しく方向転換できる力強い真の野党に。

（二〇一七年一一月六日号）

小選挙区制

衆議院選挙で、自民党圧勝。ここ何日か、僕にとって、これが第一の落ち込み。第二は、その二日後。プロ野球セントラルリーグCS戦で広島カープはDeNAベイスターズに惨敗。レギュラーシーズンの圧倒的な優勝にもかかわらず、日本シリーズ進出を阻まれてしまった。何とも、釈然としない。

しかし、この二つには共通の要素がある。まず選挙の話だが、自民党の勝利は「小選挙区制」ゆえだと僕は考える。一つの選挙区から一人の当選者。残念ながら世の中は、政治の問題を差し迫ったことと捉える人より、さほど関心がない人のほうが多い。それが、いわゆる「浮動票」になる。これまた残念ながら、多くの人が変革を望んでいない。このままのほうが神経を使わずにすむ。そういう人は支持しているわけではなくても、体制側に投票してしまう。しかし世の中には、体制を批判し、社会を変えなければ、という人も少なくない。結果としてそういう票が次点になったとしよう。当選が複数者であれば、そのような批判票も結果に反映される。が、小選挙区制では、切られてしまう。つまり、少数政党を排除したい大政党にとって、きわめて都合よくできているわけ。これ、いかにもずるい。一九九六年から、日本はこの「小選挙区制」に「比例代表制」を組み合わせた方式を取っている。

イギリス、カナダ、インド、アメリカほかが「小選挙区制」。また、これに「比例代表制」を組み合わせた並列性は、日本のほかロシア、台湾、韓国などこれも多数。個々の歴史や宗教、民族や地理的なこと等を包含した国情ゆえの制度だろう。日本の制度がこれでいいのか、さらなる熟考が必要なのではないか。

さて、プロ野球のことだが……。名称は今と異なるが、クライマックス・シリーズ（CS）の開始は二〇〇四年のパ・リーグ。初めの二年、レギュラーシーズンの一位ではないチームが勝った。〇七年に、セ・リーグでもこれを導入。しかし、長期間たたかった末の順位について、あらためて争うのはおかしいという声が、当然ある。アメリカのメジャーリーグではやっている。アメリカは、まず東、中、西各地区の二位、三位による「ワイルドカードゲーム」。次に地区優勝を決める「ディヴィジョンシリーズ」、そして「リーグチャンピオンシップシリーズ」。で、ようやく「ワールドシリーズ」。すなわち四ラウンド制。しかし何しろ、総チーム数が三〇！　で、地区別に争うと、たとえば東地区の一位より中地区の三位のほうが勝率が上、などということが起こりうる。この矛盾をなくすための慎重なシステムなのだ。いっぽう日本は六チームずつのリーグが二つ。その半分のチームがトップになる可能性を持つことになる。これ、いかにも甘い。ペナントレースの意味が薄くなるのではないか。

二つの話題とも、システムが生んだ矛盾。悔しいから書いたともいえますが……。

（二〇一七年一一月一三日号）

警戒を示唆する芝居

コンサートに行く頻度と大差ないほど、よく芝居を観る。この一〇月も何本かの芝居を観たが、そのうち二本が戦争に関わるものだった。この二本、片方は純粋に観客で、他方は僕はスタッフの一人である。

まず、観客として。ジャン・ジロドゥ作、栗山民也演出・岩切正一郎訳による「トロイ戦争は起こらない」。新国立中劇場。

学生時代に劇団四季の浅利慶太演出を見ている。その時のタイトルは「トロイ戦争は起こらないだろう」だったが、今回は未来形ではなく断定的な言いかただ。微妙だが、ニュアンスは異なる。ジロドゥ（仏・一八八二〜一九四四年）は僕の好きな作家。「オンディーヌ」が最も有名だろうか。

ギリシャとのたたかいを前に、トロイの詩人にして元老院の長・デモコスは言う――兵隊が武器を磨くだけでは十分ではない、戦意をいやがうえにも高揚させなければならない。突撃を前に隊長が元気よくふるまうワインで肉体的陶酔を得ても、それだけではギリシャ人を前に効き目はない。われわれ詩人が注ぎ込む精神的な陶酔が伴っていなくてはならない（岩切正一郎訳）。

トロイの王プリアムの台詞――「平和」という言葉を、今、町の中へ投げ込むのは、毒を投げ込むのと同じくらい罪深いことなんだ。人も武器もほぐれてやわになる。思い出や愛情や希望という名の通貨を鋳造することになる。兵士たちはそれを手に我先に平和のパンを買い、平和のワインを飲み、平和の女を抱く。その一時間後にお前は彼らを再び戦場へ送り出す。

僕が音楽担当のほうは、ベルトルト・ブレヒト（一八九八～一九五六年）作「肝っ玉おっ母と子供たち」。無名塾が一九八八年にやったものの再演。演出は故・隆巴《りゅうともえ》（宮崎恭子＝仲代達矢夫人）。僕は芝居の音楽とともに歌をたくさん書いた。俳優たちがナマで歌うので、二九年ぶりといえどもスタッフはけっこう大変。「おっ母」役は仲代達矢さんだ。余談だが、二〇〇八年東京のシアター1010公演のこの芝居でも僕は音楽を担当した。西川信廣演出、主演草笛光子。この時は、P・デッサウ（一八九四〜一九七九年）のオリジナルの歌を編作する仕事だった。
「戦争は終わるなんて言いふらす奴はいつだっているが、私に言わせれば、戦争は決して終わらない。もちろん中休みはあるよ。しかしそれでもまた戦争は歩き始める。（中略）戦争の前途は洋々たるもの。戦争だって生き物だ」（丸本隆訳・隆巴編）。主要な登場人物の一人・従軍牧師の台詞である。

ジロドゥもブレヒトも戦争否定論者。それゆえの、シニカルな言葉たちだ。今の、そしておそらくこれからの、まわりに沸き起こってくる世相に対し、僕たちは警戒しなければならない。戦意を抱く方向へ、戦争が歩き始めることへの見えない意識へ、じわじわとうごめく誘導に引っかかってはならない。二つとも、それを示唆する芝居であった。

（二〇一七年一一月二〇日号）

音楽の無言館

あれは、中学二年くらいの時だったと思う。母の親友にSさんという方がいて、僕に一冊の楽譜をくれた。Sさんの弟で、戦後まもない一九四九年に自殺してしまった乾春男という作曲家の「ペルソナ」というピアノ小品集だ。専門的な学習のカケラもなしに、ひたすらデタラメ作曲遊びをしていた僕は、この「ペルソナ」にたちまち洗脳された。ハイドンかモーツァルトのできそこないみたいな語法で書いている少年が、不協和音や新鮮な音型を初めて知ったのだ。それから僕は、たしか「カンティレーナ」というタイトルの自由なピアノ小品集を日々書き連ねるようになる。五〇曲以上書いたかな……。

のちに東京藝大に入り、池内《いけのうち》友次郎教授の門下になった僕は、池内先生から乾春男のことを聞いた――私の家に来てしばしおしゃべりをしたあと、彼は多摩川へ行き、入水自《じゅすい》殺をした。それを知った時の衝撃……。

あの時代に若い芸術家を覆っていた黒い雲を僕は思った。嘱望されていたのに、何が彼を追い詰めたのだろう……。「僕の将来に対する唯ぼんやりした不安」という言葉を遺稿「或旧友へ送る手記」で述べて自殺した芥川龍之介を、僕は乾春男に重ねていた。ちなみに、現在バッハ研究の第一人者であり、僕とも親しい樋口隆一さんは、乾の甥《おい》である。


僕の仕事の先達で、夭逝《ようせい》した人は少なくない。モーツァルトやシューベルトはじめ、作曲家はなぜか長生きしないらしく、ここまで生きてきた僕は作曲家の範疇《はんちゅう》に入らないかもしれないが、ま、それは措《お》いておくとして……。前記乾の死は戦後だったが、戦争に翻《ほん》弄《ろう》された作曲家がたくさんいる。

尾崎宗吉《そうきち》（一九一五年生まれ）については、窪島誠一郎さんも書いておられる。優れた室内楽作品を残した。戦場へ赴く前に書いたのが「夜の歌」というチェロとピアノのための曲。終戦間近の四五年五月、中国江西省で戦病死した。書きたい曲がまだまだあっただろう。どんなにか無念だったことか……。

鬼頭恭一（一九二二年生まれ）も終戦直前、四五年七月二九日没。東京音楽学校（現東京

藝大音楽学部）で、団伊玖磨、大中恩と同期だったという。わずか二曲だけ遺されていたが、二年前に未発見曲がいくつか見つかり、演奏された。学徒出陣し、霞ヶ浦の海軍航空隊で飛行訓練中に墜落事故死。

紺野陽吉（一九一三年生まれ）は、山形から上京してヴァイオリンを弾き、いっぽうで作曲活動もしていたが、応召。牡丹江で戦病死した。終戦から間もない四五年一〇月である。いくつかの室内楽曲が遺されている。

毛利恒之の小説『月光の夏』（一九九三年）を想起する。神山征二郎監督の手で映画化もされた。特攻隊で出撃する直前の音楽学生が、基地近くの民家でピアノ――ベートーヴェンのピアノ・ソナタ「月光」を弾いた実話だ。

音楽の無言館もある……。いや、あらゆる世界の無言館があるだろう。戦争は、人間から何もかも剝《は》ぎ取ってしまうのだから……。

（二〇一七年一一月二七・一二月四日号）

チバニアン　その1

かつて地球のN極とS曲が反転したことが何度かあったという。その最後の反転の痕跡が、日本の千葉県にある。七七万年前のできごとだ。地質年代は、四六億年前（地球誕生）～五億四二〇〇万年前までを「先カンブリア時代」と呼び、そのあと二億五〇〇〇万年前までが「古生代」になる。この時代に三葉虫など生物の発生があった。以後、六六〇〇万年前までが「中生代」。これは「三畳紀」「ジュラ紀」「白亜紀」に分けられる。その次が「新生代」で、現代までつづいてきているわけ。

霊長類の誕生は約六五〇〇万年前とされる。新生代のはじめ＝第三紀だ。人類につながる「ヒト亜科」が現れるのが六〇〇～五〇〇万年前。まだ第三紀。最初の「原人」＝「ジャワ原人」の出現が一八〇万年前。新生代中の「第四紀」に属する「ジェラシアン」末期である。次に「カラブリアン」という時代があり、そのあと五〇万年前に「北京原人」が現れるが、ここだ。七七万年前から一二万六〇〇〇年前まで。千葉県で発見された磁極反転の痕跡は、この時代を代表する地層なのである。「チバニアン」と命名された。国際地質科学連合による「内定」ではあるが、これはすごいことではないか。以上、つい最近の報道。

とはいえ、話が壮大すぎて、明確にはわかりませんね。僕の伯父と叔父（伯父＝父の兄、叔父＝父の弟）に二人の地質学者がいて、僕は高校時代の地学の先生に「ダメ甥《おい》」の烙印《らくいん》を押されたっけ。二人が存命であれば、詳しい話を聞けたのだが……。さらに、高校時代の友で合唱仲間、千葉科学大学教授で国際粘土鉱物学連合副会長を務める坂本尚文《たかふみ》君も地質学の権威だ。周囲に地質学関係者が多いのである。

そういうことのせいだろうか。高校時代に読んだ地質・歴史に関する本にあった「ピルトダウン人」という記述を覚えている。一九〇九〜一一年にイギリスのピルトダウンというところで発見された骨が、現生人類の直系の最古の祖先と認められたというのである。参考書等にも載っていた記憶がある。二〇万年前のクロマニヨン人、上洞人が祖先と認識していた当時の僕にはショックだった。沖縄で発見された「港川人」もそうだとされている。

ところが、このピルトダウン人は、捏造《ねつぞう》だったのである。ある時新聞でその報道を知った僕は、二度目のショックを受けた。発見者とされるアマチュア考古学者のチャールズ・ドーソンが犯人だったらしいが、ピルトダウンの近くに住んでいて、地質や歴史への興味が多大だった、シャーロック・ホームズで有名な作家コナン・ドイルが犯人という説もあるから面白い。捏造のモトになった骨はオランウータンのものだったらしい。犯人が誰であるにせよ、世界中が四〇年くらい騙《だま》されていたわけ。

さて、「チバニアン」だが、その磁極の反転の痕跡《こんせき》というのは、一体どんなものなのだろう。地層から、なぜそんなことがわかるのだろう。だいたい「反転」とはどんな現象か。ホーキング博士の言にからんで、次回につづきを。

（二〇一七年一二月一一日号）

チバニアン　その2

（承前）命名された地層「チバニアン」が七七万年前の磁極の反転を示す、という話で思い出した――ずいぶん前に、イギリスの理論物理学者スティーブン・ホーキング博士が、地球史では何度かすべてのものが反転・逆転したことがあると言っていた。「チバニアン」が示す反転、ということだって、よくわからない。ある日、それまでの北極が南極に、南極が北極になるというわけ……？　ボール状の地球がくるりと回ったのだろうか……。二、三年前、地軸がずれたという報道があり、そういえばこの前寝ている時に、お、今ずれたなと感じたことがあったよ、と言った友人がいたが、これは単なるジョークである（当たり前だ）。

でも、全てが反転とは……？　ある時突然、上が下に、高いが低いに、東が西に、右が左になったってこと？　だったら――速いは遅いに、強いは弱いに、太るは痩《や》せるに、富は貧に、美は醜に、善は悪に、正は邪に反転、ということ？

そんなバカな……。もっとも有史以前のことゆえ、人間が考える概念はなかったということかもしれないが……。ならばこれから、つまり人類生存の期間に起きたら、前記のもろもろの反転が起きうるのだろうか。

ま、天才学者の言うこと。僕にはかいもくわかりません。そういえばその天才ホーキングは、地球は一〇〇〇年から一万年以内に滅びる、とかつて予測した。が、現在は、人類は一〇〇年以内にほかの惑星に移住すべき、と言っている（この稿を書いたあと、たまたまＮＨＫテレビの番組でこの話が登場した）。これは単なる脅しだろうか。地球の四六億年という長い歴史の中で最も罪深い事態に、今発展しつつある、というのが彼の論。気候変動、火山の大噴火、隕石や小惑星の衝突、ハリケーン、氷河……さまざまなことが考えられるが、それらはみな地球という星にとっては自然な現象だ。しかし人類はみずからが考え出したテクノロジーゆえに、危険な事態を迎えている。銀河系には少なくとも二〇〇万の知的文明を具有する惑星があるが（信じられない！）オーバーテクノロジーにより滅びた星も少なくない、と地球の生命をあと一〇〇年に訂正したホーキングのモチヴェイションは、福島の原発事故である。

福島の原発事故は、ホーキングをしてそう考えさせるほどの大事故なのだ。しかし日本政府は、例えばメルトダウンの報告でさえ、何か月も遅れた。現状把握も、今後の見通しも、すべて甘い。かなりの数の国が原発政策を見直し、廃炉が相次いでいるなか、当の日本の原発政策ははっきり言って曖昧《あいまい》。地球に末期が訪れ、人類のあらゆる歴史について反省と絶望を強いられるその日、後悔したってどうにもならないのだ。未来を読む能力が人間に与えられていない以上、「想定外」などという戯言《たわごと》は許されない。「チバニアン」から「地球生命」へ、膨らむ連想も、大きすぎることは決してないのだ。

（二〇一七年一二月一八日号）

ナンキョクオキアミ

以下は、先日の朝日新聞の記事から僕が敷衍《ふえん》した話である。

この一二月一日、ニュージーランドの南、「ロス海」が、海洋保護区に指定された。南極の近海では、サウス・オークニー諸島の南側がすでに保護区になっているが、ロス海はその一六倍以上の一五五万平方キロ。世界最大の海洋保護区である。漁業が認められるのは一部分区域のみ。七二パーセントの一一二万平方キロでは、漁業は一切禁止だ。

そこに暮らしている生物のひとつが、ナンキョクオキアミ。体長五～六センチメートルで、エビのような姿だがエビではなく、甲殻《こうかく》類で、プランクトンの一種に分類される。ペンギン、アザラシ、オットセイ、ヒゲクジラ、そのほか南極の海の生物の主要な餌となる。だが、人間も漁業の対象にしている。釣り用の餌として重宝がられるし、加えて最近ではサプリメントの原料にもなっている。

血液サラサラのためにいいとされるのは、一般に青魚の魚油だが、ナンキョクオキアミにはもっと有効なクリルオイルが含まれる。魚油は、実は水に溶けにくいのだそうだが、クリルオイルは海のカロチンと呼ばれるアスタキサンチンが豊富で、しかもこれは抗酸化力が強く、悪玉コレステロールによる酸化を予防し、血管のつまりや硬化を予防する。魚油より酸化しにくく、体内に吸収されやすい。脳の血流を促進し、認知能力を高める。ナンキョクオキアミはいいことずくめなのだ。

話を戻そう。南極の生態系を支えているといってもいいナンキョクオキアミを人間が乱獲すると、当然ながら影響が出る。生態系に深刻なダメージを与えてしまうかもしれない。二四カ国とＥＵが加盟する「南極の海洋資源の保存に関する委員会」（ＣＣＡＭＬＲ《カムラー》）が毎年の漁獲の上限を決めているが……。

問題は乱獲にとどまらないのである。温暖化の影響で「海氷」が減少している。海氷とは海水が凍ってできるもの。海氷には植物プランクトンが付着していて、海氷の下で生息するナンキョクオキアミの幼虫の餌になる。従って、海氷の減少により植物プランクトンも減り、それを食べるナンキョクオキアミも減る。さらに、ナンキョクオキアミを食べるペンギンも、減る。

人間の営為をはるかに超越した地点で営まれているのが自然、という実感を抱くではないか……。みずから考えたテクノロジーにより滅亡に至った星がすでにあるというホーキング博士の論を前回お話ししたが、僕たちのこの星は今、そのような「オーバーテクノロジー」だけでなく、自然破壊による滅亡ということも考慮に入れなければならなくなってきているのではないだろうか。

さぁ、考えなければならない。ナンキョクオキアミを含むサプリメントで自らの血液を守るか、ナンキョクオキアミを保護して地球を守るか――どちらを選ぶかと問われたら、キミ、どうする？

（二〇一七年一二月二五日号）

池辺晋一郎（いけべ　しんいちろう）

作曲家。1943年水戸市生まれ。67年東京藝術大学卒業。71年同大学院修了。池内友次郎、矢代秋雄、三善晃氏などに師事。66年日本音楽コンクール第１位。同年音楽之友社室内楽曲作曲コンクール第１位。68年音楽之友社賞。以後ザルツブルクテレビオペラ祭優秀賞、イタリア放送協会賞３度、国際エミー賞、芸術祭優秀賞４度、尾高賞３度、毎日映画コンクール音楽賞３度、日本アカデミー賞優秀音楽賞９度、横浜文化賞、姫路市芸術文化大賞などを受賞。97年 NHK 交響楽団・有馬賞、2002年放送文化賞、04年紫綬褒章、18年文化功労者、JXTG 音楽賞、19年水戸市文化栄誉賞、20年神奈川県文化賞。現在、日中文化交流協会理事長、東京オペラシティ、石川県立音楽堂、姫路市文化国際交流財団ほかの館長、監督など。東京音楽大学名誉教授。

作品：交響曲 No.1～10、ピアノ協奏曲 No.1～3、チェロ協奏曲、オペラ「死神」「耳なし芳一」「鹿鳴館」「高野聖」ほか、室内楽曲、合唱曲など多数。映画「影武者」「楢山節考」「うなぎ」、TV「八代将軍吉宗」「元禄繚乱」など。演劇音楽約 470 本。2009年３月まで 13 年間 TV「N 響アワー」にレギュラー出演。

著書に『空を見てますか…』第１巻～ 11 巻、『音のウチ・ソト』（以上、新日本出版社）のほか、『音のいい残したもの』『おもしろく学ぶ楽典』『ベートーヴェンの音符たち』『モーツァルトの音符たち』（音楽之友社）、『スプラッシュ』（カワイ出版）、『オーケストラの読みかた』（学習研究社）など。

空《そら》を見《み》てますか…12　音《おと》の向《む》こうに時代《じだい》が見《み》える

2020年12月15日　初　版

著　者　池 辺 晋 一 郎
発 行 者　田　所　　稔

郵便番号　151-0051 東京都渋谷区千駄ヶ谷 4-25-6
発行所　株式会社　新日本出版社
電話　03（3423）8402（営業）
03（3423）9323（編集）
振替番号 00130-0-13681
印刷　亨有堂印刷所　　製本　光陽メディア

落丁・乱丁がありましたらおとりかえいたします。

© Shinichiro Ikebe, 2020

ISBN978-4-406-06515-3 C0095　Printed in Japan

本書の内容の一部または全体を無断で複写複製（コピー）して配布することは、法律で認められた場合を除き、著作者および出版社の権利の侵害になります。小社あて事前に承諾をお求めください。

の本

「うたごえ新聞」に四半世紀以上連載中のエッセイを収録したシリーズ！

空を見てますか… 1 **音も人も時代とともに** 本体価格一八〇〇円
空を見てますか… 2 **世紀末の始まりのころ** 本体価格一七〇〇円
空を見てますか… 3 **しゃべって書いて、というこころ** 本体価格一七〇〇円
空を見てますか… 4 **世紀のハードル跳びこえて** 本体価格一七〇〇円
空を見てますか… 5 **言葉と音楽のアツイ関係** 本体価格一五〇〇円
空を見てますか… 6 **音楽の力、9条の力** 本体価格一六〇〇円
空を見てますか… 7 **仲代達矢さんの背中を追って** 本体価格一六〇〇円
空を見てますか… 8 **歴史を見る、音楽をする** 本体価格二〇〇〇円
空を見てますか… 9 **なつかしい街と人と** 本体価格二六〇〇円
空を見てますか… 10 **忘れない、ということ** 本体価格二六〇〇円
空を見てますか… 11 **人の絆、音楽とともに** 本体価格二六〇〇円

池辺晋一郎

未発表の講演、対談を含む、楽しく深いトークの数々

音のウチ・ソト　作曲家のおしゃべり

本体価格一七〇〇円